探偵《たんてい》チームKZ《カッズ》事件《じけん》ノート

イケメン深《しん》海《かい》魚《ぎょ》は知《し》っている

藤《ふじ》本《もと》ひとみ／原作
住《すみ》滝《たき》 良《りょう》／文　駒《こま》形《がた》／絵

講談社 青い鳥文庫

もくじ

おもな
登場人物《とうじょうじんぶつ》
立花《たちばな》　彩《あや》
この物語《ものがたり》の主人公《しゅじんこう》。中学《ちゅうがく》1年生《ねんせい》。高校《こうこう》3年生《ねんせい》の兄《あに》と小学《しょうがく》2年生《ねんせい》の妹《いもうと》がいる。「国語《こくご》のエキスパート」。
美門《みかど》　翼《たすく》
鋭《するど》い嗅覚《きゅうかく》の持《も》ち主《ぬし》。一時期《いちじき》KZ《カッズ》を離《はな》れていたが、今《いま》は戻《もど》っている。彩《あや》と同《おな》じ中学《ちゅうがく》から開生中《かいせいちゅう》へ転校《てんこう》。
上杉《うえすぎ》 和典《かずのり》
知的《ちてき》でクール、ときには厳《きび》しい理論派《りろんは》。数学《すうがく》が得意《とくい》で「数《かず》の上杉《うえすぎ》」とよばれている。

小塚《こづか》 和彦《かずひこ》
おっとりした感《かん》じで優《やさ》しい。社会《しゃかい》と理科《りか》が得意《とくい》で「シャリ(社理《しゃり》)の小塚《こづか》」とよばれている。
黒木《くろき》 貴和《たかかず》
背《せ》が高《たか》くて、大人《おとな》っぽい。女《おんな》の子《こ》に優《やさ》しい王子様《おうじさま》だが、ミステリアスな一面《いちめん》も。「対人関係《たいじんかんけい》のエキスパート」。
七鬼《ななき》 忍《しのぶ》
彩《あや》の中学《ちゅうがく》の同級生《どうきゅうせい》。妖怪《ようかい》の血《ち》をひく一族《いちぞく》の末裔《まつえい》。IT《アイティー》の天才《てんさい》で、人工知能《じんこうちのう》の開発《かいはつ》を手《て》がける。
若武《わかたけ》 和臣《かずおみ》
サッカーチームKZ《カッズ》のエースストライカーであり、探偵《たんてい》チームKZ《カッズ》のリーダー。目立《めだ》つのが大好《だいす》き。

1　国宝級《こくほうきゅう》イケメン

わぁ・・・！

私《わたし》は思《おも》わず見惚《みほ》れ、足《あし》を止《と》めそうになってしまった。

それは朝《あさ》、登校中《とうこうちゅう》のでき事《ごと》。

校門《こうもん》の近《ちか》くで、すっごくきれいな男子《だんし》と出会《であ》ったんだ。

髪《かみ》はちょっと茶色《ちゃいろ》でサラサラのストレート、前髪《まえがみ》が長《なが》くて、真《ま》ん中《なか》分《わ》けで、両《りょう》サイドは短《みじか》くてきれいな耳《みみ》が見《み》えていた。

肌《はだ》は透《す》き通《とお》るみたいに白《しろ》くて、顔立《かおだ》ちは整《ととの》っていて、長《なが》い睫毛《まつげ》が影《かげ》を落《お》としている目《め》はどことなく哀《かな》しそう、唇《くちびる》は女《おんな》の子《こ》みたいに優《やさ》しい感《かん》じだった。

その体中《からだじゅう》から輝《かがや》くようなオーラが飛《と》び散《ち》っていて、まっ、まぶしい！

わぁ・・・いたんだ、うちの学校《がっこう》にこんな美少年《びしょうねん》・・・。

以前《いぜん》、校内《こうない》では翼《たすく》が断然《だんぜん》トップの美貌《びぼう》の持《も》ち主《ぬし》だったんだけれど、転校《てんこう》してしまって、その座《ざ》は空白《くうはく》になっていた。

最近《さいきん》、転校《てんこう》してきた男子《だんし》なのかなぁ。

それにしても噂《うわさ》にも上《のぼ》らないのは、なぜ？

いや、上《のぼ》ってるのかも知《し》れないな、私《わたし》が知《し》らないだけかも。

そんな事《こと》を考《かんが》えながら校門《こうもん》に集《あつ》まってくる生徒《せいと》たちに交《ま》じってその子《こ》のすぐ後《うし》ろを歩《ある》いていると、後方《こうほう》から声《こえ》がした。

「おい新海《しんかい》っ！」

あ、この声《こえ》って・・・悠飛《ゆうひ》だ！

振《ふ》り返《かえ》った私《わたし》のすぐそばを、悠飛《ゆうひ》がスッと通《とお》り過《す》ぎようとし、私《わたし》に気《き》づいた。

「あ、立花《たちばな》、おはよ。」

そう言《い》いながら前方《ぜんぽう》に向《む》かって再《ふたた》び声《こえ》を上《あ》げる。

「新海《しんかい》、新海《しんかい》ってば。」

声《こえ》は響《ひび》き渡《わた》っていたけれど、誰《だれ》も足《あし》を止《と》めなかったし、振《ふ》り返《かえ》る子《こ》もいなかった。

悠飛《ゆうひ》は舌打《したう》ちする。

「くっそ、相変《あいか》わらずシカトかよ。」

そう言《い》いながら駆《か》け出《だ》していき、さっき私《わたし》が見惚《みほ》れていたきれいな男《おとこ》の子《こ》に追《お》いつくと、その肩《かた》を抱《だ》き寄《よ》せた。

何《なに》やら話《はな》しかけながら2人《ふたり》で昇降口《しょうこうぐち》に向《む》かっていく。

あの子《こ》、新海《しんかい》っていうんだ。

悠飛《ゆうひ》の友《とも》だち？

でも相変《あいか》わらずシカトって事《こと》は・・・悠飛《ゆうひ》はいつも無視《むし》されてるんだ。

なんで？

悠飛《ゆうひ》としては友《とも》だちだと思《おも》っているけれど、向《む》こうはそう思《おも》ってない、とか？

悠飛《ゆうひ》って誰《だれ》でも受《う》け入《い》れるタイプだけれど、自分《じぶん》を閉《と》じてる子《こ》も割《わり》といるからなぁ。

そういう子《こ》は、親《した》しげに近寄《ちかよ》ってこられるのが嫌《いや》で、ハリネズミみたいに刺々《とげとげ》しくなる事《こと》もあるって聞《き》くし。

悠飛《ゆうひ》、傷《きず》つかないといいけどな。

心配《しんぱい》しながら私《わたし》は昇降口《しょうこうぐち》を通《とお》り、自分《じぶん》の教室《きょうしつ》に足《あし》を向《む》けた。

その途中《とちゅう》で、部室《ぶしつ》の方《ほう》からやってきた忍《しのぶ》とバッタリ出会《であ》ったんだ。

「お、立花《たちばな》、見《み》っけ。」

忍《しのぶ》は背《せ》が高《たか》くて、肩幅《かたはば》も広《ひろ》い。

その肩《かた》を長《なが》い黒髪《くろかみ》がおおっているんだ。

ちょっと見《み》、女《おんな》の子《こ》みたいだけれど、よく見《み》ると男《おとこ》の子《こ》っぽい。

性別《せいべつ》を超《こ》えた神秘的《しんぴてき》な魅力《みりょく》なんだよ、ステキかも。

「捜《さが》してたんだ。」

はて、なんでしょ。

「若武《わかたけ》から、さっき連絡《れんらく》入《はい》った。今日《きょう》、KZ《カッズ》会議《かいぎ》を招集《しょうしゅう》するって。」

わーいっ！

「秀明《しゅうめい》の休《やす》み時間《じかん》、カフェテリア集合《しゅうごう》だ。」

久《ひさ》しぶりだったから、すごくうれしかった。

KZ《カッズ》活動《かつどう》は、私《わたし》の生《い》きがいなんだもの。

「事件《じけん》でも起《お》こったの？」

ウキウキしながら聞《き》くと、忍《しのぶ》はちょっと首《くび》を傾《かし》げた。

「大事件《だいじけん》だって若武《わかたけ》は言《い》ってる。けど若武的大事件《わかたけてきだいじけん》って、俺《おれ》たちにとっちゃそうでもないって事《こと》、多《おお》いからな。」

確《たし》かに。

「ま、行《い》ってみりゃわかるよ。そんじゃ。」

片手《かたて》を上《あ》げ、すれ違《ちが》っていこうとする忍《しのぶ》を、私《わたし》は呼《よ》び止《と》めた。

「あの、」

忍《しのぶ》は、野球部員《やきゅうぶいん》じゃないけれど、部活《ぶかつ》に参加《さんか》してて悠飛《ゆうひ》とも親《した》しい。

それでさっきの事《こと》を聞《き》いてみようと思《おも》ったんだ。

「新海君《しんかいくん》って知《し》ってる？」

忍《しのぶ》は、ちょっと眉根《まゆね》を寄《よ》せた。

「ああ、国宝級《こくほうきゅう》イケメンって言《い》われてるヤツだろ。」

あれって国宝級《こくほうきゅう》なんだ・・・。

まぁ確《たし》かにそうかも。

「名前《なまえ》が光牙《こうが》だから、シカトの光牙《こうが》とも呼《よ》ばれてる。誰《だれ》でも構《かま》わず無視《むし》するらしい。」

はぁ・・・。

「なんで無視《むし》するの？」

私《わたし》が聞《き》くと、忍《しのぶ》はちょっと考《かんが》えてから答《こた》えた。

「対応《たいおう》するのが、めんどーなんじゃね？」

まぁわからなくはないけれど、友《とも》だちに対《たい》してそういう態度《たいど》でいいのだろうか。

「だから誰《だれ》も近《ちか》づかない。特《とく》に女子《じょし》なんか全然《ぜんぜん》だ。スルーされるのがはっきりしてるから、アクション起《お》こしてもムダだと思《おも》ってるんだろ。シカトの光牙《こうが》を、皆《みんな》がシカトしてる感《かん》じになってる。」

そうだったんだ。

「でも最近《さいきん》は、深海魚《しんかいぎょ》って呼《よ》ばれる方《ほう》が多《おお》いかな。」

深海魚《しんかいぎょ》？

「深海魚《しんかいぎょ》ってのは、普通《ふつう》の場合《ばあい》、」

説明《せつめい》しようとする忍《しのぶ》を、私《わたし》はさえぎった。

「知《し》ってる。海《うみ》の深《ふか》い所《ところ》に生息《せいそく》してる魚《さかな》の事《こと》でしょ。」

忍《しのぶ》はクスッと笑《わら》う。

「語源《ごげん》はそうだ。でも今《いま》は、小学校《しょうがっこう》でいい成績《せいせき》だったのに偏差値《へんさち》の高《たか》い中高一貫校《ちゅうこういっかんこう》に進学《しんがく》した後《あと》、周《まわ》りが高《こう》レベルでついていけず、成績《せいせき》が落《お》ち、浮《う》かび上《あ》がれない生徒《せいと》を指《さ》す言葉《ことば》になってるんだ。受験業界用語《じゅけんぎょうかいようご》らしい。」

私《わたし》は、ドキッ！

今《いま》、通《かよ》っている中高一貫校《ちゅうこういっかんこう》の浜田《はまだ》は、私《わたし》の第《だい》3志望《しぼう》だった。

第《だい》1志望《しぼう》にも第《だい》2志望《しぼう》にも落《お》ちて、ここしか入学《にゅうがく》できなかったんだ。

市立中学《いちりつちゅうがく》に行《い》くって方法《ほうほう》もあったんだけれど、市立《いちりつ》には小学校《しょうがっこう》で一緒《いっしょ》だった子《こ》がたくさんいる。

私《わたし》が中学受験《ちゅうがくじゅけん》をする事《こと》は、皆《みな》に知《し》れ渡《わた》っていたし、それで嫌味《いやみ》を言《い》われたり、差別《さべつ》されたりした事《こと》もあった。

ちょうど「消《き》えた自転車《じてんしゃ》は知《し》っている」の頃《ころ》だよ。

だから、私立《しりつ》に落《お》ちて公立《こうりつ》に来《き》たなんて事《こと》になったら、どんな言《い》われ方《かた》をするかわからない。

それでしかたなく、この浜田《はまだ》に通《かよ》う事《こと》にしたんだ。

最初《さいしょ》はすごく落《お》ち込《こ》んで、悲《かな》しくて、自己肯定感《じここうていかん》がぐぅんと下《さ》がってしまって、もう自分《じぶん》はダメだって思《おも》っていた。

私《わたし》の人生《じんせい》は、もう終《お》わったんだって。

KZ《カッズ》活動《かつどう》があったから、何《なん》とか耐《た》えられた感《かん》じだった。

そのうちに慣《な》れてきたっていうか、それが普通《ふつう》になってきて、どんな中学《ちゅうがく》に通《かよ》っていても自分《じぶん》に変《か》わりはない、自分《じぶん》は自分《じぶん》だって思《おも》えるようになった。

でも、もし第《だい》1志望《しぼう》や第《だい》2志望《しぼう》の私立《しりつ》に受《う》かっていたとしたら・・・。

その2校《こう》は、レベルのかなり高《たか》い学校《がっこう》だった。

私《わたし》はひょっとしてついていけず、深海魚《しんかいぎょ》になっていたかも知《し》れない。

深海《しんかい》みたいに真《ま》っ暗《くら》で、光《ひかり》の射《さ》さない所《ところ》に落《お》ちてしまったまま、暗鬱《あんうつ》な中学《ちゅうがく》3年間《ねんかん》を送《おく》る羽目《はめ》になったのかも。

そう考《かんが》えると、それらを落《お》ちて今《いま》の浜田《はまだ》に来《き》たのは、幸《しあわ》せな事《こと》だったのかも知《し》れないと思《おも》えてきた。

「そこからさらに転《てん》じて、一時期《いちじき》は輝《かがや》いてたのに、その後《ご》、沈《しず》んじゃって浮《う》かび上《あ》がれないキャラを指《さ》すようになってる。」

そうなんだ。

「新海《しんかい》の場合《ばあい》、リトルリーグのチームに入《はい》ってて、エースだったから。」

わぁ野球《やきゅう》やってたんだ、意外《いがい》っ！

肌《はだ》が白《しろ》くて日《ひ》に焼《や》けてないし、繊細《せんさい》な感《かん》じだから、スポーツとは縁《えん》がなさそうに見《み》えたんだけどな。

「実力《じつりょく》も人気《にんき》もある華《はな》やかなエースだったらしい。」

私《わたし》は、さっき見《み》た新海光牙《しんかいこうが》の姿《すがた》を心《こころ》に浮《う》かび上《あ》がらせ、頭《あたま》に野球帽《やきゅうぼう》をかぶせ、体《からだ》にユニフォームを着《き》せてマウンドに立《た》たせてみた。

う〜む、絵《え》になる、美《うつく》しいっ！

「浜田《はまだ》へはスポーツ特待《とくたい》で入《はい》って、野球部入《やきゅうぶい》りした。片山《かたやま》とダブルエースかって噂《うわさ》されてたらしい。ところが入部《にゅうぶ》1週間《しゅうかん》ぐらいで突然《とつぜん》、退部届《たいぶとどけ》出《だ》してそのまんま。登校《とうこう》はしてるけど、休《やす》み時間《じかん》でもグラウンドや体育館《たいいくかん》に出《で》てこず教室内《きょうしつない》でヨドんでるみたいだ。」

それで深海魚《しんかいぎょ》なのかぁ。

「なんで退部《たいぶ》したの？」

私《わたし》の質問《しつもん》に、忍《しのぶ》は首《くび》を傾《かし》げた。

「さぁ知《し》らね。」

きっと悠飛《ゆうひ》なら知《し》ってるよね、よし聞《き》いてみよっと。

そう思《おも》ったとたん、忍《しのぶ》が片手《かたて》を伸《の》ばして私《わたし》の肩《かた》をつかんだ。

「片山《かたやま》に、新海《しんかい》の事《こと》聞《き》くなよ。」

うっ、この素早《すばや》さは、もしかして読心術《どくしんじゅつ》かも。

忍《しのぶ》は、修験者《しゅげんじゃ》の修行《しゅぎょう》をしている。

だから普通《ふつう》の人間《にんげん》にはとてもできない事《こと》まで軽々《かるがる》とやってのけるんだ。

「片山《かたやま》って、おまえを好《す》きなんだろ。」

ん～、前《まえ》にそう言《い》ってた事《こと》はあるけど、今《いま》はわかんないな。

気持《きも》ちって、変《か》わるものだもの。

「自分《じぶん》の好《す》きなヤツが、他《ほか》の男《おとこ》の事《こと》聞《き》いてきたら、イラッとするじゃんよ。やめとけ。代《か》わりに俺《おれ》が片山《かたやま》に聞《き》いといてやるから。」

私《わたし》は、あわてて首《くび》を横《よこ》に振《ふ》った。

「そこまでしなくても大丈夫《だいじょうぶ》。ちょっと不思議《ふしぎ》に思《おも》っただけだから気《き》にしないで、忘《わす》れて。」

忍《しのぶ》は、とっても親切《しんせつ》なんだ。

その上《うえ》、平和主義者《へいわしゅぎしゃ》だよ。

妖怪《ようかい》や死霊《しりょう》とも交信《こうしん》できるけれど、彼《かれ》らを退治《たいじ》しようなんて思《おも》わず、一緒《いっしょ》に仲良《なかよ》く暮《く》らしていこうって考《かんが》えている。

テストの成績《せいせき》もいいし運動神経《うんどうしんけい》もバツグン、もちろん外見《がいけん》もパーフェクトっ！

ただ1つの欠点《けってん》は、超《ちょう》をつけてもいいほどの天然《てんねん》だって事《こと》かなぁ。

それさえなかったら、ほんと、ステキなんだけどな。

「どっか行《い》くとこだったんでしょ。」

私《わたし》がそう言《い》うと、忍《しのぶ》はハッとしたように背筋《せすじ》を伸《の》ばした。

「片山《かたやま》から、朝練《あされん》付《つ》き合《あ》えって言《い》われてたんだ。」

悠飛《ゆうひ》の投《な》げるボールは高校生《こうこうせい》並《な》みの速球《そっきゅう》で、しかも重《おも》く威力《いりょく》があるから、受《う》け止《と》められる部員《ぶいん》がいない。

それで動体視力《どうたいしりょく》や腕力《わんりょく》を鍛《きた》えている忍《しのぶ》が、助《すけ》っ人《と》として駆《か》り出《だ》されるんだ。

きっと悠飛《ゆうひ》は将来《しょうらい》、プロになるよね。

日本《にほん》を飛《と》び出《だ》して海《うみ》を渡《わた》り、大《だい》リーグの選手《せんしゅ》になるかも知《し》れない。

そしたら私《わたし》、アメリカまで応援《おうえん》に行《い》こうっと、楽《たの》しみだなぁ。

「そんじゃな。」

急《いそ》いで立《た》ち去《さ》る忍《しのぶ》を見送《みおく》り、私《わたし》は教室《きょうしつ》に向《む》かった。

「あ、立花《たちばな》、」

マリンに声《こえ》をかけられたのは、教室《きょうしつ》の出入《でい》り口《ぐち》まで行《い》った時《とき》の事《こと》。

「ちょうどいい、聞《き》いてくれ。」

マリンは不愉快《ふゆかい》そうな息《いき》をつきながら私《わたし》の腕《うで》をつかみ、廊下《ろうか》の端《はし》の方《ほう》まで連《つ》れていった。

「どう思《おも》うよ、おまえさぁ。」

はぁ・・・。

「スマホで自分《じぶん》の写真《しゃしん》を加工《かこう》してる連中《れんちゅう》の事《こと》だよ。」

そう言《い》いながら教室《きょうしつ》の方《ほう》を振《ふ》り返《かえ》る。

それで私《わたし》は、クラスメートの誰《だれ》かがそうしていたか、その事《こと》について話《はな》していたのに違《ちが》いないと見当《けんとう》をつけた。

「肌白《はだしろ》くしたり、目大《めおお》きくしたり、体細《からだほそ》くしたりしてさ、それを自分《じぶん》の写真《しゃしん》だってSNS《エスエヌエス》に投稿《とうこう》してるんだぞ。まあ昔《むかし》っからだけどさ。」

マリンはかなり不満《ふまん》げで、許《ゆる》しておけないと言《い》わんばかりだった。

「自分《じぶん》を美化《びか》して、堂々《どうどう》と嘘《うそ》つきまくるのは、ズルいじゃないか。」

えっと、そう言《い》われてみれば、そんな気《き》もしないけれど、でもそれって、そんなに怒《おこ》るほどの事《こと》?

「私《わたし》たち中学生《ちゅうがくせい》が皆《みんな》、そうしてたら、小学生《しょうがくせい》とかもそういうものだと思《おも》い込《こ》むだろうし、見《み》た目《め》重視《じゅうし》って考《かんが》え方自体《かたじたい》、正《ただ》しくないじゃん。未成年《みせいねん》のスマホからはそういう機能《きのう》を削除《さくじょ》すべきだと思《おも》うんだ。せめてうちの学校《がっこう》だけでも、そういう校則《こうそく》を作《つく》った方《ほう》がいいと思《おも》わないか。」

マリンは、自分《じぶん》の考《かんが》えを他人《たにん》に押《お》し付《つ》けたいタイプ。

自分《じぶん》がいいと思《おも》ったり、信《しん》じたりしている事《こと》に、皆《みな》が同意《どうい》して、従《したが》ってくれないと不満《ふまん》なんだよ。

でも今《いま》は、多様性《たようせい》の時代《じだい》でしょ。

いろんな趣味《しゅみ》や考《かんが》え方《かた》を持《も》っている人《ひと》が、お互《たが》いの違《ちが》いを認《みと》め合《あ》って生《い》きていこうっていう自由度《じゆうど》の高《たか》い世《よ》の中《なか》になってきてると思《おも》うんだ。

他人《たにん》の趣味《しゅみ》は、そのせいで迷惑《めいわく》をかけられてるんなら別《べつ》だけど、気《き》に入《い》らないってだけなら、そこは我慢《がまん》するしかないんじゃないかな。

「マリンが写真《しゃしん》の加工《かこう》を嫌《いや》だと思《おも》うのなら、自分《じぶん》がしなければいいんじゃない？　それが好《す》きな人《ひと》はすればいいし、各自《かくじ》が思《おも》い通《どお》りにするのがいいと思《おも》うよ。」

マリンは顔色《かおいろ》を変《か》えた。

「おまえ、私《わたし》の意見《いけん》に賛成《さんせい》しないのか。友《とも》だちだと思《おも》ってたのに、そうじゃなかったんだな。」

え・・・友《とも》だちだけど、だからって意見《いけん》が同《おな》じとは限《かぎ》らないよ。

「裏切《うらぎ》り者《もの》！」

そんなぁ・・・。

「もういい、おまえとは絶交《ぜっこう》だ！」

そう言《い》い放《はな》つなりマリンはさっと私《わたし》に背《せ》を向《む》け、教室《きょうしつ》に駆《か》け込《こ》んでいった。

取《と》り残《のこ》されて、私《わたし》はアゼンっ！

あっという間《ま》の友情崩壊《ゆうじょうほうかい》に気持《きも》ちがついていけず、ただ立《た》ち尽《つ》くしていた。

2　優先順位《プライオリティ》

その日一日《いちにち》、私《わたし》はすっごく気分《きぶん》が重《おも》かった。

お昼時間《ひるじかん》とか教室移動《きょうしついどう》、ホームルームなんかでマリンと目《め》が合《あ》うたびに、あからさまに、

「フン！」

って顔《かお》をされるんだもの。

こんな嫌《いや》な気分《きぶん》を味《あじ》わうくらいなら、たとえ嘘《うそ》でも、

「賛成《さんせい》、その通《とお》りだよね。」

って言《い》っておけばよかったのかも知《し》れない。

でもそれじゃマリンの後押《あとお》しをする事《こと》になるし、自分《じぶん》が正《ただ》しいと思《おも》っていない方向《ほうこう》に進《すす》むハメになる。

それは嫌《いや》だしなぁ・・・。

私《わたし》はあれこれと考《かんが》えながら下校《げこう》した。

真《ま》っ直《す》ぐ秀明《しゅうめい》に行《い》って、憂鬱《ゆううつ》な気持《きも》ちを抱《かか》えつつきちんと授業《じゅぎょう》を受《う》け、休《やす》み時間《じかん》になると事件《じけん》

ノートを持《も》ってカフェテリアに上《のぼ》っていったんだ。

「あ、アーヤ、こっちこっち。」

小塚君《こづかくん》が手《て》を上《あ》げてくれたので、真《ま》っ直《す》ぐそのテーブルに向《む》かい、全員《ぜんいん》がそろっている事《こと》を確《かく》認《にん》しながら事件《じけん》ノートを置《お》いた。

直後《ちょくご》、皆《みな》がいっせいに口《くち》を開《ひら》く。

「なんだ、その派手《はで》なむくれっ面《つら》は。」

「つうか、暗《くら》い。ヤバいほど暗《くら》すぎる。」

「何《なに》があったの？」

「今朝《けさ》、俺《おれ》と話《はな》してた時《とき》は、確《たし》かフツーだったはず。」

「原因《げんいん》は、なんなんでしょ。」

「力《ちから》になるから打《う》ち明《あ》けてごらん。」

メンバー6人《にん》からじいっと見《み》つめられて、私《わたし》は思《おも》わず涙《なみだ》がジンワリ・・・。

「わっ、泣《な》くっ！」

「誰《だれ》かハンカチ出《だ》せ。」

「そっちじゃねーだろ。サッサと止《と》めるんだ。」

「落《お》ち着《つ》いて。ほら座《すわ》れば？」

黒木君《くろきくん》が椅子《いす》を引《ひ》いてくれた。

「泣《な》かないで訳《わけ》を話《はな》してよ。」

私《わたし》は、その椅子《いす》に腰《こし》を下《お》ろし、大《おお》きな息《いき》をついた。

「友《とも》だちに絶交《ぜっこう》されたの。」

そう言《い》ったとたん、またも悲《かな》しくなってしまって、サメザメと泣《な》きながら事情《じじょう》を話《はな》した。

すると若武《わかたけ》が開口一番《かいこういちばん》、こう言《い》ったんだ。

「アーヤ、元気《げんき》を出《だ》せ。おまえは悪《わる》くない。」

ほんとっ!?

「ただ言《い》い方《かた》が悪《わる》かっただけだ。」

やっぱり悪《わる》いんじゃないかぁ。

「その女《おんな》、今度《こんど》連《つ》れてこい。俺《おれ》が性格叩《せいかくたた》き直《なお》してやる。という事《こと》で、この話《はなし》は終《お》わりだ。」

え・・・もう終《お》わるの？

「KZ《カッズ》セブン会議《かいぎ》を始《はじ》めるぞ。今回《こんかい》の事件《じけん》は、」

さっさと議事《ぎじ》を進《すす》める若武《わかたけ》の声《こえ》に、小塚君《こづかくん》の気遣《きづか》うような声《こえ》が重《かさ》なった。

「アーヤが、まだ悲《かな》しそうだよ。」

若武《わかたけ》は、チラッと私《わたし》に視線《しせん》を流《なが》す。

「KZ《カッズ》セブン会議《かいぎ》は、女《おんな》を慰《なぐさ》めるためのものじゃない。事件《じけん》の調査《ちょうさ》のための会議《かいぎ》だ。よって優先順位《プライオリティ》としては、まず事件《じけん》。アーヤの事《こと》はその次《つぎ》。」

翼《たすく》が、目《め》を三角《さんかく》にして若武《わかたけ》をにらんだ。

「メンバーのメンタル回復《かいふく》が先《さき》でしょ。」

上杉君《うえすぎくん》が片手《かたて》を上《あ》げる。

「俺的《おれてき》には、1立花《たちばな》、2事件《じけん》の順《じゅん》だ。記録係《きろくがかり》の感情《かんじょう》が不安定《ふあんてい》じゃ、記述《きじゅつ》にミスが出《で》かねんからな。賛成《さんせい》のヤツは挙手《きょしゅ》しろ。」

次々《つぎつぎ》と手《て》が上《あ》がり、あっという間《ま》に若武《わかたけ》は孤立《こりつ》した。

「ちきしょう！　じゃいいよ、アーヤからで。」

面白《おもしろ》くなさそうに言《い》いながら、横目《よこめ》で私《わたし》を見《み》る。

「さっきも言《い》ったけど、その女《おんな》、連《つ》れてこい。曲《ま》がった性格叩《せいかくたた》き直《なお》してやる。」

翼《たすく》が眉《まゆ》を上《あ》げた。

「性格《せいかく》が曲《ま》がってるっていうより、ただのバカでしょ。」

若武《わかたけ》は、我《わ》が意《い》を得《え》たりと言《い》わんばかりに勢《いきお》いよく身《み》を乗《の》り出《だ》す。

「当然《とうぜん》バカだ。バカに決《き》まってる。絶交《ぜっこう》で幸《さいわ》いだ、バカと付《つ》き合《あ》わずにすむんだからな。」

珍《めずら》しく意見《いけん》が一致《いっち》し、翼《たすく》と若武《わかたけ》はニッコリ微笑《ほほえ》み合《あ》った。

その2人《ふたり》に挟《はさ》まれた位置《いち》にいた小塚君《こづかくん》が、同情《どうじょう》したような表情《ひょうじょう》でつぶやく。

「その子《こ》、たぶんセルフコントロールができないんだよ。」

黒木君《くろきくん》が頷《うなず》く。

「明《あき》らかにそうだね。それに友《とも》だちなら意見《いけん》も同《おな》じであるべきだって考《かんが》えてるようじゃ、精神的《せいしんてき》にかなり幼《おさな》いよ。小学校低学年《しょうがっこうていがくねん》レベルだ。」

そう言《い》いながら私《わたし》に視線《しせん》を投《な》げた。

「俺《おれ》たちはさ、どんな人間《にんげん》の主張《しゅちょう》も否定《ひてい》せず、取《と》りあえず受《う》け止《と》めるべきだよ。で、よく考《かんが》えてから、反論《はんろん》があれば、相手《あいて》にわかるような言葉《ことば》できちんと発信《はっしん》する。そのためにはいつも自分《じぶん》の感情《かんじょう》をコントロールしてなくちゃダメなんだ。」

そうなのかぁ。

あの時《とき》、私《わたし》、確《たし》かに感情《かんじょう》のコントロールができてなかったかも知《し》れない。

マリンがすごく不満《ふまん》げな調子《ちょうし》で人《ひと》をけなしてるのを聞《き》いて、またかと思《おも》って、ちょっと嫌気《いやけ》がさしたんだ。

自分《じぶん》と違《ちが》ってる人《ひと》を絶対《ぜったい》に認《みと》めないマリンに、ちょっとムッとしてたんだよ。

それがいけなかったんだね。

でも取《と》りあえず受《う》け止《と》めるって、具体的《ぐたいてき》にどうすればいいんだろ。

「受《う》け止《と》めるって、どういうふうにすればいいの？」

私《わたし》が聞《き》くと、黒木君《くろきくん》は軽《かる》く答《こた》えた。

「簡単《かんたん》だよ。相手《あいて》の言《い》ってる言葉《ことば》をその通《とお》りに繰《く》り返《かえ》して、相手《あいて》に伝《つた》えるだけでいいんだ。」

えっとマリンは、未成年《みせいねん》のスマホから加工機能《かこうきのう》を削除《さくじょ》すべきだ、せめてうちの学校《がっこう》だけでもそういう校則《こうそく》を作《つく》った方《ほう》がいい、って言《い》ってたんだよね。

だから私《わたし》は、未成年《みせいねん》のスマホから加工機能《かこうきのう》を削除《さくじょ》すべきだ、うちの学校《がっこう》だけでもそういう校則《こうそく》を作《つく》った方《ほう》がいいってマリンは思《おも》ってるんだね、と言《い》えばよかったのかぁ。

「同《おな》じ言葉《ことば》を繰《く》り返《かえ》す事《こと》で、自分《じぶん》の心《こころ》に相手《あいて》の気持《きも》ちが入《はい》り込《こ》んできて理解《りかい》しやすくなるし、相《あい》手《て》も受《う》け止《と》めてもらえたと感《かん》じるんだ。」

なるほど。

「だけどさ、」

若武《わかたけ》は若干《じゃっかん》、不服《ふふく》そうだった。

「自分《じぶん》と違《ちが》う意見《いけん》や、やり方《かた》を見聞《みき》きすると、それってムカつくし、ストレスになるじゃん。そこを受《う》け止《と》めたり、認《みと》めたりするって、結構《けっこう》なプレッシャーじゃね？　俺《おれ》、苦手《にがて》かも。上杉《うえすぎ》もだろ。」

皆《みな》がいっせいに上杉君《うえすぎくん》に目《め》を向《む》ける。

私《わたし》も、だった。

「俺《おれ》、そうでもね。」

上杉君《うえすぎくん》は平然《へいぜん》とした顔《かお》だった。

「他人《たにん》に関心《かんしん》ないし、そもそも距離《きょり》取《と》ってるから、そういう事自体《ことじたい》がほとんど起《お》こらん。」

クールだなぁ。

「俺《おれ》も、あんま気《き》になんないかな。」

忍《しのぶ》が、いかにも育《そだ》ちのよさそうな品《ひん》のいい微笑《びしょう》を浮《う》かべる。

「人間《にんげん》はそれぞれ各人各様《かくじんかくよう》、十人十色《じゅうにんといろ》で当《あ》たり前《まえ》、って思《おも》ってるから。」

うむ、鷹揚《おうよう》だ。

マリンもわかってくれるといいのになぁ。

「人間《にんげん》だけじゃなくて昆虫《こんちゅう》もそうだよ。」

小塚君《こづかくん》が力説《りきせつ》する。

「トンボとかショウジョウバエとか同《おな》じ種類《しゅるい》でも、個体《こたい》によって微妙《びみょう》に違《ちが》ってる。つまり個性《こせい》があるんだ。」

へぇ！

「群《む》れの中《なか》には色《いろ》んな個性《こせい》を持《も》った個体《こたい》がいて、それが群《む》れから排除《はいじょ》される事《こと》はない。つまり多様性《たようせい》が認《みと》められているんだよ。」

すごいな昆虫《こんちゅう》。

「千葉大《ちばだい》とかの研究《けんきゅう》によれば、昆虫《こんちゅう》でも多様性《たようせい》を持《も》ってる集団《しゅうだん》の方《ほう》が、生産性《せいさんせい》が高《たか》くて絶滅《ぜつめつ》のリスクが少《すく》ないって結果《けっか》が出《で》てる。」

そうなのかぁ。

「人間《にんげん》もこれからは、お互《たが》いの違《ちが》いを認《みと》めてそれを受《う》け入《い》れていく時代《じだい》でしょ。」

翼《たすく》がそう言《い》い、からかうような笑《え》みを浮《う》かべて若武《わかたけ》を見《み》た。

「若武《わかたけ》、おまえもそれに適応《てきおう》してかないとダサい男《おとこ》になるぜ。」

若武《わかたけ》は、さっきまでの仲《なか》よしムードをすっ飛《と》ばし、ムッとしたように翼《たすく》をにらんだ。

「その話《はなし》、いつまでしてるつもりだよ。議題《ぎだい》に戻《もど》るぞ。」

ぐるっと私《わたし》たちを見回《みまわ》し、きれいな2つの目《め》に強《つよ》い光《ひかり》を瞬《またた》かせる。

「今回《こんかい》は大事件《だいじけん》だ。」

私《わたし》は急《いそ》いで事件《じけん》ノートを開《ひら》き、記録《きろく》を取《と》る準備《じゅんび》をした。

「犯行《はんこう》は、卑劣極《ひれつきわ》まりない。」

ゴックン！

「しかも犯人《はんにん》は、現場《げんば》に何《なん》の手《て》がかりも残《のこ》していない。指紋《しもん》さえもないんだ。」

おお、いかにも難事件《なんじけん》っぽい。

「すでに警察《けいさつ》が捜査《そうさ》に乗《の》り出《だ》しているが、犯人《はんにん》を捕《つか》まえられず行《い》き詰《づ》まっている。それほどの事《じ》件《けん》なんだ。」

よし我《われ》らKZ《カッズ》が解決《かいけつ》するぞ、燃《も》えるなぁ！

「若武《わかたけ》、やたらムードだけあおって盛《も》り上《あ》げるのはよせ。」

上杉君《うえすぎくん》が腕《うで》を組《く》み、椅子《いす》の背《せ》にもたれかかった。

「具体的《ぐたいてき》に話《はな》せよ。犯行日《はんこうび》と場所《ばしょ》と被害者《ひがいしゃ》、および事件《じけん》の全容《ぜんよう》についてだ。」

若武《わかたけ》は、不敵《ふてき》な感《かん》じのする笑《わら》いを浮《う》かべる。

「聞《き》いて驚《おどろ》くな。覚悟《かくご》はいいか。」

私《わたし》は、しっかとシャープペンを握《にぎ》りしめた。

ドキドキ、ドッキン！

「その事件《じけん》は、真夜中《まよなか》に起《お》こった。」

うっ、いかにもすごそう。

「犯行場所《はんこうばしょ》は、新玉街道《しんたまかいどう》が国道《こくどう》に合流《ごうりゅう》する地点《ちてん》。」

ううっ、ますます本格的《ほんかくてき》な雰囲気《ふんいき》。

「被害者《ひがいしゃ》は秋台修《あきだいおさむ》。」

うううっ、どんな目《め》に遭《あ》ったんだろう、かわいそうに。

「事件《じけん》の内容《ないよう》は窃盗《せっとう》だ。その場所《ばしょ》にあった無人販売所《むじんはんばいじょ》から餃子《ぎょうざ》5パックが盗《ぬす》まれた、以上《いじょう》。」

はあっ⁉

3 急《きゅう》なやる気《き》

私《わたし》は、目《め》を点《てん》にしたまま固《かた》まってしまった。

その大事件《だいじけん》って、餃子《ぎょうざ》5パックが盗《ぬす》まれたって話《はなし》なのぉ!?

「だせぇ・・・」

翼《たすく》の声《こえ》と共《とも》に、皆《みな》が身《み》でも投《な》げるかのように次々《つぎつぎ》とテーブルの上《うえ》に上半身《じょうはんしん》を投《な》げ出《だ》し、ガックリと顔《かお》を伏《ふ》せた。

「おまけに、ちっこい。」

「餃子《ぎょうざ》5パックって・・・マジかよ。」

「どこが卑劣極《ひれつきわ》まりない大事件《だいじけん》なんだ。」

上杉君《うえすぎくん》が、両手《りょうて》をテーブルに叩《たた》き付《つ》ける。

「くだらん。」

同感《どうかん》!

「若武《わかたけ》、決《けつ》を採《と》れ。俺《おれ》はこの事件《じけん》、却下《きゃっか》に1票《ぴょう》だ。」

私《わたし》も、却下《きゃっか》に賛成《さんせい》。

「そりゃ当然《とうぜん》、却下《きゃっか》でしょ。」

皆《みな》の意見《いけん》がしだいにまとまっていく。

「ん、俺《おれ》も却下《きゃっか》かな。」

忍《しのぶ》にまでそう言《い》われて、若武《わかたけ》は、かなりあせった様子《ようす》を見《み》せた。

「ちょっと待《ま》て。おまえら、よく聞《き》くんだ。」

全員《ぜんいん》に目《め》を配《くば》りながら、もっともらしい表情《ひょうじょう》を取《と》りつくろう。

「無人販売所《むじんはんばいじょ》というのは、人間《にんげん》の良心《りょうしん》や善意《ぜんい》に基《もと》づいて運営《うんえい》されているものなんだぞ。誰《だれ》も見《み》ていなくても、払《はら》うべきものは払《はら》う、それが人間《にんげん》の良心《りょうしん》であり善意《ぜんい》なんだ。その大前提《だいぜんてい》を引《ひ》っくり返《かえ》して金《かね》を払《はら》わずに持《も》ち去《さ》るなんて、この世《よ》で一番卑劣《いちばんひれつ》な行為《こうい》じゃないか。」

まぁそう言《い》われてみればそうだけど。

「そもそもおまえらが考《かんが》えている大事件《だいじけん》とは、どういう事件《じけん》なんだ。派手《はで》な殺人《さつじん》、複雑《ふくざつ》な謎《なぞ》、不気味《ぶきみ》な言《い》い伝《つた》え、大量《たいりょう》の札束《さつたば》や金塊《きんかい》がからむような事件《じけん》の事《こと》か。バカを言《い》うな。真面目《まじめ》に生《い》きている普通《ふつう》の市民《しみん》が巻《ま》き込《こ》まれ、日常生活《にちじょうせいかつ》に支障《ししょう》が出《で》るようなひどい目《め》にあう事《こと》こそ、あってはならない大事件《だいじけん》なんじゃないのか。」

うっ、確《たし》かに。

「被害者秋台氏《ひがいしゃあきだいし》は、無人販売所《むじんはんばいじょ》を営《いとな》み、その収益《しゅうえき》で暮《く》らしている。小《ちい》さな店《みせ》だから、餃子《ぎょうざ》5パックが盗《ぬす》まれただけでも被害《ひがい》は大《おお》きいんだ。今後《こんご》も同《おな》じ窃盗《せっとう》が繰《く》り返《かえ》されるかも知《し》れんし、そうなったら生活《せいかつ》していけなくなる。秋台家《あきだいけ》には俺《おれ》たちと同《おな》じ中《ちゅう》1の息子《むすこ》、そして高齢《こうれい》で寝《ね》たきりの祖父《そふ》がいる。収入《しゅうにゅう》は無人販売所《むじんはんばいじょ》の売《う》り上《あ》げだけだ。それがなくなればガスや水道《すいどう》、電気代《でんきだい》が払《はら》えなくなって止《と》められるし、食《く》ってく事《こと》もできん。3人《にん》にとっては死活問題《しかつもんだい》なんだぞ。」

ううっ。

「犯人《はんにん》を挙《あ》げさえすれば、もう窃盗《せっとう》は起《お》きん。3人《にん》は救《すく》われるんだ。彼《かれ》らに手《て》を差《さ》し伸《の》べ、助《たす》けてやろうって気《き》にはならんのか。正義《せいぎ》を愛《あい》する気持《きも》ちはどこにやったんだ。」

うううっ。

「KZ《カッズ》の使命《しめい》は社会貢献《しゃかいこうけん》だぞ。忘《わす》れたのかっ！」

うわーん、悪《わる》かったよぉ。

「ごめん、僕《ぼく》、餃子《ぎょうざ》5パック事件《じけん》の調査《ちょうさ》に賛成《さんせい》するよ。」

小塚君《こづかくん》がしおしおと言《い》うと、忍《しのぶ》も頷《うなず》いた。

「ショボいが、やむをえん。」

私《わたし》も賛成《さんせい》し、上杉君《うえすぎくん》や翼《たすく》も、しかたなさそうな溜《た》め息《いき》をつく。

「じゃいいよ、それで。」

「俺《おれ》も。」

黒木君《くろきくん》が同意《どうい》しながら、ちょっと笑《わら》った。

「いやぁ久《ひさ》しぶりに聞《き》いたね、リキの入《はい》った若武節《わかたけぶし》。」

若武節《わかたけぶし》？

「詐欺師《さぎし》の歌《うた》、とも言《い》う。」

あーっ、もしかして私《わたし》たち、乗《の》せられたの？

「俺《おれ》も上杉《うえすぎ》も、わかってたよ。」

翼《たすく》が上杉君《うえすぎくん》に目《め》をやると、上杉君《うえすぎくん》はくやしそうに頷《うなず》いた。

「トロい2人《ふたり》と天然1人《てんねんひとり》は、どうせ丸《まる》め込《こ》まれるに決《き》まってる。そしたら合計《ごうけい》3票《びょう》だ。その3票《びょう》に若武自身《わかたけじしん》の票《ひょう》を加《くわ》えると、4票《ひょう》。俺《おれ》たち3人《にん》がいくら反対《はんたい》しても、多数決《たすうけつ》で負《ま》ける。抵抗《ていこう》するだけムダだから、早《はや》めに妥協《だきょう》したんだ。」

そうだったのか。

「トロい2人《ふたり》と天然1人《てんねんひとり》って、」

小塚君《こづかくん》が私《わたし》を見《み》た。

「僕《ぼく》たちの事《こと》だよね。僕《ぼく》とアーヤと七鬼《ななき》。」

私《わたし》は憤然《ふんぜん》とし、荒《あら》い息《いき》を吐《は》く。

「そうみたいだけど、あからさまに失礼《しつれい》だよね。」

忍《しのぶ》がニッコリした。

「俺《おれ》って、どっち？　トロいの、それとも天然《てんねん》の方《ほう》？」

えーい、うれしそうに言《い》うなっ！

「そこ、ゴチャゴチャうるさい。会議《かいぎ》を続《つづ》けるぞ。静粛《せいしゅく》にしろ静粛《せいしゅく》に。」

若武《わかたけ》は、自分《じぶん》の思《おも》い通《どお》りに話《はなし》が進《すす》んだので、とても満足《まんぞく》そうだった。

「では今回《こんかい》の事件《じけん》は、『餃子《ぎょうざ》5パック盗難事件《とうなんじけん》』だ。」

ああ規模《きぼ》が小《ちい》さい、小《ちい》さすぎるっ！

「アーヤ、シャープペンの芯《しん》、バキバキ折《お》るんじゃない。」

つい力《ちから》が入《はい》るんだよぉ、情《なさ》けなさすぎて。

「事件《じけん》の全貌《ぜんぼう》は、ここに載《の》っている通《とお》りだ。」

若武《わかたけ》は、自分《じぶん》のスマートフォンをテーブルに載《の》せた。

それを操作《そうさ》してネットのニュースを出《だ》すと、その1つを選択《せんたく》する。

数《かず》あるニュースの中《なか》でも一番下《いちばんした》に書《か》かれている記事《きじ》だった。

「やっぱショボい感《かん》、満載《まんさい》だな。」

つまらなそうに言《い》う上杉君《うえすぎくん》をにらんで、若武《わかたけ》はその記事《きじ》を画面《がめん》いっぱいに広《ひろ》げた。

私《わたし》は内容《ないよう》をメモしようとして身《み》を乗《の》り出《だ》す。

「新玉市《しんたまし》の郊外《こうがい》、新玉街道《しんたまかいどう》が国道《こくどう》に合流《ごうりゅう》する地点《ちてん》にある無人販売所《むじんはんばいじょ》で、深夜《しんや》に餃子《ぎょうざ》5パックが盗《ぬす》まれた。経営者《けいえいしゃ》で店長《てんちょう》の秋台修《あきだいおさむ》さんが警察《けいさつ》に被害届《ひがいとどけ》を出《だ》したが、犯人《はんにん》は捕《つか》まっていない。公開《こうかい》されている犯人《はんにん》の映像《えいぞう》はこちら」

と書《か》かれていて、防犯《ぼうはん》カメラの映像《えいぞう》が見《み》られるようになっていた。

「大《たい》した事《こと》、書《か》いてないね。」

そう言《い》った小塚君《こづかくん》に、若武《わかたけ》は平然《へいぜん》と答《こた》える。

「これ以上《いじょう》の事《こと》は、今《いま》のところわかってない。」

忍《しのぶ》が、釈然《しゃくぜん》としないというような顔《かお》で若武《わかたけ》を見《み》た。

「じゃ、さっきのおまえの話《はなし》、どっから出《で》たの？」

若武《わかたけ》は一瞬《いっしゅん》、黙《だま》り込《こ》む。

皆《みな》が注目《ちゅうもく》していると、やがて渋々《しぶしぶ》、告白《こくはく》した。

「あれは、実《じつ》は、作《つく》り話《ばなし》だ。」

げっ！

「この事件《じけん》に興味《きょうみ》を持《も》ってもらいたい一心《いっしん》で、つい創作《そうさく》に走《はし》ったんだ。」

おのれっ、詐欺師《さぎし》っ！

「本当《ほんとう》のところは、これから調《しら》べりゃいい。この事件《じけん》を取《と》り上《あ》げる事《こと》は、もう決《き》まったんだから。」

事《こと》もなげに言《い》う若武《わかたけ》の前《まえ》で、皆《みな》はうんざりしたような顔《かお》で目配《めくば》せし合《あ》った。

誰《だれ》も何《なに》も言《い》わなかったけれど、心《こころ》では、

「これだよ、全《まった》く！　厚《あつ》かましいにもほどがある。誰《だれ》か、こいつをなんとかしろよ。」

と思《おも》っているようだった。

「聞《き》きたいんだけどさ、」

忍《しのぶ》は、なお納得《なっとく》できなかったらしく食《く》い下《さ》がる。

「なんで、こんなショボい事件《じけん》に着目《ちゃくもく》したの？」

若武《わかたけ》は両手《りょうて》を拳《こぶし》に握《にぎ》り、テーブルに押《お》し付《つ》けて私《わたし》たちを見回《みまわ》した。

「俺《おれ》の野生《やせい》の勘《かん》が、ただならぬ気配《けはい》を感《かん》じ取《と》ったんだ。」

ぶっ！

「これは間違《まちが》いなく大事件《だいじけん》だ。」

上杉君《うえすぎくん》がすっくと立《た》ち上《あ》がる。

「バカバカしくて付《つ》き合《あ》えん。帰《かえ》る。」

ああ私《わたし》も帰《かえ》りたい。

「まぁ待《ま》て。」

そう言《い》いながら若武《わかたけ》は、防犯《ぼうはん》カメラの映像《えいぞう》のサムネイルをタップした。

「これが大事件《だいじけん》である事《こと》を証明《しょうめい》するような何《なに》かが、ここに映《うつ》っているかも知《し》れん。」

それで私《わたし》は、いくらか期待《きたい》して画面《がめん》を見《み》つめたのだった。

そこに映《うつ》っていたのは、黒《くろ》いパーカーに黒《くろ》いズボン、手袋《てぶくろ》をして、黄色《きいろ》の目出《めだ》し帽《ぼう》をかぶった男《おとこ》だった。

背《せ》の高《たか》さはわからなかったけれど、特別《とくべつ》に太《ふと》っているとか痩《や》せているとかいう感《かん》じではなく、ごく普通《ふつう》。

顔《かお》はもちろん見《み》えないし、手《て》にも何《なに》も持《も》っていなくて、人物《じんぶつ》を特定《とくてい》できるような手《て》がかりはゼ口だった。

出入《でい》り口《ぐち》から姿《すがた》を現《あらわ》し、冷蔵庫《れいぞうこ》らしき箱《はこ》に近寄《ちかよ》ると、餃子《ぎょうざ》のパックを5つ出《だ》し、そばに置《お》いてあった電子《でんし》レンジでチンして持《も》ち去《さ》っていった。

ただそれが映《うつ》っていただけで、若武《わかたけ》の言《い》った大事件《だいじけん》の証明《しょうめい》どころか、この事件《じけん》の解決《かいけつ》にさえもつながりそうにない映像《えいぞう》だった。

「今《いま》のところ情報《じょうほう》は、これですべてだ。では調査《ちょうさ》に移《うつ》る。アーヤ、まとめてくれ。」

私《わたし》はしかたなく、これまで聞《き》いた事《こと》から若武《わかたけ》の作《つく》り話《ばなし》部分《ぶぶん》を削除《さくじょ》して発表《はっぴょう》した。

「今回《こんかい》の事件《じけん》は、『餃子《ぎょうざ》5パック盗難事件《とうなんじけん》』です。」

全員《ぜんいん》が、一気《いっき》にやる気《き》のなさそうな顔《かお》になる。

私《わたし》の気持《きも》ちも、似《に》たようなものだった。

「盗難《とうなん》が起《お》こった場所《ばしょ》は、新玉市《しんたまし》郊外《こうがい》の無人販売所《むじんはんばいじょ》。経営者《けいえいしゃ》は秋台修《あきだいおさむ》、犯行時間《はんこうじかん》は真夜中《まよなか》、盗《ぬす》まれたのは餃子《ぎょうざ》が5パック。謎《なぞ》としては、1、犯人《はんにん》は誰《だれ》か、2、犯人《はんにん》はなぜ餃子《ぎょうざ》を盗《ぬす》んだのか、」

上杉君《うえすぎくん》がボソッとつぶやく。

「食《く》いたかったんだろ。」

忍《しのぶ》が頷《うなず》いた。

「そーとー餃子《ぎょうざ》好《ず》きなヤツなんだ。だって5パックもだぜ。」

翼《たすく》が口《くち》を挟《はさ》む。

「1人《ひとり》で食《く》うとは限《かぎ》んないでしょ。」

「じゃグループだ。きっと『ギョーザ愛《あい》してる会《かい》』とかだ。」

盛《も》り上《あ》がる3人《にん》を、私《わたし》はにらみつけながら発言《はつげん》を締《し》めくくった。

「この2点《てん》です、以上《いじょう》。」

黒木君《くろきくん》が片手《かたて》を上《あ》げる。

「謎《なぞ》は、もう1つある。」

えっ⁉

「犯人《はんにん》は無人販売所《むじんはんばいじょ》を出《で》た後《あと》、どうしたのか。この謎《なぞ》3を解《と》けば、犯人特定《はんにんとくてい》につながるはずだ。」

え、そぉ？

全然《ぜんぜん》そうとは思《おも》えなかったので、私《わたし》が首《くび》を傾《かし》げていると、黒木君《くろきくん》はクスッと笑《わら》った。

「考《かんが》えてごらんよ。犯人《はんにん》は買《か》い物袋《ものぶくろ》とかバッグとかを持《も》たず、空身《からみ》で入《はい》ってきている。店内《てんない》にあるビニール袋《ぶくろ》も取《と》っていない。つまり5パックの餃子《ぎょうざ》を、手《て》に持《も》ったまま出《で》ていった事《こと》になるだろ。」

あ！

「そのまま電車《でんしゃ》とかバスに乗《の》るとは思《おも》えないし、人通《ひとどお》りの多《おお》い繁華街《はんかがい》やゲームセンター、もしくはどこかの店《みせ》に向《む》かうとも考《かんが》えられない。」

私《わたし》は一瞬《いっしゅん》、5パックの餃子《ぎょうざ》を手《て》に持《も》った犯人《はんにん》が電車《でんしゃ》に乗《の》っている様子《ようす》を想像《そうぞう》し、思《おも》わず笑《わら》い出《だ》してしまった。

「アーヤ、笑《わら》うなっ！」

若武《わかたけ》に怒《おこ》られ、シュンとしながらシャープペンを握《にぎ》り直《なお》し、急《いそ》いで謎《なぞ》3を付《つ》け加《くわ》える。
3、犯人《はんにん》は無人販売所《むじんはんばいじょ》を出《で》た後《あと》、どうしたのか。
「チンして持《も》ち去《さ》ってるから、おそらく近《ちか》くに自分《じぶん》の家《いえ》か知《し》り合《あ》いの家《いえ》、あるいはその餃子《ぎょうざ》を置《お》いたり預《あず》けたりできる場所《ばしょ》があるんだ。」

じゃ現地《げんち》を調査《ちょうさ》すれば、きっと核心《かくしん》に迫《せま》れるね。

「黒木《くろき》さぁ、」

上杉君《うえすぎくん》が、かったるそうな口調《くちょう》で言《い》った。

「今《いま》、急《きゅう》にやる気《き》出《だ》したよな。それ、どっから出《で》たの？」

黒木君《くろきくん》は皮肉《ひにく》な笑《え》みを浮《う》かべながら若武《わかたけ》に目《め》を向《む》ける。

「これ、やっぱ、ただの盗難事件《とうなんじけん》じゃなさそうだからさ。そうだろ、若武先生《わかたけせんせい》。」

若武《わかたけ》は一瞬《いっしゅん》、凍《こお》り付《つ》き、直後《ちょくご》にあわてて横《よこ》を向《む》いた。

むっ、なんか怪《あや》しい！

「正直《しょうじき》に全部《ぜんぶ》話《はな》せよ。そうすれば皆《みな》、もう少《すこ》し本気《ほんき》になるぜ。このままじゃダラダラした調査《ちょうさ》しかできないのは目《め》に見《み》えてる。手《て》がかりも少《すく》なすぎるしさ。事件《じけん》が解決《かいけつ》できないと、おまえ、困《こま》るんじゃないのか。」

黒木君《くろきくん》に見《み》すえられ、同時《どうじ》に私《わたし》たちからも視線《しせん》を注《そそ》がれた若武《わかたけ》は、苦《くる》しげに頰《ほお》をゆがめていたけれど、やがて大《おお》きな息《いき》をついた。

「わかったよ、話《はな》す。」

そう言《い》いながら私《わたし》たちを見回《みまわ》す。

「餃子《ぎょうざ》5パックを盗《ぬす》んだ犯人《はんにん》は、実《じつ》は俺《おれ》なんだ。」

え、えっ、えええぇーっ⁉

4　とんでもない告白《こくはく》

とんでもない告白《こくはく》を受《う》けて、私《わたし》は思《おも》わずシャープペンを、ポーンと放《ほう》り上《あ》げてしまった。

頭《あたま》の中《なか》は大《だい》パニックっ！

なんで、どーして、どーいう訳《わけ》でっ⁉

「信《しん》じられない。」

私《わたし》の隣《となり》で、忍《しのぶ》が目《め》を真《ま》ん丸《まる》にした。

「若武《わかたけ》が、それほど餃子《ぎょうざ》を好《す》きだったなんて。」

そっちじゃないっ！

「なんでそんな事《こと》、したの？」

小塚君《こづかくん》が悲《かな》しげに聞《き》くと、若武《わかたけ》は眉根《まゆね》を寄《よ》せた。

「自分《じぶん》でもよくわからないんだ。」

ああ追《お》い詰《つ》められた犯人《はんにん》が使《つか》いがちなセリフだぁ・・・。

「その時《とき》、心神耗弱状態《しんしんこうじゃくじょうたい》だった、とかか？」

真剣《しんけん》な表情《ひょうじょう》になった上杉君《うえすぎくん》が、若武《わかたけ》の方《ほう》に身《み》を乗《の》り出《だ》しながら視線《しせん》だけを私《わたし》に投《な》げた。

「心神耗弱《しんしんこうじゃく》というのは、事《こと》の善悪《ぜんあく》を判断《はんだん》し、それに基《もと》づいて行動《こうどう》する能力《のうりょく》がきわめて低下《ていか》した状態《じょうたい》の事《こと》だ。」

あ、ていねいな説明《せつめい》をありがとう。

妙《みょう》な時《とき》に親切《しんせつ》だよね、いつも。

「それじゃ、」

小塚君《こづかくん》が、わずかに緊張《きんちょう》を和《やわ》らげながら言《い》った。

「その状態《じょうたい》で若武《わかたけ》が餃子《ぎょうざ》を盗《ぬす》んだとしても、罪《つみ》にはならないよね。」

若武《わかたけ》がキッパリと首《くび》を横《よこ》に振《ふ》る。

「いや法的《ほうてき》に言《い》うと、心神耗弱《しんしんこうじゃく》は心神喪失《しんしんそうしつ》より軽《かる》くて、責任能力《せきにんのうりょく》はあるとみなされるんだ。成人《せいじん》なら、だけどね。」

上杉君《うえすぎくん》が手《て》を伸《の》ばし、若武《わかたけ》の頭《あたま》をパカッとぶった。

「本人《ほんにん》が言《い》ってんじゃねーよっ！」

そうだよぉ。

「黒木《くろき》さぁ、」

忍《しのぶ》が首《くび》を傾《かし》げた。

「若武《わかたけ》がそれを隠《かく》してるって事《こと》に、なんで気《き》が付《つ》いたの？」

あ、なんでだろ。

「餃子《ぎょうざ》5パック盗難《とうなん》は、どう考《かんが》えても若武先生好《わかたけせんせいごの》みじゃない。地味《じみ》すぎる。」

確《たし》かに。

「普段《ふだん》なら目《め》を留《と》めるとは思《おも》えないその事件《じけん》を今回《こんかい》、強引《ごういん》に会議《かいぎ》に持《も》ち込《こ》んだのは、おそらく、どうしても解決《かいけつ》しなければならない事情《じじょう》があったからだ。つまり裏《うら》に、若武《わかたけ》が必死《ひっし》にならざるを得《え》ないような何《なに》かが隠《かく》されている。」

なるほど。

「そう考《かんが》えながら様子《ようす》を見《み》ていたら、若武《わかたけ》の後頭部《こうとうぶ》の髪《かみ》の間《あいだ》からケガらしき跡《あと》が見《み》えた。それで、ははん、何《なに》かに巻《ま》き込《こ》まれたな、と見当《けんとう》をつけた。まさか本人《ほんにん》が犯人《はんにん》だとは思《おも》ってなかったけどね。」

そうだったのかぁ。

「いくら心神耗弱《しんしんこうじゃく》だったからって、もっとましな物《もの》、盗《ぬす》めなかったのか。」

翼《たすく》が不満気《ふまんげ》に唇《くちびる》を尖《とが》らせた。

「めっちゃカッコ悪《わる》いじゃん、餃子《ぎょうざ》なんて。」

上杉君《うえすぎくん》が、冷《ひ》ややかなその目《め》に鋭《するど》い光《ひかり》をみなぎらせ、ギンと翼《たすく》をにらむ。

「窃盗《せっとう》に、カッコいいも悪《わる》いもない。」

その通《とお》りです！

「ただ、あまりにもマヌケなだけだ。」

ああ・・・。

「なんだってそんな気《き》を起《お》こしたのか聞《き》かせてくれ。」

黒木君《くろきくん》が大人《おとな》びた口調《くちょう》で言《い》いながら、余裕《よゆう》のある眼差《まなざし》を若武《わかたけ》に注《そそ》いだ。

「窃盗時《せっとうじ》の事《こと》がよくわからないんなら、前後《ぜんご》の事情《じじょう》でもいいからさ。」

私《わたし》はあわてて、さっき放《ほう》り投《な》げたシャープペンを取《と》りに行《い》った。

これから始《はじ》まる若武《わかたけ》の告白《こくはく》をきちんと書《か》き留《と》めなければならないと思《おも》ったんだ。

でも、ほんとに若武《わかたけ》が犯人《はんにん》なの。

そんな事《こと》・・・ないよね、ないといい！

「前後《ぜんご》の事情《じじょう》と言《い》われても、」

若武《わかたけ》は片手《かたて》でクチャクチャッと髪《かみ》を掻《か》き上《あ》げた。

「実《じつ》は俺《おれ》、そのあたりの記憶《きおく》が全然《ぜんぜん》なくってさ。」

記憶《きおく》がないっ⁉

「覚《おぼ》えてるのは、昼間《ひるま》サッカーKZ《カッズ》の試合《しあい》があって、ノールックゴールをやった事《こと》。それから、」

はて、ノールックゴールとは？

私《わたし》が手《て》を止《と》めていると、上杉君《うえすぎくん》が素早《すばや》く言《い》った。

「ノールックゴールってのは、ゴールを見《み》ずにシュートを打《う》って決《き》める事《こと》。リフティングしながらゴールに背中《せなか》や脇《わき》を向《む》けたまま蹴《け》る事《こと》が多《おお》い。」

ありがとう、今日《きょう》はさっきからとっても優《やさ》しいんだね。

「わかったら、ボケッとしてないでサッサと記録作業《きろくさぎょう》に戻《もど》れ。」

優《やさ》しくない事《こと》も多《おお》い、シクシクシク。

「で、監督《かんとく》やコーチ、もちろんメンバーからもすげぇほめられて、いい気分《きぶん》だったんだ。無敵感《むてきかん》いっぱいって感《かん》じでさ。」

翼《たすく》と上杉君《うえすぎくん》が顔《かお》を見合《みあ》わせる。

「まぁゴール決《き》めたら、普通《ふつう》、そうでしょ。」

「誰《だれ》でも構《かま》わん、かかってこいって気分《きぶん》だよな。全人類《ぜんじんるい》にケンカ売《う》ってもいいって感《かん》じ。」

へぇ、そうなんだ。

「で、さ、」

若武《わかたけ》は、よくわかってくれたと言《い》わんばかりに語気《ごき》を強《つよ》めた。

「そのまま家《いえ》に帰《かえ》っちまうのがもったいなくて、自転車《じてんしゃ》を走《はし》らせて郊外《こうがい》まで行《い》った。」

それで私《わたし》はノートに書《か》き込《こ》んだ、犯人《はんにん》を名乗《なの》る若武《わかたけ》は自転車《じてんしゃ》で郊外《こうがい》を目指《めざ》した、って。

「その日《ひ》は朝《あさ》から雨《あめ》がぱらついてたから、雨除《あまよ》けの黒《くろ》いパーカーに黒《くろ》いズボン、チャリンコ用《よう》の手袋《てぶくろ》をしてた。」

着《き》ていた服《ふく》も犯人《はんにん》と同《おな》じ、というか犯人《はんにん》そのもの、ああ区別《くべつ》がつかない・・・。

「そこまでは覚《おぼ》えてるんだけど、その後《ご》、ハッと気《き》がついたら、窃盗《せっとう》のあった無人販売所《むじんはんばいじょ》の前《まえ》に倒《たお》れてたんだ。」

おお、話《はなし》が核心《かくしん》に急接近《きゅうせっきん》だっ！

「頭《あたま》がすごく痛《いた》くって、手《て》をやったら血《ち》の固《かた》まりができてた。そばに自転車《じてんしゃ》が横倒《よこだお》しになって、バッグの中味《なかみ》が散乱《さんらん》してたから、どうも販売所前《はんばいじょまえ》で事故《じこ》ったらしい。きっとそのショックで記憶《きおく》が飛《と》んだんだ。」

私《わたし》は、セッセセッセと若武《わかたけ》の言葉《ことば》を書《か》き留《と》めた。

「なんだかわかんなかったけど、取《と》りあえず自転車《じてんしゃ》を点検《てんけん》して、バッグから飛《と》び出《だ》してあたりにちらばってた物《もの》をかき集《あつ》めて家《いえ》に戻《もど》ったんだ。で、服《ふく》を着替《きが》えようとしたら、ポケットからこんなのが出《で》てきた。」

そう言《い》いながら若武《わかたけ》は、足元《あしもと》から自分《じぶん》の秀明《しゅうめい》バッグを取《と》り上《あ》げ、そこからつかみ出《だ》した物《もの》をテーブルの上《うえ》に置《お》いた。

「これって、防犯《ぼうはん》カメラに映《うつ》ってたアレだろ。」

両手《りょうて》で広《ひろ》げたそれは、黄色《きいろ》の目出《めだ》し帽《ぼう》だった。

あっ、犯人《はんにん》がかぶってたヤツっ！

「明《あ》くる日《ひ》、ネットで事件《じけん》のニュースが流《なが》れて、防犯《ぼうはん》カメラの映像《えいぞう》が公開《こうかい》されてさ、俺《おれ》、思《おも》ったよ。自分《じぶん》がやっちまったのに違《ちが》いないって。自転車《じてんしゃ》で事故《じこ》って、頭《あたま》がハッキリしない状態《じょうたい》で無人《むじん》販売所《はんばいじょ》に入《はい》って、餃子《ぎょうざ》を持《も》ち出《だ》して外《そと》で食《く》って、また気《き》を失《うしな》っちまったんだって。」

うむ、そう考《かんが》えれば、辻褄《つじつま》は合《あ》う。

合《あ》ってほしくないけど、合《あ》ってしまう・・・。

「それにしてもさ、」

忍《しのぶ》が感嘆《かんたん》したように言《い》った。

「無意識状態《むいしきじょうたい》で餃子《ぎょうざ》5パック食《く》うって、若武《わかたけ》、よっぽど好《す》きなんだな、ギョーザ。」

忍《しのぶ》っ、いい加減《かげん》でその発想《はっそう》、捨《す》ててっ！

「じゃ、それ、」

上杉君《うえすぎくん》が親指《おやゆび》でテーブルの上《うえ》の目出《めだ》し帽《ぼう》を指《さ》す。

「おまえのなの？」

若武《わかたけ》はしかたなさそうに頷《うなず》いた。

「学校《がっこう》の行事《ぎょうじ》で使《つか》うんで、生徒会《せいとかい》が全生徒《ぜんせいと》に配《くば》ったんだ。内側《うちがわ》に記名《きめい》するのにフェルトペンじゃ書《か》けないから、家《いえ》に持《も》ち帰《かえ》って名札《なふだ》を縫《ぬ》い付《つ》けろって言《い》われてた。ずっと忘《わす》れててバッグに入《い》れっ放《ぱな》しだったんだ。ポケットには入《い》れてなかったのに、ポケットから出《で》てきたって事《こと》は、たぶん自分《じぶん》でバッグから出《だ》して、かぶって、その後《ご》ポケットに入《い》れたんだと思《おも》う。」

意識《いしき》モウロウでも、顔《かお》は隠《かく》した方《ほう》がいいって気持《きも》ちが働《はたら》いてかぶった、とかかなぁ。

「そんじゃもう決《き》まりでしょ。」

翼《たすく》がキッパリと宣言《せんげん》する。

「『餃子《ぎょうざ》5パック盗難事件《とうなんじけん》』の犯人《はんにん》は、若武《わかたけ》だ。」

わっ、この情《なさ》け容赦《ようしゃ》もないキッパリとした言《い》い方《かた》は、きっとブラックだ！

ブラック翼《たすく》が出《で》てる、間違《まちが》いないっ!!

「サッサと自首《じしゅ》しなよ。KZ《カッズ》は、俺《おれ》が引《ひ》き受《う》けるから心配《しんぱい》するな。」

若武《わかたけ》は、ムッとしたように翼《たすく》を見《み》た。

「きさま、KZ《カッズ》を乗《の》っ取《と》る気《き》かっ!」

翼《たすく》は、何《なに》も言《い》わずにニッコリ微笑《ほほえ》む。

美貌《びぼう》だけに、まぎれもなく天使《てんし》の微笑《びしょう》っ!

と言《い》いたいところだけれど、ブラックになってると思《おも》えば、不気味《ぶきみ》でしかない・・・。

「考《かん》えてみろよ、犯罪者《はんざいしゃ》に探偵《たんてい》チームの運営《うんえい》が任《まか》せられるか。窃盗犯《せっとうはん》がリーダーになってる探偵《たんてい》チームを、誰《だれ》が信用《しんよう》するんだ。事件《じけん》の犯人《はんにん》になった時点《じてん》で、おまえはもう終《お》わってんだ。」

若武《わかたけ》は息《いき》を呑《の》んでいたけれど、やがてガックリと項垂《うなだ》れ、テーブルに顔《かお》を伏《ふ》せた。

「そうなるかぁ・・・」

いつもの元気《げんき》はどこへやら、まるで青菜《あおな》に塩《しお》だった。

あ、青菜《あおな》に塩《しお》って、元気《げんき》がなくしおれてる様子《ようす》の事《こと》だよ。

よっぽどまいっているみたい。

私《わたし》は、若武《わかたけ》の無実《むじつ》を証明《しょうめい》してやりたかった。

だって若武《わかたけ》が、たとえ無意識状態《むいしきじょうたい》でも、他人《たにん》の物《もの》を盗《ぬす》んだりするなんて考《かんが》えられないもの。

それを証明《しょうめい》するには、えっと・・・真犯人《しんはんにん》を捕《つか》まえる事《こと》だ！

若武《わかたけ》もそう思《おも》っているから、これをKZ《カッズ》会議《かいぎ》にかけたのに違《ちが》いない。

ただ状況《じょうきょう》を考《かんが》えると、自分《じぶん》でも自信《じしん》がなくなってくるんだろうな、かわいそうに。

ここはKZ《カッズ》メンバーとして、リーダーを信《しん》じて団結《だんけつ》しなくっちゃ！

私《わたし》は力《ちから》を込《こ》めてサッと片手《かたて》を上《あ》げ、発言《はつげん》の許可《きょか》を求《もと》めた。

ところが司会《しかい》の若武《わかたけ》が突《つ》っ伏《ぷ》していたので、議事《ぎじ》は止《と》まったままだったんだ。

えーいっ、サッサと起《お》きろ、起《お》きるんだっ！

「立花《たちばな》、言《い》いたい事《こと》があるなら勝手《かって》に言《い》えよ。」

上杉君《うえすぎくん》の言《い》い方《かた》は、イマイチ優《やさ》しくなかったけれど、その内容《ないよう》は発言《はつげん》を許可《きょか》していたので、私《わたし》は勢《いきお》いよく立《た》ち上《あ》がった。

「リーダーに犯人疑惑《はんにんぎわく》がかかるなんて、前代未聞《ぜんだいみもん》の不祥事《ふしょうじ》です。」

テーブルに伏《ふ》せていた若武《わかたけ》の背筋《せすじ》が、ビクッと動《うご》く。

「KZ《カッズ》は全力《ぜんりょく》でこれに取《と》り組《く》み、名誉《めいよ》にかけてもリーダーの無実《むじつ》を証明《しょうめい》せねばなりません。」

若武《わかたけ》がガバッと顔《かお》を上《あ》げた。

「おおっ、よく言《い》った。諸君《しょくん》、そういう事《こと》だ。『餃子《ぎょうざ》5パック盗難事件《とうなんじけん》』の調査《ちょうさ》を始《はじ》めるぞ。集《しゅう》中《ちゅう》しろ集中《しゅうちゅう》！」

一気《いっき》に勢《いきお》いづいた様子《ようす》は、なんか・・・かわいくなかった。

あーあ、元気《げんき》がなけりゃかわいそうだし、ありすぎると生意気《なまいき》だし・・・その中間《ちゅうかん》の、程《ほど》よく謙虚《けんきょ》な態度《たいど》にはなれないものなんだろうか。

「これ、」

小塚君《こづかくん》が黒《くろ》いナップザックからラテックスの手袋《てぶくろ》を出《だ》し、それをはめてから目出《めだ》し帽《ぼう》を取《と》り上《あ》げた。

「調《しら》べてみるよ。何《なに》か出《で》てくるかも知《し》れない。たとえ意識《いしき》が薄《うす》れた状態《じょうたい》でも若武《わかたけ》が窃盗《せっとう》なんてするはずはない、って僕《ぼく》は信《しん》じてる。」

それは同感《どうかん》、私《わたし》も信《しん》じてるよ。

「それを証明《しょうめい》してみせるから、若武《わかたけ》、気《き》を落《お》とさずにちょっと待《ま》っててね。」

若武《わかたけ》は感動《かんどう》したらしく、きれいなその目《め》をウルウルさせた。

「小塚《こづか》、ありがとう。おまえこそ真《しん》の友人《ゆうじん》だ。」

翼《たすく》が、いらだたしげに舌打《したう》ちする。

「ムダだって。どうせなんも出《で》てきやしない。」

それで私《わたし》は思《おも》わず叫《さけ》んでしまった。

「黙《だま》れ、ブラック翼《たすく》っ！」

皆《みな》がビクッとして私《わたし》の方《ほう》を見《み》る。

「今《いま》の、すげぇ迫力《はくりょく》だったけど、誰《だれ》の声《こえ》？」

「きっとブラック立花《たちばな》だ。」

「変身《へんしん》したんだ。女《おんな》、恐《こ》ぇぇ。」

ふんっ！

「それじゃ、」

黒木君《くろきくん》が笑《わら》いながらまとめた。

「目出《めだ》し帽《ぼう》の分析《ぶんせき》は小塚《こづか》に任《まか》せて、俺《おれ》たちは現場《げんば》に行《い》ってみないか。新《あたら》しい発見《はっけん》があるかも知《し》れない。今度《こんど》の土曜日《どようび》だ。どう？」

賛成《さんせい》！

5　一人《ひとり》ぼっちの深海魚《しんかいぎょ》

その日《ひ》、私《わたし》が家《いえ》に帰《かえ》ると、電話《でんわ》の音《おと》が外《そと》まで響《ひび》き渡《わた》っていた。

私《わたし》が玄関《げんかん》に入《はい》ってからも、止《や》む気配《けはい》が全然《ぜんぜん》ない。

まだ手《て》を洗《あら》ってなかったので、受話器《じゅわき》に触《さわ》りたくなかったんだけれど、急《せ》き立《た》てるように鳴《な》り続《つづ》けるのでしかたなく、なるべく接触面積《せっしょくめんせき》が少《すく》なくてすむように、人指《ひとさ》し指《ゆび》と親指《おやゆび》で摘《つ》まむようにして持《も》ち上《あ》げた。

「はい。」

そう言《い》うと、ほっとしたような声《こえ》が耳《みみ》に届《とど》く。

「ああ彩《あや》、よかった。」

ママだった。

「奈子《なこ》が急《きゅう》に熱《ねつ》を出《だ》しちゃってね、」

わっ、大変《たいへん》だ。

「今《いま》、病院《びょういん》にいるのよ。心配《しんぱい》したんだけど、感染症《かんせんしょう》とかじゃなくて普通《ふつう》の風邪《かぜ》だって。」

ホッ！

「診察《しんさつ》は終《お》わって薬待《くすりま》ちなんだけど、私《わたし》、どうしても顔出《かおだ》さなきゃならない会合《かいごう》があるの。パパは出張中《しゅっちょうちゅう》でいないし、あなた、すぐこっちに来《き》て、奈子《なこ》の付《つ》き添《そ》いを代《か》わってくれない？　私《わたし》の用事《ようじ》は15分《ふん》くらいあれば終《お》わるから、すぐ病院《びょういん》に戻《もど》るわ。あ、駅前《えきまえ》の総合病院《そうごうびょういん》よ。」

私《わたし》はオーケイし、いったん家《いえ》に上《あ》がって秀明《しゅうめい》バッグを置《お》き、手《て》を洗《あら》ってから自転車《じてんしゃ》に飛《と》び乗《の》った。

夜《よる》の闇《やみ》の中《なか》、懸命《けんめい》にペダルを踏《ふ》んで駆《か》け付《つ》けると、煌々《こうこう》と明《あ》かりが灯《とも》る広《ひろ》い待合室《まちあいしつ》のソファには、ママと奈子《なこ》の他《ほか》に数人《すうにん》の患者《かんじゃ》が座《すわ》っていた。

「ママ、お待《ま》たせ。」

奈子《なこ》は、もう眠《ねむ》くなったみたいで目《め》を閉《と》じている。

頬《ほお》がいく分赤《ぶんあか》いのは、熱《ねつ》のせいかも知《し》れなかった。

「交代《こうたい》するよ。」

ママがホッとしたように立《た》ち上《あ》がる。

すると、ママに寄《よ》りかかっていた奈子《なこ》の体《からだ》がグラッと崩《くず》れてきた。

私《わたし》はあわててそれを支《ささ》えながら、ママのいた所《ところ》に腰《こし》を下《お》ろす。

奈子《なこ》はチラッとこっちを見《み》たけれど、何《なに》も言《い》わずにまた目《め》を閉《と》じ、私《わたし》にもたれかかった。

なんとなく体《からだ》が熱《あつ》い気《き》がする。

気分悪《きぶんわる》いんだろうな、かわいそうに。

「これ、お薬待《くすりま》ち番号《ばんごう》の札《ふだ》。薬局《やっきょく》の窓口《まどぐち》の隣《となり》に自動精算機《じどうせいさんき》があるから、お金《かね》も払《はら》っといて。はい、お財布《さいふ》。じゃお願《ねが》いね。」

ママを見送《みおく》り、片手《かたて》を奈子《なこ》の肩《かた》に回《まわ》して抱《だ》きしめながら、私《わたし》は手元《てもと》の番号《ばんごう》が電光掲示板《でんこうけいじばん》に表示《ひょうじ》されるのを待《ま》った。

待《ま》っている時《とき》って、時間《じかん》が長《なが》く感《かん》じられるよね。

奈子《なこ》の番号《ばんごう》がなかなか出《で》ないので、次第《しだい》にイライラし始《はじ》めた時《とき》、ようやくピカッとその数字《すうじ》が表示《ひょうじ》された。

やれやれ！

私《わたし》は立《た》ち上《あ》がり、奈子《なこ》をそっとソファに横《よこ》にしておいて、急《いそ》ぎ足《あし》で薬局《やっきょく》と書《か》かれたプレートが下《さ》がってる場所《ばしょ》に向《む》かった。

そこで薬《くすり》をもらい、隣《となり》に並《なら》んでいる精算機《せいさんき》でお金《かね》を払《はら》ったんだ。

よし、完璧《かんぺき》！

そう思《おも》いながら引《ひ》き返《かえ》そうとして振《ふ》り返《かえ》ったとたん、一気《いっき》に凍《こお》り付《つ》いてしまった。

目《め》の前《まえ》の廊下《ろうか》の向《む》こうからこっちに向《む》かって、なっ、なんと、新海光牙《しんかいこうが》が歩《ある》いてくるところだった。

わっ！

病院《びょういん》の明《あ》かりの下《した》でも、やっぱりきれい、オーラ飛《と》び散《ち》る美《うつく》しさっ！

私《わたし》が息《いき》を呑《の》んで立《た》ち尽《つ》くしていると、新海君《しんかいくん》がふっとこちらを向《む》き、目《め》が合《あ》った。

瞬間《しゅんかん》、ものすごい速《はや》さで歩《あゆ》み寄《よ》ってきて、私《わたし》の二《に》ノ腕《うで》をつかみ上《あ》げたんだ。

そのきれいな顔《かお》が、いきなりアップ！

私《わたし》の気持《きも》ちは周章狼狽《しゅうしょうろうばい》、驚天動地《きょうてんどうち》っ!!

えっ、えっ、何《なに》っ、何《なに》が起《お》こったのっ!?

「こっちに来《き》て。」

そう言《い》いながら廊下《ろうか》の端《はし》まで、私《わたし》を引《ひ》きずるように連《つ》れていく。

そこは人《ひと》の気配《けはい》のない所《ところ》で、あたりはシーンと静《しず》まり返《かえ》っていた。

「浜田生《はまだせい》だよね。俺《おれ》がここに来《き》てた事《こと》、誰《だれ》にも言《い》わないでくれよ。」

額《ひたい》がくっつきそうなほど近《ちか》くから顔《かお》をのぞき込《こ》まれ、私《わたし》の頭《あたま》は、ほとんど機能停止《きのうていし》。

「わかった？」

その時《とき》、ママの声《こえ》がしたんだ。

「彩《あや》、どこにいるの、彩《あや》。」

私《わたし》はハッと我《われ》に返《かえ》り、あわてて奈子《なこ》のいる場所《ばしょ》に駆《か》け戻《もど》った。

昔読《むかしよ》んだ童話《どうわ》の中《なか》に、魔法《まほう》にかけられた人間《にんげん》が、家族《かぞく》の声《こえ》で正気《しょうき》を取《と》り戻《もど》すっていう話《はなし》があったけれど、ちょうどそんな感《かん》じだった。

「薬《くすり》をもらいに行《い》ってたの。はいこれ。精算《せいさん》もしたよ。これが領収書《りょうしゅうしょ》、そしてお財布《さいふ》。」

ママはそれらを受《う》け取《と》り、忙《せわ》しなく玄関《げんかん》の方《ほう》を振《ふ》り返《かえ》った。

「タクシーを待《ま》たせてあるの。一緒《いっしょ》に帰《かえ》りましょう。」

私《わたし》は一瞬《いっしゅん》、頷《うなず》きかけたけれど、よく考《かんが》えたら駐輪場《ちゅうりんじょう》に自転車《じてんしゃ》を停《と》めてあったんだ。

「私《わたし》、自転車《じてんしゃ》だから。先《さき》に帰《かえ》ってて。」

ママは奈子《なこ》を起《お》こし、タクシーまで連《つ》れていって2人《ふたり》で乗《の》り込《こ》んだ。

「じゃ早《はや》く帰《かえ》りなさいよ。気《き》を付《つ》けてね。」

発車《はっしゃ》するタクシーを見送《みおく》り、私《わたし》が駐輪場《ちゅうりんじょう》の方《ほう》に足《あし》を向《む》けようとすると、そこにっ！

「さっきの続《つづ》きだけど、」

うっ出《で》た、魔法《まほう》に近《ちか》いほどの美貌《びぼう》っ！

「俺《おれ》がここに来《き》てた事《こと》、誰《だれ》にも言《い》わないでくれよ。」

それで私《わたし》は、ふっと疑問《ぎもん》に思《おも》ったのだった。

だって・・・なんで？

誰《だれ》だって、病院《びょういん》に来《く》る事《こと》くらい普通《ふつう》にある。

隠《かく》すほどの事《こと》じゃないんじゃないの。

「どうして秘密《ひみつ》にしたがるの？」

私《わたし》が聞《き》くと、新海君《しんかいくん》は、女《おんな》の子《こ》みたいなその唇《くちびる》をきつく引《ひ》き結《むす》んだ。

しゃべるまいとしているみたいで、私《わたし》は余計《よけい》に聞《き》きたくなってしまった。

謎《なぞ》を放置《ほうち》しておけないのは、日頃《ひごろ》のKZ《カッズ》活動《かつどう》のせいかなぁ。

「それを教《おし》えてくれたら、ここで会《あ》った事《こと》は秘密《ひみつ》にしてもいいよ。」

そう持《も》ちかけて様子《ようす》を見《み》ていると、新海君《しんかいくん》はあきらめたような吐息《といき》をついた。

「噂《うわさ》になりたくないんだ。けど、おまえにバラされて、たくさんの人間《にんげん》の耳《みみ》に入《はい》るより、おまえ1人《ひとり》に話《はな》して黙《だま》っててもらう方《ほう》がましかもな。」

そう言《い》いながら親指《おやゆび》を立《た》て、さっき歩《ある》いていた廊下《ろうか》の方《ほう》を指《さ》す。

「あそこに何科《なにか》があるか、見《み》てくれば？」

それで私《わたし》は、そっちに行《い》ってみたんだ。

そこにあったのは精神科《せいしんか》だった。

私《わたし》はとても緊張《きんちょう》しながら、新海君《しんかいくん》のそばに戻《もど》った。

「精神的《せいしんてき》な病気《びょうき》なの？」

そう聞《き》くと、クスッと笑《わら》われた。

「LiD《エルアイディー》だよ。」

はぁ・・・。

「日本語《にほんご》にすると、聞《き》き取《と》り困難症《こんなんしょう》。APD《エーピーディー》、聴覚情報処理障害《ちょうかくじょうほうしょりしょうがい》ともいう。」

それって病名《びょうめい》から考《かんが》えると、音《おと》が聞《き》こえない病気《びょうき》の事《こと》？

「聴力検査《ちょうりょくけんさ》では異常《いじょう》がないのに、耳《みみ》から入《はい》った言葉《ことば》を理解《りかい》できない。もちろん音《おと》としては聞《き》こえるんだけど、それが何《なに》を意味《いみ》しているのかわからないんだ。」

へぇ、そんな事《こと》ってあるんだね。

「こういう静《しず》かな所《ところ》での会話《かいわ》は問題《もんだい》ないんだけど、騒《さわ》がしい場所《ばしょ》や早口《はやくち》、特《とく》に学校《がっこう》みたいに複数《ふくすう》の人間《にんげん》の話《はなし》が聞《き》こえる所《ところ》では、もう全然《ぜんぜん》ダメだ。」

それで皆《みんな》から、無視《むし》してるって思《おも》われてたんだ！

「発症《はっしょう》してからは、野球《やきゅう》してても監督《かんとく》や上級生《じょうきゅうせい》の指示《しじ》が聞《き》き取《と》れないから、チームプレーができなかった。」

退部《たいぶ》した原因《げんいん》は、それだったのかぁ。

「治療方法《ちりょうほうほう》はない。定期的《ていきてき》に病院《びょういん》に通《かよ》って経過《けいか》を観察《かんさつ》しながら新薬《しんやく》の開発《かいはつ》を待《ま》ってるしかないんだ。基本《きほん》は耳鼻咽喉科《じびいんこうか》だけど、ベースに発達障害《はったつしょうがい》が隠《かく》れてる事《こと》もあるから、時々《ときどき》は精神科《せいしんか》にも行《い》く。」

そうだったのか・・・。

「病院《びょういん》に行《い》ってたって話《はなし》が広《ひろ》まったら、どんな病気《びょうき》なんだろうって詮索《せんさく》されるだろ。色々言《いろいろい》われたくない。普通《ふつう》にしていたいんだ。」

気持《きも》ちはわかるけど、その病気《びょうき》のせいでシカトの光牙《こうが》って渾名《あだな》をもらってるんでしょ。

わざとそうしてるみたいに思《おも》われてるって、つらくないの。

「病気《びょうき》で誤解《ごかい》されてるのって、くやしくない？」

私《わたし》の言葉《ことば》に、新海君《しんかいくん》は肩《かた》をすくめた。

「別《べつ》に。しょうがないと思《おも》ってるよ。皆《みんな》が悪《わる》い訳《わけ》じゃないし。」

優《やさ》しいんだね。

「病気《びょうき》だって事《こと》を公《おおやけ》にして、理解《りかい》してもらったら?」

新海君《しんかいくん》は軽《かる》く笑《わら》った。

「ま、考《かんが》えてみるよ。」

透明感《とうめいかん》があって、今《いま》にも空気《くうき》に溶《と》けていってしまいそうな、はかない感《かん》じの微笑《びしょう》だった。

どことなく寂《さび》しそうっていうか、悲《かな》しそう。

それも当然《とうぜん》かもしれない、人《ひと》の話《はなし》を聞《き》き取《と》れない時《とき》が多《おお》い上《うえ》に、学校中《がっこうじゅう》からオミットされているんだもの。

それじゃ誰《だれ》とも心《こころ》を通《かよ》わせられないよね。

きっと孤独《こどく》なんだ。

でも今《いま》、私《わたし》だけはちゃんと理解《りかい》したよ。

「早《はや》く新薬《しんやく》が開発《かいはつ》されるといいね。あ、私《わたし》は1年A組《ねんエーぐみ》の立花彩《たちばなあや》だよ。もし何《なに》か、困《こま》った事《こと》が起《お》きたら相談《そうだん》してね。私《わたし》は新海君《しんかいくん》の本当《ほんとう》の事《こと》を知《し》っているただ1人《ひとり》の人間《にんげん》なんだから、頼《たよ》っていいよ!」

新海君《しんかいくん》は驚《おどろ》いたように私《わたし》を見《み》ていたけれど、やがてスッと目《め》をそらせた。

「俺《おれ》になんて関《かか》わってても時間《じかん》のムダだぜ。関《かか》わるだけの価値《かち》ないって。」

え・・・価値《かち》がないなんて、そんな事《こと》ないんじゃない？

そう思《おも》いながら私《わたし》は、新海君《しんかいくん》を見上《みあ》げた。

「そのきれいな顔《かお》だけでも、価値《かち》があると思《おも》うけど。」

新海君《しんかいくん》は、癖《くせ》のない髪《かみ》をサラッと乱《みだ》して首《くび》を横《よこ》に振《ふ》る。

「それ、俺《おれ》のせいじゃないから。」

え？

「顔《かお》は親《おや》から与《あた》えられたものだから、自分《じぶん》の力《ちから》じゃないだろ。だから俺《おれ》の価値《かち》じゃない。」

うわぁ潔癖《けっぺき》っ！

でもまぁ顔《かお》って、自分《じぶん》ではあまり見《み》ないものだからなぁ。

一日中鏡《いちにちじゅうかがみ》見《み》てる子《こ》ならともかく、普通《ふつう》、自分《じぶん》の顔《かお》より家族《かぞく》や友《とも》だちの顔《かお》を見《み》ている時間《じかん》の方《ほう》がずっと長《なが》い。

しかも新海君《しんかいくん》の場合《ばあい》、皆《みな》からほめられても、たとえ告白《こくはく》されても状況《じょうきょう》によっては聞《き》き取《と》れないんだから、自分《じぶん》の顔《かお》の価値《かち》を自覚《じかく》しにくいのかも。

ああ、つくづくと気《き》の毒《どく》だ。

「あれ、見《み》ろよ。」

新海君《しんかいくん》は片手《かたて》を上《あ》げ、駐輪場《ちゅうりんじょう》の向《む》こうに建《た》っているマンションを指《さ》した。

「あの窓《まど》だけ輝《かがや》いて見《み》えるだろ。」

それは、駐輪場《ちゅうりんじょう》の外灯《がいとう》が一番強《いちばんつよ》く当《あ》たっている窓《まど》だった。

キラキラしていて、そこだけが特別《とくべつ》にきれいに見《み》える。

「けど朝《あさ》になって外灯《がいとう》が消《き》えれば、他《ほか》の窓《まど》と変《か》わらない普通《ふつう》の窓《まど》だって事《こと》がわかる。俺《おれ》もそうだ。皆《みな》の注目《ちゅうもく》を浴《あ》びた時期《じき》もあったけど、今《いま》はもうそうじゃない。」

それ、リトルリーグのエースだった時《とき》の事《こと》だよね。

新海君《しんかいくん》は、野球《やきゅう》で活躍《かつやく》できなくなったから、自分《じぶん》には価値《かち》がなくなってしまったって思《おも》ってるんだ。

野球《やきゅう》は、新海君《しんかいくん》にとって自分自身《じぶんじしん》と同《おな》じくらい大事《だいじ》なものだったんだね。

それを失《うしな》ってしまって絶望《ぜつぼう》してる。

しかもその原因《げんいん》になっている病気《びょうき》も、今《いま》のところ治療法《ちりょうほう》がなくて薬《くすり》もないとなったら、もう野《や》球《きゅう》に戻《もど》る事《こと》は難《むずか》しそうだし。

う〜ん、確《たし》かに希望《きぼう》が持《も》てないかもなぁ。

元気《げんき》を出《だ》して前《まえ》を向《む》いてほしいけれど、そんな事言《ことい》っても、他人《たにん》の無責任《むせきにん》な励《はげ》ましみたいに受《う》け取《と》られるだろうしなぁ。

私《わたし》・・・どうすればいいんだろう。

「俺《おれ》なんか。くだらないヌケガラみたいな人間《にんげん》だよ。」

えっ、それは言《い》いすぎ、思《おも》い込《こ》み過《す》ぎだぁ！

「そんな風《ふう》に言《い》ったら、自分《じぶん》がかわいそうだよ。」

私《わたし》は、ブンブンと首《くび》を横《よこ》に振《ふ》った。

「自分《じぶん》を見捨《みす》てるなんて事《こと》、しちゃダメ。それはいけない事《こと》だよ。自分《じぶん》の力《ちから》を信《しん》じてやらなくっちゃ。新海君《しんかいくん》が見捨《みす》ててしまったら、誰《だれ》が新海君《しんかいくん》の未来《みらい》を作《つく》ってくれるの。今《いま》は苦《くる》しいかも知《し》れないけど、それを切《き》り開《ひら》く力《ちから》が自分《じぶん》にはあるって信《しん》じないと、自分自身《じぶんじしん》がかわいそうだよ。」

新海君《しんかいくん》は、クスッと笑《わら》う。

「自分《じぶん》を見捨《みす》てるか・・・面白《おもしろ》い事言《ことい》うヤツだな。」

その笑顔《えがお》の、美《うつく》しかった事《こと》っ！

私《わたし》は、うっとり見惚《みと》れてしまった。

ああ国宝級《こくほうきゅう》の微笑《ほほえ》みだぁ・・・。

「A組《エーぐみ》の立花《たちばな》だったよな。」

そう言《い》いながら真《ま》っ直《す》ぐ私《わたし》を見《み》る。

「覚《おぼ》えとくよ。」

美《うつく》しいその眼差《まなざし》をまともに浴《あ》びせられて、私《わたし》はドッキン！

「じゃな。」

素早《すばや》く片手《かたて》を上《あ》げて離《はな》れていったけれど、その姿《すがた》が消《き》えてからも私《わたし》はドキドキが止《と》まらなかった。

ううっ、すごいな、さすが国宝級《こくほうきゅう》っ！

クラクラッとしたもの。

あのままずっと一緒《いっしょ》にいたら、きっとハートを持《も》っていかれたに違《ちが》いない。

う〜む、恐《おそ》るべし、イケメン。

6 深夜《しんや》の告白《こくはく》

「やっと奈子《なこ》の熱《ねつ》、下《さ》がったわ。」

ママはホッとしたように言《い》い、その日《ひ》は早々《そうそう》に自分《じぶん》の寝室《しんしつ》に引《ひ》き上《あ》げていった。

「彩《あや》、台所《だいどころ》、片《かた》づけておいてね。」

私《わたし》も暇《ひま》な訳《わけ》じゃなかったんだけれど、パパは出張中《しゅっちょうちゅう》だし、ママを休《やす》ませてやりたかったので、引《ひ》き受《う》けてきちんと片付《かたづ》けた。

それから学校《がっこう》と塾《じゅく》の予習復習《よしゅうふくしゅう》をしていたので、深夜《しんや》を回《まわ》ってしまったんだ。

うわっ、早《はや》く寝《ね》よっと、明日《あした》起《お》きられるかな。

心配《しんぱい》しながらベッドに入《はい》ろうとした時《とき》、いきなりっ、玄関《げんかん》で電話《でんわ》が鳴《な》り出《だ》した。

こんな夜遅《よるおそ》くに電話《でんわ》なんて、非常識《ひじょうしき》としか言《い》えない。

きっと間違《まちが》い電話《でんわ》だ、放《ほう》っておけばそのうち切《き》れる。

初《はじ》めはそう思《おも》っていたんだけれど、いつになっても鳴《な》り続《つづ》けていた。

このままじゃ気《き》になって寝《ね》られない。

えーいっ、怒鳴《どな》ってやる！

そう思《おも》って玄関《げんかん》まで下《お》りていき、電話機《でんわき》のディスプレーを見《み》たら、若武《わかたけ》からだった。

何《なに》かあったんだろうか。

私《わたし》は急《きゅう》に心配《しんぱい》になり、怒《いか》りも吹《ふ》き飛《と》ぶ思《おも》いだった。

「はい、彩《あや》です。」

受話器《じゅわき》を取《と》って恐《おそ》る恐《おそ》るそう言《い》うと、若武《わかたけ》の声《こえ》が聞《き》こえた。

「俺《おれ》・・・」

重苦《おもくる》しく、押《お》しつぶされてしまいそうな感《かん》じで、すごく痛々《いたいた》しかった。

「今《いま》、おまえんちの前《まえ》にいるんだ。ちょっと出《で》てきてくれ。」

私《わたし》は即《そく》、答《こた》えた。

「今《いま》、行《い》く。」

急《いそ》いで玄関《げんかん》を開《あ》けると、門灯《もんとう》の明《あ》かりに照《て》らされて立《た》っている若武《わかたけ》の姿《すがた》が目《め》に飛《と》び込《こ》んできた。

「こんな時間《じかん》に、ごめんな。」

こちらを向《む》いた2つの目《め》に、深《ふか》い影《かげ》がある。

「俺《おれ》、覚悟《かくご》決めたよ。」

え？

「窃盗犯《せっとうはん》は俺《おれ》だって美門《みかど》が言《い》ってたろ。ほんとにそうかも知《し》れない。小塚《こづか》は、信《しん》じてるって言《い》ってくれたけど、俺《おれ》、自信《じしん》がないんだ。何《なに》しろ全《まった》く覚《おぼ》えてない上《うえ》に、俺《おれ》が犯人《はんにん》だって考《かんが》えれば現場《げんば》の状況《じょうきょう》が全部《ぜんぶ》、腑《ふ》に落《お》ちるんだからさ。」

まぁ、それは確《たし》かにそうだけど・・・。

「調査《ちょうさ》を進《すす》めて、もし俺《おれ》だって事《こと》がハッキリしたら、KZ《カッズ》のリーダーを辞任《じにん》する。KZ《カッズ》からも脱《だっ》退《たい》するよ。犯罪者《はんざいしゃ》がリーダーやメンバーだったら、KZ《カッズ》の名前《なまえ》が汚《よご》れるからな。KZ《カッズ》は俺《おれ》が作《つく》った組織《そしき》だ。今《いま》までたくさんの成果《せいか》を挙《あ》げて、社会貢献《しゃかいこうけん》してきたチームなんだ。その名誉《めいよ》を汚《けが》したくない。」

シミジミと話《はな》す若武《わかたけ》を見《み》ていて、私《わたし》はすっかり悲《かな》しくなってしまった。

若武《わかたけ》は、調子《ちょうし》に乗《の》ってハミ出《だ》す事《こと》もあるけれど、でもいつもKZ《カッズ》のために一生懸命《いっしょうけんめい》だった。

その力《ちから》はリーダーにふさわしい、そう皆《みな》が認《みと》めていたんだ。

それなのにKZ《カッズ》を出《で》ていかなければならなくなるなんて・・・。

どうしてこんな事《こと》になってしまったんだろう。

「おまえにだけは、本音《ほんね》を話《はな》しておきたかった。初期《しょき》メンバーだし、それに俺《おれ》、」

そう言《い》いながらちょっと笑《わら》った。

「おまえを好《す》きだったからさ。初《はじ》めて会《あ》った時《とき》から、ずっと。」

瞬間《しゅんかん》、私《わたし》は、その時《とき》の事《こと》を思《おも》い出《だ》した。

確《たし》か「消《き》えた自転車《じてんしゃ》は知《し》っている」の中《なか》だった。

私《わたし》はまだ小学生《しょうがくせい》で、中学受験《ちゅうがくじゅけん》にチャレンジしようとしていた時期《じき》の事《こと》。

エリート集団《しゅうだん》と言《い》われていたサッカーＫＺ《カッズ》のメンバーが通《とお》りかかるところに出会《であ》ったんだ。

サッカーＫＺ《カッズ》は皆《みんな》の憧《あこが》れで、その集団《しゅうだん》を近《ちか》くで見《み》るのは初《はじ》めてだった。

全員《ぜんいん》が白《しろ》いＴ《ティー》シャツの上《うえ》から真《ま》っ赤《か》なウインドブレーカーを羽織《はお》っていて、胸《むね》にはくっきりとＫＺ《カッズ》マークの刺繍《ししゅう》。すっごくカッコよくて、私《わたし》は見惚《みほ》れてしまった。

その中《なか》の１人《ひとり》が若武《わかたけ》で、私《わたし》の目《め》の前《まえ》で派手《はで》に自転車《じてんしゃ》をスリップさせて素《す》っ転《ころ》んだんだ。

地面《じめん》に投《な》げ出《だ》された若武《わかたけ》は、ちょっと不貞腐《ふてくさ》れ、きれいなその目《め》で斜《なな》めに私《わたし》を見上《みあ》げた。

私《わたし》は、ドキッとしてしまった。

その時《とき》の若武《わかたけ》の目《め》や、自分《じぶん》の気持《きも》ちは、今《いま》まで一度《いちど》も忘《わす》れた事《こと》がない。

それで私《わたし》・・・時々思《ときどきおも》っていたんだ、自分《じぶん》は若武《わかたけ》が好《す》きなのかもしれない、あれはひと目《め》ボレだったのかも知《し》れないって。

「おまえと一緒《いっしょ》に色《いろ》んな事《こと》ができて、楽《たの》しかったよ。ありがと。」

私《わたし》はキュッと胸《むね》が詰《つ》まった。

若武《わかたけ》と私《わたし》は、学校《がっこう》が違《ちが》う。

若武《わかたけ》がKZ《カッズ》からいなくなったら、もう会《あ》えなくなるんだ、秀明《しゅうめい》ではクラスが違《ちが》うし。

そう考《かんが》えると、悲《かな》しくて耐《た》えられないような気《き》がした。

「KZ《カッズ》は男女《だんじょ》の別《べつ》を超《こ》え、人間《にんげん》としてお互《たが》いを成長《せいちょう》させるグループを目指《めざ》すって事《こと》になってるだろ。」

私《わたし》は頷《うなず》いた。

それは、「黄金《おうごん》の雨《あめ》は知《し》っている」の中《なか》で決《き》まった事《こと》だった。

「だから俺《おれ》、おまえとは同《おな》じメンバーとして接触《せっしょく》できていればそれでいいって思《おも》ってたんだ。だけどもし俺《おれ》がKZ《カッズ》を出《で》る事《こと》になったら・・・」

そう言《い》いながら若武《わかたけ》は、ふっと真剣《しんけん》な目付《めつ》きになった。

「おまえ・・・俺《おれ》と付《つ》き合《あ》わない？」

強《つよ》い眼差《まなざし》で、じいっと見《み》つめられて、私《わたし》は息《いき》を詰《つ》め、それから言《い》った。

「いいよ。」

若武《わかたけ》は、パッと顔《かお》を輝《かがや》かせた。

夜《よる》の闇《やみ》が、そこだけ明《あか》るく照《て》らされたようだった。

「やったっ！」

心《こころ》からうれしそうなその笑顔《えがお》がジ〜ンと胸《むね》に染《し》みてきて、私《わたし》はつくづく思《おも》った、ああやっぱり自分《じぶん》は若武《わかたけ》が好《す》きだったんだなって。

7　背《せ》の低《ひく》さに感謝《かんしゃ》

でもその夜《よる》が明《あ》けて翌朝《よくあさ》になったら、なんか・・・自分《じぶん》が間違《まちが》えたような気《き》がしてきた。

夜中《よなか》に盛《も》り上《あ》がっていた気持《きも》ちが、寝《ね》て起《お》きたらスウッと冷《さ》めていたんだ。

確《たし》かに若武《わかたけ》との出会《であ》いは印象的《いんしょうてき》だったし、何度《なんど》も思《おも》い返《かえ》す事《こと》があったけれど、よく考《かんが》えたら、そういうエピソードなら、上杉君《うえすぎくん》や翼《たすく》との間《あいだ》にもあった。

その都度《つど》、私《わたし》はドキドキしてきた。

だから、若武《わかたけ》の事《こと》が特別《とくべつ》に好《す》きとは言《い》えないと思《おも》う。

ああ、好《す》きって口走《くちばし》らなくてよかった！

その点《てん》だけはホッとしたけれど、問題《もんだい》は、付《つ》き合《あ》う約束《やくそく》をした事《こと》だった。

昨日《きのう》は、若武《わかたけ》があまりにも思《おも》い詰《つ》めてる感《かん》じだったし、もう会《あ》えなくなるかもって気持《きも》ちに急《せ》き立《た》てられて思《おも》わず、オーケイしてしまったんだ。

わーん、マズい！

今《いま》さら、あれは気《き》の迷《まよ》いだった、なんて言《い》えないし、どうしよう⁉

アタフタしながら私《わたし》は、この窮地《きゅうち》をなんとか脱《だっ》しようとして、若武《わかたけ》とのやり取《と》りを頭《あたま》の中《なか》でリピートした。

その流《なが》れのどこかに、自分《じぶん》を救《すく》ってくれる糸口《いとぐち》があるんじゃないかと思《おも》ったんだ。

細部《さいぶ》まで克明《こくめい》に点検《てんけん》していて気《き》が付《つ》いたのは、付《つ》き合《あ》うについては条件《じょうけん》が付《つ》いていたという事《こと》だった。

若武《わかたけ》がKZ《カッズ》を辞《や》めたら付《つ》き合《あ》う、って話《はなし》だったんだ。

つまり若武《わかたけ》がKZ《カッズ》を辞《や》めなければ、付《つ》き合《あ》わなくてもいい。

若武《わかたけ》がKZ《カッズ》を辞《や》めるのは、犯罪《はんざい》に手《て》を染《そ》めた事《こと》がハッキリした場合《ばあい》だけ。

だから逆《ぎゃく》に、若武《わかたけ》が犯人《はんにん》じゃないって事《こと》を証明《しょうめい》すればいいんだ。

そうすれば若武《わかたけ》は、KZ《カッズ》のリーダーのまま、私《わたし》たちは付《つ》き合《あ》えない！

その結論《けつろん》に、私《わたし》はすっかり満足《まんぞく》した。

何《なに》がなんでも若武《わかたけ》の無実《むじつ》を証明《しょうめい》しようという強《つよ》い気持《きも》ちになったんだ。

個人的理由《こじんてきりゆう》で悪《わる》いけど、絶対《ぜったい》やるぞ、やってやる！

「彩《あや》、小塚君《こづかくん》から電話《でんわ》よ。」

ママに言《い》われて、急《いそ》いで電話《でんわ》に出《で》ると、のんびりした小塚君《こづかくん》の声《こえ》が聞《き》こえてきた。

「お早《はよ》う。土曜日《どようび》の事《こと》だけどね、朝《あさ》8時《じ》に現場《げんば》に集合《しゅうごう》だって。新玉市《しんたまし》の郊外《こうがい》、新玉街道《しんたまかいどう》が国道《こくどう》に合流《ごうりゅう》する地点《ちてん》にある無人販売所前《むじんはんばいじょまえ》だよ。」

私《わたし》はやる気満々《きまんまん》だったけれど、そこへの行《い》き方《かた》がよくわからなかった。

「えっと、一緒《いっしょ》に行《い》かない？　私《わたし》、行《い》き方《かた》がイマイチなんだ。」

軽《かる》い返事《へんじ》が聞《き》こえてきた。

「いいよ。七鬼《ななき》とも約束《やくそく》してるから、3人《にん》で行《い》こう。駅《えき》からバスに乗《の》るから、改札前《かいさつまえ》でね。」

ところが当日《とうじつ》っ！

私《わたし》が駅《えき》に行《い》くと、そこに黒木君《くろきくん》もいたんだ。

「七鬼《ななき》が連《つ》れてきたんだ、約束《やくそく》してたんだって。」

それで4人《にん》で行《い》く事《こと》になり、バス停《てい》でバスに乗《の》ると、少《すこ》し前《まえ》の停留所《ていりゅうじょ》から乗《の》ってきていた翼《たすく》と会《あ》い、次《つぎ》のバス停《てい》で若武《わかたけ》、その次《つぎ》で上杉君《うえすぎくん》が乗《の》ってきたので、結局《けっきょく》7人《にん》がそろった。

「集合場所《しゅうごうばしょ》を決《き》めた意味《いみ》、あったのか。」

上杉君《うえすぎくん》がガックリとうつむき、翼《たすく》がその肩《かた》を叩《たた》いて慰《なぐさ》める。

「気持《きも》ちはわかる。俺《おれ》も幼稚園《ようちえん》のガキみたいに団子状《だんごじょう》で移動《いどう》すんのは気《き》が滅入《めい》る。」

え・・・なんで？

不思議《ふしぎ》に思《おも》っていると、黒木君《くろきくん》が教《おし》えてくれた。

「男《おとこ》の多《おお》くは、1人《ひとり》で行動《こうどう》する方《ほう》がカッコいいというイデーを持《も》ってるんだ。」

小塚君《こづかくん》が私《わたし》を見《み》る。

「イデーって？」

私《わたし》は、探偵《たんてい》チームKZ《カッズ》の書記《しょき》で、言語担当《げんごたんとう》。

すべての言葉《ことば》や意味《いみ》を説明《せつめい》するのは、私《わたし》の役目《やくめ》だった。

だからいつも勉強《べんきょう》して、なんでも答《こた》えられるように努力《どりょく》している。

大変《たいへん》だけどね、KZ《カッズ》において自分《じぶん》は言語《げんご》のエキスパートなんだっていう使命感《しめいかん》に燃《も》えてるから、頑張《がんば》れるんだ。

「イデーっていうのは、理念《りねん》、観念《かんねん》の事《こと》。ドイツ語《ご》で、哲学用語《てつがくようご》だよ。」

そこまでは私《わたし》の担当《たんとう》。

でもその先《さき》、どうして男子《だんし》は1人《ひとり》がカッコいいと思《おも》っているのかが、わからなかった。

そこは、人間心理《にんげんしんり》を担当《たんとう》している上杉君《うえすぎくん》の役目《やくめ》かな。

「なんで？」

そう言《い》いながら目《め》を向《む》けると、上杉君《うえすぎくん》は両手《りょうて》で吊《つ》り革《かわ》につかまり、天井《てんじょう》を仰《あお》いだ。

「1人《ひとり》は心細《こころぼそ》いし、孤独《こどく》だ。」

そりゃそうでしょ。

「それに耐《た》えてこそ男《おとこ》だっていうプライド、かな。」

へぇ男子《だんし》の心《こころ》って、結構《けっこう》、面倒《めんどう》なんだね。

女子《じょし》だったら皆《みんな》でゾロゾロと群《む》れて歩《ある》く事《こと》に抵抗《ていこう》がない子《こ》も多《おお》いのに。

もっとも私《わたし》は、群《む》れないタイプだけれど。

「あっ、おまえっ！」

若武《わかたけ》がハッとしたような叫《さけ》び声《ごえ》を上《あ》げ、小塚君《こづかくん》に目《め》を向《む》ける。

「なんでシレッとここに来《き》てんだ。目出《めだ》し帽《ぼう》の分析《ぶんせき》、やってるはずじゃないのか。」

あ、そう言《い》えばそうだった。

私《わたし》が、一緒《いっしょ》に行《い》ってってって言《い》ったから、来《こ》なくちゃならなくなったのかも、悪《わる》かったなぁ。

そう思《おも》っていると、小塚君《こづかくん》は、なんと余裕《よゆう》の微笑《ほほえ》み。

「もう終《お》わったんだ。」

よかった、ほっ！

「結果《けっか》は、会議《かいぎ》の時《とき》に報告《ほうこく》するから。」

とってもうれしそうにしているところを見《み》ると、素晴《すば》らしい成果《せいか》が挙《あ》がったのに違《ちが》いない。

わぁ、楽《たの》しみ。

「次《つぎ》は国道入《こくどうい》り口《ぐち》です。お降《お》りの方《かた》はボタンを押《お》してお知《し》らせください。」

そのバス停《てい》で降《お》りると、道沿《みちぞ》いに無人販売所《むじんはんばいじょ》があり、それを除《のぞ》けば、あたりには数軒《すうけん》の民家《みんか》があるばかりだった。

「記録係《きろくがかり》、ここでの調査内容《ちょうさないよう》を明確《めいかく》にしてくれ。」

若武《わかたけ》に言《い》われて、私《わたし》は持《も》ってきた事件《じけん》ノートを開《ひら》く。

「えっと、ここでは謎《なぞ》3の、犯人《はんにん》は無人販売所《むじんはんばいじょ》を出《で》た後《あと》、どうしたのかを調《しら》べる事《こと》になっています。近《ちか》くに犯人《はんにん》の関係者《かんけいしゃ》の家《いえ》か、餃子《ぎょうざ》を置《お》ける場所《ばしょ》があると思《おも》われるためです。」

上杉君《うえすぎくん》が軽《かる》く言《い》った。

「この際《さい》、販売所内部《はんばいじょないぶ》も調《しら》べとこうぜ。」

翼《たすく》が頷《うなず》きながら付《つ》け加《くわ》える。

「盗《ぬす》まれた餃子《ぎょうざ》が何個《なんこ》入《い》りか、どういうタイプの餃子《ぎょうざ》だったのかも見《み》といた方《ほう》がいいでしょ。後《あと》で必要《ひつよう》になるかも知《し》れない。」

黒木君《くろきくん》が考《かん》え深《ぶか》げな表情《ひょうじょう》で、無人販売所《むじんはんばいじょ》の出入《でい》り口付近《ぐちふきん》に視線《しせん》を流《なが》した。

「若武先生《わかたけせんせい》が、どのあたりでどういうふうに事故《じこ》ったのかも調《しら》べよう。」

私《わたし》がそれらを書《か》き留《と》めていると、若武《わかたけ》が素早《すばや》く指令《しれい》を出《だ》した。

「3つのチームに分《わ》かれよう。第《だい》1チームは、付近《ふきん》の様子《ようす》を調《しら》べる。美門《みかど》、小塚《こづか》だ。第《だい》2チームは、販売所内部《はんばいじょないぶ》の見取《みと》り図《ず》を作《つく》り、餃子《ぎょうざ》についても調《しら》べる。七鬼《ななき》、アーヤだ。第《だい》3チームは俺《おれ》のチャリンコ事故《じこ》について調査《ちょうさ》する。俺《おれ》と上杉《うえすぎ》、黒木《くろき》だ。終《お》わったらここに集合《しゅうごう》。以上《いじょう》、かかれっ！」

ラジャーッ！

「立花《たちばな》、行《い》こう。」

忍《しのぶ》に言《い》われて、私《わたし》たちは一緒《いっしょ》に無人販売所《むじんはんばいじょ》に入《はい》った。

「私《わたし》、こういう所《ところ》、初《はじ》めて。」

中《なか》は、ひっそりとしていた。

「俺《おれ》もだ。」

品物《しなもの》が棚《たな》に並《なら》んでいる様子《ようす》は、コンビニとほとんど同《おな》じ。

でもレジに店員《てんいん》がいなくて、代《か》わりにお金《かね》を入《い》れる箱《はこ》が置《お》いてあった。

「ここの見取《みと》り図《ず》、描《か》くんだろ。」

私《わたし》は事件《じけん》ノートを開《ひら》く。

「任《まか》せて。」

サッサと店内《てんない》を描写《びょうしゃ》していると、忍《しのぶ》が冷蔵庫《れいぞうこ》のドアを開《あ》け、中《なか》を見回《みまわ》してから赤《あか》いパックを取《と》り出《だ》した。

「餃子《ぎょうざ》は、これ1種類《しゅるい》だけだ。冷凍《れいとう》じゃなくて冷蔵《れいぞう》。名前《なまえ》は『必勝餃子《ひっしょうぎょうざ》』。」

なんか・・・受験生《じゅけんせい》が食《た》べそうな名前《なまえ》だな。

「1パックに20個《こ》入《はい》ってる。5パック持《も》ち去《さ》ったんだから、100個《こ》だ。1人《ひとり》じゃとても食《た》べられないぜ。友《とも》だちや家族《かぞく》と食《た》べたか、1人《ひとり》で食《た》べたけれど残《のこ》りは翌日《よくじつ》まで取《と》っておいたか、どっちかだな。」

う〜む、100個《こ》の餃子《ぎょうざ》を食《た》べたのは、一体誰《いったいだれ》なのか⁉

考《かんが》えをめぐらせながら、私《わたし》は見取《みと》り図《ず》に冷蔵庫《れいぞうこ》の位置《いち》を描《か》き込《こ》んだ。

その上《うえ》の方《ほう》に防犯《ぼうはん》カメラがあったので、それも描《か》き加《くわ》える。

脇《わき》から忍《しのぶ》がのぞき込《こ》んだ。

「レンズは丸《まる》だぜ。」

い一んだよ、位置《いち》だけ描《か》いとけば細部《さいぶ》はどうでも。

私《わたし》がそう言《い》おうとした瞬間《しゅんかん》、

「あ！」

忍《しのぶ》は短《みじか》い叫《さけ》びを上《あ》げ、硬直《こうちょく》っ！

目《め》だけをパチパチさせていて、やがてズボンの後《うし》ろポケットからスマートフォンを出《だ》し、何《なに》やら操作《そうさ》してから再《ふたた》び声《こえ》を上《あ》げた。

「やった！」

え、何《なに》？

「防犯《ぼうはん》カメラに映《うつ》ってた目出《めだ》し帽《ぼう》の犯人《はんにん》、若武《わかたけ》じゃないぜ。」

ほんとっ⁉

「あの画像《がぞう》に、棚《たな》が映《うつ》ってただろ？」

忍《しのぶ》は、私《わたし》の目《め》の前《まえ》にスマートフォンを出《だ》し、そこに保存《ほぞん》してあった防犯《ぼうはん》カメラの画像《がぞう》を見《み》せた。

「この棚《たな》の現物《げんぶつ》が、あっちの棚《たな》。」

指《ゆび》さす先《さき》を見《み》れば、確《たし》かにそこに棚《たな》がある。

「で、画像《がぞう》に映《うつ》っている犯人《はんにん》の頭《あたま》は、棚《たな》の上《うえ》あたり。」

うむ。

「俺《おれ》が棚《たな》の前《まえ》に立《た》つと、」

忍《しのぶ》は棚《たな》のそばまで行《い》き、そこに立《た》った。

「頭《あたま》の位置《いち》は、ちょうど棚《たな》の上《うえ》で、犯人《はんにん》と同《おな》じくらい。でも若武《わかたけ》は、俺《おれ》より小《ちい》さいんだ。あいつの頭《あたま》は、もっと下《した》だ。」

そっかっ！

「つまり防犯《ぼうはん》カメラに映《うつ》っていた目出《めだ》し帽《ぼう》の男《おとこ》は、若武《わかたけ》じゃない。」

わぁ、よかった！

私《わたし》は、飛《と》び上《あ》がりたいほどうれしかった。

思《おも》いがけない収穫《しゅうかく》があった事《こと》ももちろんだけれど、これで若武《わかたけ》はKZ《カッズ》を辞《や》めずにすむ、だから私《わたし》たちが付《つ》き合《あ》う必要《ひつよう》もなくなるって事《こと》が、すっごくありがたかったんだ。

ああよかった！

これからは、自分《じぶん》の言動《げんどう》に注意《ちゅうい》しよう!!

「あいつ、低身長《ていしんちょう》で助《たす》かったよな。あと10センチ高《たか》かったら、ヤバかったぜ。」

身長《しんちょう》の低《ひく》さで救《すく》われるなんて・・・皮肉《ひにく》だ。

でも本人《ほんにん》に言《い》ったら、たとえ疑《うたが》われても背《せ》の高《たか》い方《ほう》がいいって言《い》うかも知《し》れないな。

すっごく気《き》にしてるんだもの。

「けど若武《わかたけ》じゃないとしたら、あれ、誰《だれ》なんだ？」

さぁ・・・。

「他《ほか》のチームの調査結果《ちょうさけっか》と突《つ》き合《あ》わせれば、何《なに》かわかるかもな。もう全部描《ぜんぶか》いた？」

私《わたし》が頷《うなず》くと、忍《しのぶ》はニッコリした。

「とにかく若武《わかたけ》じゃないって事《こと》がわかっただけでも、俺《おれ》ら第《だい》2チームの調査《ちょうさ》は成功《せいこう》だ。」

ん！

「勝利《しょうり》の凱旋《がいせん》といこう。」

おおっ！

私《わたし》たちは、勇《いさ》んで無人販売所《むじんはんばいじょ》から外《そと》に踏《ふ》み出《だ》した。

とたんっ、その場《ば》に立《た》ちすくんでしまったのだった。

だって、そこで若武《わかたけ》と上杉君《うえすぎくん》がつかみ合《あ》い、大《おお》ゲンカの最中《さいちゅう》だったんだもの。

そばに立《た》っていた黒木君《くろきくん》が、ヤレヤレというような顔《かお》をしている。

「どうしたの？」

私《わたし》が聞《き》くと、黒木君《くろきくん》は苦笑《くしょう》した。

「若武先生《わかたけせんせい》に、意識《いしき》を回復《かいふく》した時《とき》の様子《ようす》を再現《さいげん》してもらってたんだ。どういうふうに倒《たお》れてて、自転車《じてんしゃ》はどこにあったのか、とかね。そしたら上杉《うえすぎ》が、若武《わかたけ》の頭《あたま》の傷跡《きずあと》を見《み》て、そういう倒《たお》れ方《かた》じゃその傷《きず》はできない、こうじゃないのかって、若武《わかたけ》をアッチコッチに引《ひ》きずり回《まわ》したり、引《ひ》き倒《たお》したりしたものだから、若武《わかたけ》がキレてさ。」

あーあ・・・。

「きさまっ、おもしろがってってだろ。」

「おお、よくわかったな。」

2人《ふたり》はつかみ合《あ》ったまま倒《たお》れ、上《うえ》になったり下《した》になったりしながら、その場《ば》をゴロゴロ転《ころ》げ回《まわ》る。

「そのうち疲《つか》れてやめるだろ。放《ほう》っておこう。」

黒木君《くろきくん》は、放置《ほうち》の構《かま》え。

忍《しのぶ》は、そのそばにしゃがみ込《こ》み、おもしろそうに観戦《かんせん》の態勢《たいせい》。

私《わたし》が、どうしたものかと思《おも》っていると、そこに第《だい》1チームの翼《たすく》と小塚君《こづかくん》が戻《もど》ってきた。

「お、ケンカだ。おもしろそっ。」

翼《たすく》は、忍《しのぶ》の隣《となり》に座《すわ》り込《こ》み、すっかり野次馬《やじうま》、見物状態《けんぶつじょうたい》。

それを見《み》ながら小塚君《こづかくん》が、私《わたし》の耳《みみ》にささやいた。

「奇妙《きみょう》な事《こと》があったんだ。」

え、何《なに》?

「この販売所《はんばいじょ》の裏手《うらて》あたりから、うめき声《ごえ》が聞《き》こえてきたんだよ。」

ええっ⁉

8　怪《あや》しい家《いえ》

「美門《みかど》は、今回《こんかい》の調査《ちょうさ》とは関係《かんけい》ないから放《ほう》っておけって言《い》うんだけど、僕《ぼく》、気《き》になってさ。」

そりゃ、普通《ふつう》、気《き》になるよ。

私《わたし》は、チラッと翼《たすく》を見《み》た。

その美《うつく》しい顔《かお》は平然《へいぜん》としていて、小塚君《こづかくん》の気《き》がかりなんか、どこ吹《ふ》く風《かぜ》という感《かん》じだった。

この異常《いじょう》な冷静《れいせい》さは・・・もしかしてブラック翼《たすく》が出《で》てるのかもなぁ。

「ねえ、どうしよう。」

小塚君《こづかくん》に聞《き》かれ、私《わたし》はキッパリと答《こた》えた。

「うめき声《ごえ》の正体《しょうたい》を確《たし》かめておいた方《ほう》がいいと思《おも》う。行《い》こう！」

先《さき》に立《た》って、無人販売所《むじんはんばいじょ》の脇《わき》にある小道《こみち》を歩《ある》き、裏《うら》に回《まわ》る。

そこは駐車場《ちゅうしゃじょう》になっていて、用水《ようすい》の流《なが》れる細《ほそ》い川《かわ》を挟《はさ》んだ向《む》こうに、いくつかの家《いえ》がポツンポツンと建《た》っていた。

このあたりは郊外《こうがい》だから、家自体《いえじたい》も少《すく》なく、もちろん人通《ひとどお》りもほとんどない。

「その左手《ひだりて》のヤブ、」

後《うし》ろからついてきた小塚君《こづかくん》が指差《ゆびさ》す。

「その中《なか》から聞《き》こえてきたんだ。」

樹々《きぎ》が生《お》い茂《しげ》っていて、ヤブの中《なか》は見《み》えなかった。

私《わたし》は耳《みみ》を澄《す》ませたけれど、うめき声《ごえ》は聞《き》き取《と》れない。

「今《いま》は、聞《き》こえてこないね。」

私《わたし》がそう言《い》うと、小塚君《こづかくん》は、しかたなさそうに頷《うなず》いた。

「でもさっきは、ほんとに聞《き》こえたんだ。ウソじゃないよ。」

真剣《しんけん》に訴《うった》える小塚君《こづかくん》の肩《かた》を、私《わたし》はトントンと叩《たた》いた。

「わかってる。小塚君《こづかくん》がウソを言《い》うなんて、全然思《ぜんぜんおも》ってないから。」

小塚君《こづかくん》は、ホッと息《いき》をついた。

「ありがと。」

もしかしてこのヤブの中《なか》に何《なに》かあるのかも知《し》れない。

「このヤブの中《なか》、見《み》てみない？」

私《わたし》の提案《ていあん》に、小塚君《こづかくん》は恐《おそ》れをなしたような顔《かお》になった。

「人間《にんげん》のうめき声《ごえ》だったんだよ。何《なに》かとんでもないものがあるかも知《し》れない。」

私《わたし》は、そのとんでもないものについてアレコレと想像《そうぞう》し、背筋《せすじ》を震《ふる》わせた。

ううっ、ゾクゾクゾクッ！

でも放《ほう》っておけないと思《おも》ったんだ。

うめき声《ごえ》が聞《き》こえたって事《こと》は、それを出《だ》した人《ひと》がいるんだし、もしかして助《たす》けを求《もと》めているのかも知《し》れない。

自分《じぶん》がその立場《たちば》だったら、早《はや》く誰《だれ》かに来《き》てほしい、って祈《いの》るような気持《きも》ちでいると思《おも》うんだ。

見捨《みす》てられない！

「はっきりさせようよ。私《わたし》たちにできる事《こと》があれば、やらなけりゃならないし。小塚君《こづかくん》が嫌《いや》なら、私1人《わたしひとり》でやるからここで待《ま》ってて。」

私《わたし》はヤブの中《なか》に踏《ふ》み込《こ》み、身《み》をかがめながらたくさんの葉《は》を茂《しげ》らせている低木《ていぼく》や笹《ささ》なんかをかき分《わ》けて慎重《しんちょう》にあたりに目《め》を配《くば》った。

すると、地面《じめん》に白《しろ》いものが広《ひろ》がっているのが見《み》えたんだ。

まるで白《しろ》い服《ふく》を着《き》た人間《にんげん》が倒《たお》れているかのようで、ドキッ！

でもよく見《み》れば、どこかから飛《と》んできた広告紙《こうこくし》が雨《あめ》に濡《ぬ》れて地面《じめん》にへばりついていただけだった。

私《わたし》は、大《おお》きな息《いき》をつきながら思《おも》い出《だ》した、江戸時代《えどじだい》の俳句《はいく》に、「化《ば》け物《もの》の正体見《しょうたいみ》たり枯《か》れ尾《お》花《ばな》」っていうのがあった事《こと》を。

恐《こわ》がっていると何《なん》でもないものでも化《ば》け物《もの》に見《み》えてしまう、という意味《いみ》の句《く》なんだけれど、ほんとその通《とお》りかも。

私《わたし》・・・恐《こわ》がってるんだなぁ。

でも頑張《がんば》れてるから、偉《えら》いよっ！

自分《じぶん》を励《はげ》ましながら進《すす》み、何《なに》も見《み》つけられずに、私《わたし》はヤブを通《とお》り抜《ぬ》けた。

じゃ小塚君《こづかくん》が聞《き》いたうめき声《ごえ》って、どこから聞《き》こえてきたんだろう。

首《くび》を傾《かし》げながら見《み》れば、ヤブを出《で》た所《ところ》は、どこかの家《いえ》の庭《にわ》だった。

家《いえ》といっても、屋根《やね》は傾《かたむ》いて穴《あな》が開《あ》いているし、窓《まど》のガラスは割《わ》れているし、壁《かべ》にはツタがはっている。

これ・・・空《あ》き家《や》だよね。

うめき声《ごえ》は、もしかしてこの中《なか》から？

そう考《かんが》えると、すっごく不気味《ぶきみ》で、足《あし》が震《ふる》えてしまった。

まさにその時《とき》っ！　窓《まど》の下《した》に赤《あか》いものを見《み》つけたんだ。

家全体《いえぜんたい》が古《ふる》びているのに、その赤《あか》さだけが妙《みょう》に鮮《あざ》やかというか、新《あたら》しい感《かん》じだった。

なんだろう。

近寄《ちかよ》って見《み》ると、それは赤《あか》いビニールの切《き》れ端《はし》だった。

隅《すみ》の方《ほう》に、白《しろ》い字《じ》で『子《こ》』と印刷《いんさつ》してある。

ん・・・これって、どっかで見《み》た気《き》がする。

しばし考《かんが》え込《こ》んでいて、やがて思《おも》いついた。

そうだ、『必勝餃子《ひっしょうぎょうざ》』のパックの表側《おもてがわ》だ、間違《まちが》いないっ！

それがここに落《お》ちてるって事《こと》は・・・餃子《ぎょうざ》を盗《ぬす》んだ犯人《はんにん》が、ここでパックの外装《がいそう》フィルムを剝《は》がしたんだ。

販売所内《はんばいじょない》で電子《でんし》レンジを使《つか》ってるから、ここまで持《も》ってきて開《あ》けて食《た》べたのかも知《し》れない。

私《わたし》は息《いき》を呑《の》みながら、その空《あ》き家《や》を見回《みまわ》した。

家《いえ》の中《なか》に入《はい》って食《た》べて、窓《まど》からこれを捨《す》てたって事《こと》もありうる。

いや、待《ま》て、落《お》ち着《つ》け！

逸《はや》る自分《じぶん》をなだめながら、私《わたし》は大《おお》きく深呼吸《しんこきゅう》した。

ここで食《た》べたとは限《かぎ》らない、どこからか風《かぜ》で飛《と》ばされてきたって事《こと》もあるもの。

それに、これは盗《ぬす》まれた餃子《ぎょうざ》じゃなくて、誰《だれ》かがちゃんと買《か》ってきた必勝餃子《ひっしょうぎょうざ》の外装《がいそう》フィルムかも知《し》れない。

あれこれと考《かんが》えていた時《とき》、家《いえ》の脇《わき》でザクッと土《つち》を踏《ふ》む靴音《くつおと》がした。

目《め》を向《む》ければ、サッと人影《ひとかげ》が動《うご》き、灰色《はいいろ》のコートの裾《すそ》がひるがえるのが見《み》えたんだ。

わっ、誰《だれ》かいるっ！

その直後《ちょくご》、私《わたし》の肩《かた》に、ふわっと手《て》が載《の》った。

私《わたし》は思《おも》わず、

「ぎゃぁっ！」

叫《さけ》びながら振《ふ》り返《かえ》れば、そこに、青《あお》ざめた小塚君《こづかくん》が立《た》っていた。

「すごい声《こえ》だね。１００デシベルくらいは、軽《かる》くいってると思《おも》うよ・・・ちなみにセミの鳴《な》き声《ごえ》は70デシベルくらい。」

私《わたし》・・・セミよりすごいんだ。

でもこれ、威張《いば》れる事《こと》？

「何《なに》か、わかった？」

小塚君《こづかくん》に聞《き》かれて、私《わたし》は赤《あか》いビニールを指差《ゆびさ》し、それが盗《ぬす》まれた餃子《ぎょうざ》の外装《がいそう》フィルムと同《おな》じである事《こと》を説明《せつめい》してから家《いえ》の脇《わき》を指《さ》した。

「あそこに誰《だれ》かいたんだ。」

小塚君《こづかくん》は、まず背負《せお》っていた黒《くろ》いナップザックを下《お》ろし、中《なか》から手袋《てぶくろ》とビニール袋《ぶくろ》を出《だ》すと、手袋《てぶくろ》をしてからその外装《がいそう》フィルムを袋《ふくろ》に入《い》れた。

「あとで調《しら》べてみるよ。」

次《つぎ》に、そおっと家《いえ》に歩《あゆ》み寄《よ》っていき、その脇《わき》から向《む》こうをのぞいてから、またそおっと戻《もど》ってきた。

「誰《だれ》もいないよ。」

じゃどっか行《い》ったか、あるいは逃《に》げたんだ。

でもこんな所《ところ》で、何《なに》してたんだろう。

「うめき声《ごえ》も、聞《き》こえないね。」

そう言《い》った小塚君《こづかくん》のポケットでスマートフォンが鳴《な》り出《だ》す。

「若武《わかたけ》だ。」

スマートフォンを取《と》り出《だ》した小塚君《こづかくん》が画面《がめん》を見《み》ながら言《い》った。

「早《はや》く戻《もど》れってメールだ。」

あ、上杉《うえすぎ》くんとのケンカ、終《お》わったんだ。

「それから、アーヤがいないんだけど知《し》らないかって。」

私《わたし》は、来《き》た道《みち》を引《ひ》き返《かえ》しながら言《い》った。

「一緒《いっしょ》だって返事《へんじ》しておいて。行《い》こ。」

＊

無人販売所《むじんはんばいじょ》まで戻《もど》ると、その出入《でい》り口前《ぐちまえ》に置《お》かれていた長《なが》いベンチに、皆《みんな》が腰《こし》かけていた。

「この裏《うら》で人影《ひとかげ》を見《み》たので、後《あと》で話《はな》します。」

私《わたし》がそう言《い》うと、若武《わかたけ》は頷《うなず》き、立《た》ち上《あ》がって全員《ぜんいん》を見回《みまわ》した。

「メンバーもそろってるし、ここでKZ《カッズ》セブン会議《かいぎ》を開《ひら》く。」

私《わたし》は記録《きろく》を取《と》るために座《すわ》りたかったけれど、ベンチにはもう座《すわ》れるスペースがなかった。

しかたがないので、立《た》ったまま事件《じけん》ノートを開《ひら》いたんだ。

「アーヤ、ここに座《すわ》りなよ。」

黒木君《くろきくん》が隣《となり》にいた忍《しのぶ》との間《あいだ》を詰《つ》め、私《わたし》の座《すわ》る場所《ばしょ》を作《つく》ってくれた。

「じゃ第1チーム、美門《みかど》、報告《ほうこく》を。」

翼《たすく》が立《た》ちあがり、つまらなそうに口《くち》を開《ひら》く。

「この付近《ふきん》には、民家《みんか》が数軒《すうけん》あるだけだ。様子《ようす》を見《み》てきたけれど、特《とく》に変《か》わった所《ところ》はなかった。それらの家《いえ》に住《す》んでる誰《だれ》かが餃子《ぎょうざ》を盗《ぬす》んだのかも知《し》れないし、犯人《はんにん》がそれらの家《いえ》に餃子《ぎょうざ》を持《も》ち込《こ》んだって事《こと》も考《かんが》えられるけど、今《いま》の時点《じてん》ではハッキリした証拠《しょうこ》がなく、何《なに》も言《い》えない。」

どうやら際立《きわだ》った成果《せいか》を上《あ》げられなくて、ご機嫌斜《きげんなな》めのようだった。

「あと小塚《こづか》が、うめき声《ごえ》が聞《き》こえたって言《い》ってるんだけど、俺《おれ》には聞《き》こえなかったし、俺《おれ》たちの調査《ちょうさ》には関係《かんけい》ないから調《しら》べなかった、以上《いじょう》。」

翼《たすく》が座《すわ》り、入《い》れ替《か》わりに小塚君《こづかくん》があわてて立《た》ち上《あ》がる。

「うめき声《ごえ》は、無人販売所《むじんはんばいじょ》の裏手《うらて》にあるヤブの方《ほう》から聞《き》こえたんだ。それで調《しら》べてみた。ヤブの中《なか》には何《なに》もなかったけれど、ヤブを出《で》た所《ところ》に古《ふる》い家《いえ》があった。空《あ》き家《や》らしい。うめき声《ごえ》は、もうどこからも聞《き》こえなかったけどね。その家《いえ》の外《そと》に、盗《ぬす》まれた餃子《ぎょうざ》のパックの外装《がいそう》フィルムと同様《どうよう》のビニールフィルムの一部《いちぶ》が落《お》ちてた。回収《かいしゅう》したから調《しら》べてみるよ。それからアーヤが、人影《ひとかげ》を見《み》たって言《い》ってる、以上《いじょう》。」

翼《たすく》が、ムッとしたようにこちらを見《み》た。

「第《だい》1チームは、俺《おれ》と小塚《こづか》でしょ。なんでアーヤが入《はい》ってきてんの。」

わっ、不機嫌《ふきげん》がこっちに向《む》かってきた！

まぁ理屈的《りくつてき》には合《あ》ってるかも知《し》んないけど、この空気感《くうきかん》は間違《まちが》いなく、八《や》つ当《あ》たりだぁ！

「あ、それは僕《ぼく》が頼《たの》んだからだよ。」

小塚君《こづかくん》が、さりげなくかばってくれた。

でもそれは事実《じじつ》じゃなかったし、そのままにしておくと翼《たすく》の怒《いか》りを1人《ひとり》で浴《あ》びる事《こと》になってかわいそうだったから、私《わたし》は急《いそ》いで付《つ》け加《くわ》えた。

「行《い》こうって言《い》ったのは、私《わたし》だよ。うめき声《ごえ》の正体《しょうたい》をはっきりさせたかったたし、ちょうど第《だい》2チームの調査《ちょうさ》も終《お》わって、手《て》が空《あ》いてたしね。」

もっと言《い》えば、小塚君《こづかくん》の疑問《ぎもん》に、翼《たすく》がきちんと対応《たいおう》しなかった事《こと》がそもそも問題《もんだい》なんだよ。

2人《ふたり》は今《いま》、同《おな》じチームなんだから、きちんと話《はな》し合《あ》ってお互《たが》いが納得《なっとく》できるような行動《こうどう》をしないといけないと思《おも》うよ。

それを口《くち》に出《だ》そうか止《や》めようか、考《かんが》えながら私《わたし》が翼《たすく》を見《み》すえていると、翼《たすく》は目《め》を伏《ふ》せた。

黒木君《くろきくん》が笑《わら》いながら手《て》を伸《の》ばし、ポンと翼《たすく》の頭《あたま》の上《うえ》に置《お》く。

「ヤくなよ。おまえもアーヤと一緒《いっしょ》に調査《ちょうさ》したかっただけだろ。」

え・・・そうなの？

私《わたし》がじっと見《み》つめると、翼《たすく》は、その白《しろ》い頰《ほお》をポッと桜色《さくらいろ》に染《そ》めた。

わっ、かわいい！

「気持《きも》ちはわかる。」

そう言《い》った黒木君《くろきくん》の隣《となり》で、上杉君《うえすぎくん》が溜《た》め息《いき》をつく。

「ガキくせぇ。」

そのひと言《こと》で、翼《たすく》はすっかりスネてしまい、ツンと横《よこ》を向《む》いた。

若武《わかたけ》がパンパンと両手《りょうて》を叩《たた》く。

「会議中《かいぎちゅう》だぞ、私語《しご》はやめろ。次《つぎ》、第《だい》2チーム、七鬼《ななき》。報告《ほうこく》を。」

忍《しのぶ》が意気揚々《いきようよう》と立《た》ち上《あ》がった。

「無人販売所内《むじんはんばいじょない》の見取《みと》り図《ず》を作成《さくせい》し、盗《ぬす》まれた餃子《ぎょうざ》の種類《しゅるい》も特定《とくてい》した。商品名《しょうひんめい》は『必勝餃子《ひっしょうぎょうざ》』、冷蔵《れいぞう》で、盗《ぬす》まれた個数《こすう》は合計《ごうけい》１００個《こ》だ。数《かず》から考《かんが》えて、一緒《いっしょ》に食《く》った仲間《なかま》がいるのかも知《し》れない。防犯《ぼうはん》カメラや周囲《しゅうい》の状況《じょうきょう》から判断《はんだん》して、KZ《カッズ》リーダー若武《わかたけ》は目出《めだ》し帽《ぼう》の男《おとこ》ではないと断定《だんてい》した。」

若武《わかたけ》が、ガタンとベンチを揺《ゆ》らせて突《つ》っ立《た》つ。

「ほんとかっ！」

忍《しのぶ》は頷《うなず》き、自分《じぶん》のスマートフォンに防犯《ぼうはん》カメラの画像《がぞう》を呼《よ》び出《だ》すと、店内《てんない》で私《わたし》にした説明《せつめい》を若《わか》武《たけ》に向《む》かって繰《く》り返《かえ》した。

「やったっ！」

晴《は》れ晴《ば》れとした顔《かお》で両手《りょうて》を天《てん》に向《む》かって突《つ》き上《あ》げた若武《わかたけ》は、本当《ほんとう》にうれしそうだった。

喜《よろこ》びのあまり、自分《じぶん》の背《せ》の低《ひく》さが幸《さいわ》いした事《こと》にも、気《き》が回《まわ》らなかったみたい。

相当深刻《そうとうしんこく》に考《かんが》え込《こ》んでいたらしかった。

まぁ犯罪者《はんざいしゃ》になるかならないかの瀬戸際《せとぎわ》だったから、無理《むり》もないけれどね。

「ああ、それについては僕《ぼく》も報告《ほうこく》しようと思《おも》ってたんだ。」

立《た》っていた小塚君《こづかくん》が若武《わかたけ》に目《め》を向《む》ける。

「目出《めだ》し帽《ぼう》の分析結果《ぶんせきけっか》についてだよ。今《いま》、話《はな》してもいいかな。」

若武《わかたけ》が許可《きょか》すると、小塚君《こづかくん》は自分《じぶん》の足元《あしもと》に置《お》いたナップザックからいつもの黒《くろ》いファイルを取《と》り出《だ》した。

「あの目出《めだ》し帽《ぼう》を分析《ぶんせき》して、複数《ふくすう》の指紋《しもん》と内部《ないぶ》に付着《ふちゃく》していた皮膚片《ひふへん》からＤＮＡ《ディーエヌエー》を検出《けんしゅつ》した。保《ほ》管《かん》してあるデータベースから若武《わかたけ》の指紋《しもん》とDNA《ディーエヌエー》を呼《よ》び出《だ》して比較《ひかく》したら、指紋《しもん》の1つが一致《いっち》した。」

若武《わかたけ》は、ブスッとした顔《かお》で答《こた》える。

「そりゃ俺《おれ》が持《も》ってたんだからな。」

小塚君《こづかくん》は頷《うなず》きながら続《つづ》けた。

「でも内部《ないぶ》から採取《さいしゅ》したDNA《ディーエヌエー》の方《ほう》は、若武《わかたけ》のとは違《ちが》ってた。つまりあれをかぶってたのは、若《わか》武《たけ》じゃないんだ。」

おお、完璧《かんぺき》な証拠《しょうこ》だ。

「加《くわ》えて目出《めだ》し帽《ぼう》の内側《うちがわ》には、膿《うみ》が付着《ふちゃく》していた。」

膿《うみ》？

「位置《いち》から考《かんが》えて鼻孔《びこう》あたりだ。犯人《はんにん》は鼻《はな》の病気《びょうき》、蓄膿症《ちくのうしょう》を患《わずら》っている可能性《かのうせい》がある。」

私《わたし》は、せっせとそれを書《か》き留《と》めた。

つまり犯人《はんにん》は、身長《しんちょう》が忍《しの》ぶくらい、そして鼻《はな》の病気《びょうき》にかかってるんだ。

それにしても小塚君《こづかくん》って、私《わたし》だったら絶対《ぜったい》できないような事《こと》を、いつも平気《へいき》でやってのけて偉《えら》いなぁ。

膿《うみ》なんて、私《わたし》、見《み》るだけでも嫌《いや》、ゾゾッとするもの。

「念《ねん》のために美門《みかど》にも、目出《めだ》し帽《ぼう》の匂《にお》いを嗅《か》いでもらった。」

うわっ、かわいそ！

「若武《わかたけ》の匂《にお》いと嗅《か》ぎ分《わ》けて覚《おぼ》えるように頼《たの》んだんだ。今後《こんご》、犯人《はんにん》に遭遇《そうぐう》すればすぐわかるはずだ。僕《ぼく》からは、以上《いじょう》。」

小塚君《こづかくん》が報告《ほうこく》を終《お》えると、翼《たすく》が不思議《ふしぎ》そうな顔《かお》で皆《みな》を見回《みまわ》した。

「確《たし》かに目出《めだ》し帽《ぼう》には、若武《わかたけ》以外《いがい》の人間《にんげん》の匂《にお》いがついてた。でもその目出《めだ》し帽《ぼう》って、若武《わかたけ》のポケットに入《はい》ってたんだろ。で、DNA《ディーエヌエー》や付着物《ふちゃくぶつ》は、若武《わかたけ》のじゃない。となったら、それは誰《だれ》のなんでしょ？」

う〜む、謎《なぞ》だ。

「じゃ、そこは置《お》いといて報告《ほうこく》を先《さき》にしちまおう。第《だい》3チームから上杉《うえすぎ》、発表《はっぴょう》を。」

上杉君《うえすぎくん》が立《た》ち上《あ》がった。

「自転車《じてんしゃ》の転倒《てんとう》については、無人販売所前《むじんはんばいじょまえ》のコンクリートや看板《かんばん》に傷《きず》があったから、たぶん間違《まちが》いない。若武《わかたけ》は、販売所前《はんばいじょまえ》で事故《じこ》ったんだ。けど、本人《ほんにん》の頭部《とうぶ》の傷《きず》についてはおかしな点《てん》がある。」

おかしな点《てん》？

「若武《わかたけ》の頭《あたま》には、ほとんど治《なお》りかけている傷《きず》が、1か所《しょ》あるだけだ。本人《ほんにん》をあっちこっちにぶつけたり倒《たお》したりして実験《じっけん》したが、販売所前《はんばいじょまえ》には、ぶつかったら1か所《しょ》の傷《きず》ですむような場所《ばしょ》は全《まった》くない。」

若武《わかたけ》は、さっきの事《こと》を思《おも》い出《だ》したらしく、ギンと上杉君《うえすぎくん》をにらんだ。

「きっさま、よくも好《す》き放題《ほうだい》やりやがったな。」

ところが上杉君《うえすぎくん》は完全無視《かんぜんむし》、相手《あいて》にもしないであっさりスルーした。

「そもそもチャリンコの事故《じこ》である事《こと》を考《かんが》えると、傷《きず》が1か所《しょ》というのは不自然《ふしぜん》だ。」

そうだね、自転車《じてんしゃ》で転《ころ》んだり衝突《しょうとつ》したりしたら、色《いろ》んな傷《きず》がつくもの。

「たぶん傷《きず》と事故《じこ》は、別《べつ》ものなんだ。」

は？

「若武《わかたけ》は販売所前《はんばいじょまえ》で自転車《じてんしゃ》を停《と》めた。その時《とき》、殴《なぐ》られて気絶《きぜつ》、その場《ば》に倒《たお》れたんだ。それで自転《じてん》車《しゃ》も引《ひ》っくり返《かえ》った。」

殴《なぐ》られたぁっ⁉

「誰《だれ》だっ、俺《おれ》を殴《なぐ》ったのはっ⁉」

若武《わかたけ》は熱《いき》り立《た》った声《こえ》を上《あ》げたけれど、上杉君《うえすぎくん》はあくまで冷静《れいせい》。

「もっともシンプルに考《かんが》えれば、こうだ。」

そう言《い》いながら腕《うで》を組《く》み、空《そら》を仰《あお》いだ。

「犯人《はんにん》は餃子《ぎょうざ》を盗《ぬす》むために販売所《はんばいじょ》に入《はい》ろうとしていた。そうとは知《し》らないマヌケな若武《わかたけ》がそこにやってきて、販売所前《はんばいじょまえ》に自転車《じてんしゃ》を停《と》める。」

私《わたし》は若武《わかたけ》に目《め》を向《む》けた。

若武《わかたけ》は、覚《おぼ》えてない、と言《い》いたげに首《くび》をブンブン横《よこ》に振《ふ》った。

「犯行《はんこう》の邪魔《じゃま》だと思《おも》った犯人《はんにん》は、若武《わかたけ》を殴《なぐ》って気絶《きぜつ》させた。自転車《じてんしゃ》が倒《たお》れ、若武《わかたけ》のバッグから中《なか》味《み》が散乱《さんらん》する。その中《なか》に目出《めだ》し帽《ぼう》があるのを見《み》つけた犯人《はんにん》は、それをかぶって販売所内《はんばいじょない》に入《はい》り、餃子《ぎょうざ》を盗《ぬす》むと、その後《ご》、目出《めだ》し帽《ぼう》を若武《わかたけ》のポケットに押《お》し込《こ》んで逃走《とうそう》した。」

わぁ、さすがに数学《すうがく》の天才《てんさい》、推理《すいり》に筋《すじ》が通《とお》っている。

「おそらくそうだね。」

黒木君《くろきくん》が頷《うなず》いた。

「第《だい》2、第《だい》3チームの調査結果《ちょうさけっか》を踏《ふ》まえると、それで決《き》まりだろ。」

若武《わかたけ》は、拳《こぶし》にした片手《かたて》をバシバシともう一方《いっぽう》の手《て》に叩《たた》きつけた。

「おのれ、俺《おれ》に罪《つみ》をかぶせやがったのか、許《ゆる》さんっ！　今《いま》に見《み》てろ。必《かなら》ず正体《しょうたい》を突《つ》き止《と》めて、吠《ほ》え面《づら》かかせてやるからなっ！」

小塚君《こづかくん》が私《わたし》を見《み》た。

「吠《ほ》え面《づら》って、動物《どうぶつ》みたいに吠《ほ》えてる顔《かお》の事《こと》？」

私《わたし》は軽《かる》く首《くび》を横《よこ》に振《ふ》った。

「違《ちが》う、泣《な》き顔《がお》の事《こと》だよ。」

小塚君《こづかくん》は、ふぅ〜んというような表情《ひょうじょう》になる。

「あんまりきれいな言葉《ことば》じゃないって事《こと》も覚《おぼ》えといてね。」

きれいじゃない言葉《ことば》っていうのは、他《ほか》にもたくさんあるんだ。

例《たと》えば、〈ざま〉とかね。

〈ざまをみろ〉とか、〈ぶざま〉、〈死《し》にざま〉っていうような使《つか》い方《かた》をするんだけど、〈ざま〉には、あざけりや軽蔑《けいべつ》の気持《きも》ちが込《こ》められているんだ。

時々《ときどき》、〈生《い》きざま〉なんて使《つか》い方《かた》をする人《ひと》がいるけれど、あれは間違《まちが》いだと私《わたし》は思《おも》っている。

「ではアーヤ、今日《きょう》の調査《ちょうさ》をまとめてくれ。」

わっ、いきなりそうくるか。

私《わたし》はあわてて事件《じけん》ノートを引《ひ》っくり返《かえ》し、記述《きじゅつ》を目《め》で追《お》いながら頭《あたま》の中《なか》でまとめた。

「今日《きょう》の調査《ちょうさ》では3つの謎《なぞ》、犯人《はんにん》は誰《だれ》か、なぜ餃子《ぎょうざ》を盗《ぬす》んだのか、無人販売所《むじんはんばいじょ》を出《で》た後《あと》どうしたのか、については明確《めいかく》な答《こた》えを出《だ》せませんでした。けれどもリーダー若武《わかたけ》への疑惑《ぎわく》が晴《は》れ、また当日《とうじつ》の様子《ようす》がおぼろげながらわかってきた事《こと》は大《おお》きな成果《せいか》です。」

若武《わかたけ》は、しっかりと頷《うなず》いた。

「また新《あら》たな謎《なぞ》として、無人販売所《むじんはんばいじょ》の裏手《うらて》にある空《あ》き家《や》らしい家《いえ》が浮上《ふじょう》しています。家《いえ》の外《そと》には、盗《ぬす》まれた餃子《ぎょうざ》の外装《がいそう》フィルムの一部《いちぶ》が落《お》ちており、犯人《はんにん》がこの家《いえ》に餃子《ぎょうざ》を持《も》ち込《こ》んだ可能性《かのうせい》があります。この外装《がいそう》フィルムは小塚調査員《こづかちょうさいん》が分析《ぶんせき》する予定《よてい》です。この家《いえ》、もしくは近《ちか》くで、うめき声《ごえ》が上《あ》がっており、また灰色《はいいろ》のコートを着《き》た人物《じんぶつ》も確認《かくにん》されています。これらが餃子盗難《ぎょうざとうなん》と関係《かんけい》があるのかどうかは、今《いま》のところわかっていません。以上《いじょう》が今日《きょう》のまとめです。」

若武《わかたけ》は納得《なっとく》したような顔《かお》で立《た》ち上《あ》がった。

「では諸君《しょくん》、今後《こんご》の方針《ほうしん》を発表《はっぴょう》する。今《いま》のところ窃盗犯《せっとうはん》の手《て》がかりが残《のこ》されていそうなのは、その外装《がいそう》フィルムと空《あ》き家《や》だけだ。小塚《こづか》は外装《がいそう》フィルムの分析《ぶんせき》、黒木《くろき》は、その家《いえ》の住所《じゅうしょ》から住人《じゅうにん》を調《しら》べて情報《じょうほう》を集《あつ》めろ。その情報《じょうほう》が入《はい》ったらKZ《カッズ》セブン会議《かいぎ》を招集《しょうしゅう》し、次《つぎ》の調査《ちょうさ》にとりかかる。今日《きょう》のところはこれまでだ。ご苦労《くろう》だった、解散《かいさん》っ！」

9　ラプソード

小塚君《こづかくん》が分析《ぶんせき》に手《て》こずっているのか、それとも黒木君《くろきくん》が情報《じょうほう》を集《あつ》めるのに苦労《くろう》しているのか、KZ会議《カッズかいぎ》の招集《しょうしゅう》は、ちっともかからなかった。

それで私《わたし》は、その間《あいだ》、部活《ぶかつ》に励《はげ》んでおこうと思《おも》ったんだ。

KZ活動《カッズかつどう》もあるし、秀明《しゅうめい》にも行《い》かなきゃならないから、時間《じかん》を取《と》りにくいんだもの。

うちの文芸部《ぶんげいぶ》は個人活動《こじんかつどう》が多《おお》いから、顔《かお》を出《だ》さなくても全然《ぜんぜん》うるさく言《い》われないんだけれどね。

朝《あさ》、いつもより早《はや》く家《いえ》を出《で》て、学校《がっこう》に行《い》くと、なんとっ、悠飛《ゆうひ》が校門《こうもん》の門柱《もんちゅう》に寄《よ》りかかっていた。

足元《あしもと》にはバットが置《お》いてある。

でもこの時間《じかん》って、いつもなら部活《ぶかつ》してる時間《じかん》じゃなかったっけ？

「お、立花《たちばな》、おはよ！」

声《こえ》をかけられて、私《わたし》は聞《き》いてみた。

「野球部《やきゅうぶ》の練習《れんしゅう》は、どうしたの？」

悠飛《ゆうひ》はズボンのポケットに突《つ》っ込《こ》んでいた両手《りょうて》を出《だ》しながら、ゆらっと門柱《もんちゅう》から体《からだ》を起《お》こした。

「フケた。」

へぇ珍《めずら》しいな。

「新海《しんかい》に話《はなし》があって、ここで待《ま》ちぶせして捕《つか》まえようと思《おも》ってんだよ。あいつ、校内《こうない》で声《こえ》かけても、絶対《ぜったい》シカトだからさ。」

私《わたし》は本当《ほんとう》の事《こと》を言《い》いたくて、口《くち》がムズムズした。

それ、聞《き》き取《と》れないからだよ、って言《い》いたかったんだ。

でも言《い》わない約束《やくそく》だったから、その代《か》わりに聞《き》いてみた。

「何《なに》か、用事《ようじ》でもあるの？」

悠飛《ゆうひ》はちょっと憂鬱《ゆううつ》そうな顔《かお》になる。

「あいつさぁ、どうも耳《みみ》が悪《わる》いんじゃないかな。きっと聞《き》こえにくいんだと思《おも》う。」

すっ、鋭《するど》い！

「野球部辞《やきゅうぶや》めたのは、たぶんそのせいだ。けど、もったいないじゃん。腕《うで》とか脚《あし》とか背中《せなか》とか、野球《やきゅう》と直接関係《ちょくせつかんけい》する部位《ぶい》の故障《こしょう》じゃないんだから、やる気《き》さえあればなんとかなるんじゃないかって思《おも》ってるんだ。で今度《こんど》、うちの部《ぶ》にラプソードが入《はい》ったからさ、」

えっと、ラプは、たぶんLapだから、膝《ひざ》とか、保護《ほご》とか、幸運《こううん》とか、窪地《くぼち》、それになめるとか、さざ波《なみ》の音《おと》って意味《いみ》もあるかな。

ソードは剣《けん》だから、まとめると・・・う〜ん、まとめられない！

きっと意味《いみ》が違《ちが》うんだ。

「すげぇ器械《きかい》だから、それがあるって言《い》えば、やる気《き》が出《で》るんじゃないかなって思《おも》って。」

言葉《ことば》のエキスパートとして、わからない言葉《ことば》があると認《みと》める事《こと》は、くやしいし、恥《は》ずかしい。

でも、聞《き》くは一時《いっとき》の恥《はじ》、聞《き》かぬは一生《いっしょう》の恥《はじ》と言《い》われているから、ここは素直《すなお》な気持《きも》ちで尋《たず》ねてみよう。

「ラプソードって、何《なに》？」

悠飛《ゆうひ》は、私《わたし》の無知《むち》を笑《わら》ったりしなかった。

「弾道測定器《だんどうそくていき》。」

へ？

「投球《とうきゅう》の変化《へんか》や回転数《かいてんすう》を計測《けいそく》できる器械《きかい》なんだ。制球《せいきゅう》が定《さだ》まらなかったり、変化球《へんかきゅう》が曲《ま》がらなかったりした場合《ばあい》、ラプソードの数値《すうち》を見《み》れば原因《げんいん》が特定《とくてい》できる。」

そうなんだ、すごいかも。

「球児《きゅうじ》にとっては憧《あこが》れの器械《きかい》だ。でも高校《こうこう》の野球部《やきゅうぶ》でも導入《どうにゅう》されてるとこは少《すく》ない。高《たか》いからな。それがうちに入《はい》ったってわかれば、新海《しんかい》も興味《きょうみ》を示《しめ》すはずだ。」

それで野球部《やきゅうぶ》に戻《もど》る気《き》になってくれるといいけどなぁ。

「ここで待《ま》ってて、その話《はなし》をするの？」

悠飛《ゆうひ》は爪先《つまさき》でバットを引《ひ》っかけ、ひょいっと蹴《け》り上《あ》げて片手《かたて》でキャッチした。

「デカい声《こえ》で、はっきり聞《き》こえるように言《い》うつもりだ。」

いくら大声《おおごえ》でも、周《まわ》りが騒《さわ》がしいとダメなんだよ。

耳《みみ》から入《はい》った言葉《ことば》は、音《おと》としては聞《き》こえるけれど理解《りかい》できないって言《い》ってたから。

ここみたいに皆《みな》が通《とお》りかかるとこじゃない方《ほう》がいいと思《おも》うけど・・・。

しばし考《かんが》えていて、私《わたし》は思《おも》い付《つ》いた。

「文芸部室《ぶんげいぶしつ》に連《つ》れていけば？　あそこはたぶん学校《がっこう》で一番静《いちばんしず》かな所《ところ》だし、片山君《かたやまくん》はちょっと前《まえ》まで特別顧問《とくべつこもん》だったんだから、部室《ぶしつ》を使《つか》っても構《かま》わないと思《おも》うよ。」

悠飛《ゆうひ》は、バットの両端《りょうはし》を両手《りょうて》でつかみ、そのまま持《も》ち上《あ》げてから頭《あたま》の後《うし》ろに回《まわ》した。

「知《し》ってる？　バットって寒冷地《かんれいち》に育《そだ》った広葉樹《こうようじゅ》がいいんだぜ。耐久性《たいきゅうせい》や反発力《はんぱつりょく》を持《も》ってるから。」

そう言《い》いながら体《からだ》を左右《さゆう》にねじる。

「針葉樹《しんようじゅ》は柔《やわ》らかすぎるんだ。」

へぇ、知《し》らなかったな。

イメージ的《てき》には、針葉樹《しんようじゅ》の方《ほう》が堅《かた》そうだけどね。

「広葉樹《こうようじゅ》は、たいてい葉《は》っぱが大《おお》きいから、その分寒《ぶんさむ》さが身《み》に染《し》みるはず。それに耐《た》えて育《そだ》つから、耐久性《たいきゅうせい》や反発力《はんぱつりょく》を手《て》に入《い》れられるんだって、俺《おれ》は勝手《かって》に思《おも》ってる。新海《しんかい》も、色《いろ》んな辛《つら》さを抱《かか》えながらきっと強《つよ》くなっていくはず。その強《つよ》さを持《も》って、野球《やきゅう》に戻《もど》ってきてほしいんだ。」

私《わたし》は悠飛《ゆうひ》の温《あたた》かさや優《やさ》しさに、ジ～ンとした。

「友《とも》だちの事《こと》、色々《いろいろ》と考《かんが》えてるんだね。偉《えら》いな。」

悠飛《ゆうひ》は動《うご》きを止《と》め、そのきれいな目《め》に強引《ごういん》な感《かん》じのする強《つよ》い光《ひかり》を瞬《また》かせて私《わたし》を見《み》た。

「カッコいいだろ？」

うんっ！

「自分《じぶん》の事《こと》しか考《かんが》えられないって、ダセぇからな。」

うん、うんっ！

「俺《おれ》の事《こと》、好《す》きになれよ！」

それは、別《べつ》っ!!

＊

悠飛《ゆうひ》が新海君《しんかいくん》を部室《ぶしつ》に連《つ》れていってるかも知《し》れなかったから、私《わたし》は邪魔《じゃま》したくなくて、その朝《あさ》、部室《ぶしつ》に行《い》かなかった。

で、放課後《ほうかご》、帰《かえ》る前《まえ》に寄《よ》ってみたんだ。

部室《ぶしつ》の前《まえ》で声《こえ》をかけてからドアを開《あ》けると、中《なか》には、部員《ぶいん》が1人《ひとり》いて、本《ほん》を読《よ》んでいた。

部会《ぶかい》とかがある日《ひ》じゃないと、部員《ぶいん》は、いない事《こと》が多《おお》い。

最近《さいきん》は部長《ぶちょう》が今月《こんげつ》の課題図書《かだいとしょ》を決《き》めて、そのタイトルを壁《かべ》に貼《は》り出《だ》しているから、それを見《み》て、部室《ぶしつ》か図書室《としょしつ》から借《か》りておこうと思《おも》ったんだ。

「お、立花彩《たちばなあや》じゃん。」

テーブルで本《ほん》を読《よ》んでいた部員《ぶいん》がこちらを向《む》く。

窓《まど》から入《はい》ってくる光《ひかり》が逆光《ぎゃっこう》で、顔《かお》が暗《くら》くなってよく見《み》えなかったので、私《わたし》はそばまで近寄《ちかよ》った。

「病院《びょういん》で会《あ》って以来《いらい》だよな。」

なんとっ、それは新海光牙《しんかいこうが》だった。

「おまえって、ここの部員《ぶいん》なの？」

古《ふる》い感《かん》じのする部室《ぶしつ》の中《なか》で、そこだけポッと光《ひかり》が当《あ》たっているみたいにキラキラしていた。

わぁ、やっぱ、きれいだなぁ！

でも、なんでここにいるんだろ。

「俺《おれ》、今日《きょう》、文芸部《ぶんげいぶ》に入《はい》ったんだ。」

え・・・野球部《やきゅうぶ》じゃないの？

「今《いま》まで本《ほん》なんて、あんま読《よ》まなかったけど、今朝《けさ》、ここに来《き》てみたらすっげぇ静《しず》かで、人《ひと》の声《こえ》がハッキリ聞《き》き取《と》れたから、いいなと思《おも》って入部《にゅうぶ》する事《こと》にした。」

ああ、静《しず》かな所《ところ》なら普通《ふつう》に聞《き》き取《と》れるんだものね。

じゃここでなら、皆《みな》と同《おな》じような学校生活《がっこうせいかつ》を味《あじ》わえるんだ。

ま、それならそれでいいかも。

私《わたし》は、ニッコリしながら新海君《しんかいくん》の隣《となり》の椅子《いす》を引《ひ》き出《だ》し、そこに座《すわ》った。

「片山君《かたやまくん》から、野球部《やきゅうぶ》に誘《さそ》われたんじゃないの？」

新海君《しんかいくん》は軽《かる》く頷《うなず》き、口角《こうかく》を下《さ》げる。

「新《あたら》しい測定器《そくていき》が入《はい》ったから見《み》るだけでもいいから来《こ》いよって言《い》われた。けど見《み》てもしょうがねーからさ。」

なんで？

「俺《おれ》、もう野球《やきゅう》は無理《むり》だから。片山《かたやま》には理由《りゆう》を話《はな》したよ。LiD《エルアイディー》が原因《げんいん》で、イップスだって。」

ああ、こんな大事《だいじ》な話《はなし》の最中《さいちゅう》なのに、私《わたし》には言葉《ことば》がわからないっ！

誰《だれ》か教《おし》えて、イップスって何《なに》？

「LiD《エルアイディー》は聞《き》いてるけど・・・」

私《わたし》がアタフタしながらそう言《い》うと、新海君《しんかいくん》はクスッと笑《わら》った。

透明感《とうめいかん》があって、さわやかで、ステキな微笑《びしょう》。

ああ見惚《みと》れずにいられないっ！

「イップスってのは、精神的《せいしんてき》な要因《よういん》で起《お》こる運動障害《うんどうしょうがい》の事《こと》。体《からだ》には異常《いじょう》がないのに、筋肉《きんにく》が硬化《こうか》したり、神経《しんけい》が緊張《きんちょう》したりして、思《おも》い通《どお》りに動《うご》かなくなるんだ。」

そうだったんだ。

ただ聞《き》き取《と》れないってだけで退部《たいぶ》したんじゃなかったんだね。

「完璧主義《かんぺきしゅぎ》の人間《にんげん》がなりやすいっていうから、俺《おれ》、そうなのかも。」

軽《かる》く言《い》いながら新海君《しんかいくん》は、読《よ》んでいた本《ほん》に視線《しせん》を戻《もど》した。

「意外《いがい》におもしれーよな、本《ほん》って。」

そう言《い》いながら次第《しだい》に本《ほん》の世界《せかい》に入《はい》り込《こ》んでいく。

邪魔《じゃま》をしたくなかったので、私《わたし》はそっと立《た》ち上《あ》がり、部室《ぶしつ》を出《で》ようとした。

新海君《しんかいくん》は、本《ほん》の中《なか》に自分《じぶん》の新《あら》たな世界《せかい》を見《み》つけたのかも知《し》れない。

悠飛《ゆうひ》は残念《ざんねん》がるだろうけれど、何《なに》も野球《やきゅう》でなくたっていいよね。

夢中《むちゅう》になれるものならなんだっていい。

そこに浸《ひた》って色々《いろいろ》な事《こと》を考《かんが》えていれば、心《こころ》に幅《はば》ができていくし、そのうちにはきっと自分《じぶん》の価《か》値《ち》に気《き》づくはずだもの。

「あ、立花《たちばな》、」

呼《よ》び止《と》められて、私《わたし》は、ドアに手《て》をかけながら振《ふ》り返《かえ》った。

「おまえって、このガッコ、第《だい》1志望《しぼう》じゃなかったんだって？」

びっくり！

「なんで知《し》ってるの？」

新海君《しんかいくん》は、サラッと答《こた》える。

「おまえが俺《おれ》のプライベート知《し》ってるのに、俺《おれ》が知《し》らないのは何《なに》かと不利《ふり》だから、調《しら》べた。」

私《わたし》は一瞬《いっしゅん》、警戒《けいかい》した。

自分《じぶん》について調《しら》べられるなんて恐《こわ》かったし、まだ新海君《しんかいくん》の性格《せいかく》とか、よく知《し》らなかったから、この先《さき》、何《なに》が起《お》こるのかわからなくて、不安《ふあん》だったんだ。

それが顔《かお》に出《で》たらしくて、新海君《しんかいくん》はちょっと笑《わら》った。

「それは冗談《じょうだん》。おまえが、自分《じぶん》を見捨《みす》てるなって言《い》ってくれて、俺《おれ》、かなり気持《きも》ちが楽《らく》になったんだ。」

あ、そうだったの。

よかった、役《やく》に立《た》てて。

「それで、俺《おれ》もおまえに言《い》ってやれる事《こと》があるかも知《し》れないって思《おも》ってさ、おまえの事《こと》知《し》りたくて調《しら》べた。それが本当《ほんとう》の理由《りゆう》。」

気遣《きづか》うような表情《ひょうじょう》を浮《う》かべながら新海君《しんかいくん》は私《わたし》の顔《かお》を見《み》る。

「ここに通学《つうがく》するのって、結構《けっこう》つらい感《かん》じなのか？」

心配《しんぱい》そうに私《わたし》をうかがう様子《ようす》は、とても真摯《しんし》で、誠実《せいじつ》な感《かん》じがした。

「俺《おれ》に、何《なに》かできる？」

私《わたし》は、新海君《しんかいくん》のそばまで引《ひ》き返《かえ》した。

「最初《さいしょ》の頃《ころ》は、きついって感《かん》じる事《こと》もあったけどね、今《いま》はもう引《ひ》きずってないから大丈夫《だいじょうぶ》。現実《げんじつ》に馴染《なじ》んだっていうか、現実《げんじつ》を受《う》け入《い》れたんだと思《おも》う。どこの中学《ちゅうがく》に通《かよ》ってても自分《じぶん》は自分《じぶん》、価《か》値《ち》が変《か》わる訳《わけ》じゃないって思《おも》えるようになったから。」

新海君《しんかいくん》はホッと息《いき》をつく。

「おまえには借《か》りがある。いつでも俺《おれ》を頼《たよ》っていいからな。」

心《こころ》が通《かよ》ったような気《き》がして、すごくうれしかった。

「ありがと。」

そう言《い》った私《わたし》に頷《うなず》き、新海君《しんかいくん》は視線《しせん》を手元《てもと》の本《ほん》に移《うつ》す。

長《なが》い睫毛《まつげ》を伏《ふ》せ、本《ほん》の世界《せかい》に入《はい》っていった。

私《わたし》は、そっと部室《ぶしつ》を出《で》て、昇降口《しょうこうぐち》に向《む》かう。

義理堅《ぎりがた》いなぁ、イケメン。

かなりいい子《こ》かも。

「あ、いたっ！」

背後《はいご》で大声《おおごえ》が上《あ》がり、振《ふ》り向《む》くと、忍《しのぶ》が片手《かたて》を上《あ》げていた。

「捜《さが》してたんだ。KZ会議《カッズかいぎ》の招集《しょうしゅう》、かかったから。」

おおやった、長《なが》かったなぁ。

「今日《きょう》の休《やす》み時間《じかん》にカフェテリアに集合《しゅうごう》だって。」

ラジャーっ！

10　怨霊《おんりょう》か？

「ではKZ《カッズ》セブン会議《かいぎ》を始《はじ》める。」

若武《わかたけ》が全員《ぜんいん》を見回《みまわ》し、私《わたし》の所《ところ》で視線《しせん》を止《と》めた。

「アーヤ、前回《ぜんかい》までの要点《ようてん》と謎《なぞ》をまとめてくれ。」

この会議《かいぎ》までには嫌《いや》というほど時間《じかん》があったので、私《わたし》は用意万端《よういばんたん》だった。

用意万端《よういばんたん》っていうのは、「用意《ようい》」の部分《ぶぶん》が準備《じゅんび》の事《こと》、「万端《ばんたん》」の方《ほう》はすべての事柄《ことがら》って意味《いみ》だから、この2つを合《あ》わせて、完全《かんぜん》に準備《じゅんび》ができているって意味《いみ》だよ。

「では『餃子《ぎょうざ》5パック盗難事件《とうなんじけん》』について、まとめを発表《はっぴょう》します。」

しっかし、返《かえ》す返《がえ》すもこの事件名《じけんめい》、あまりにも小《ちい》さい。

きっとKZ《カッズ》史上《しじょう》でも最低《さいてい》レベルだ、情《なさ》けないなぁ・・・。

「無人販売所《むじんはんばいじょ》で餃子《ぎょうざ》5パックが盗《ぬす》まれ、防犯《ぼうはん》カメラには黄色《きいろ》い目出《めだ》し帽《ぼう》をかぶった犯人《はんにん》が映《うつ》っていたというのが事件《じけん》の全容《ぜんよう》です。謎《なぞ》として、犯人《はんにん》は誰《だれ》か、犯人《はんにん》はなぜ餃子《ぎょうざ》を盗《ぬす》んだのか、犯人《はんにん》は無人販売所《むじんはんばいじょ》を出《で》た後《あと》、どうしたのか、の3点《てん》が挙《あ》がっていました。これらを調査《ちょうさ》する過程《かてい》で、無《む》人販売所内《じんはんばいじょない》の精察《せいさつ》、および目出《めだ》し帽《ぼう》の分析《ぶんせき》を行《おこな》ったところ、犯人像《はんにんぞう》が絞《しぼ》られてきました。身長《しんちょう》は七鬼調査員《なな き ちょう さ いん》くらい、加《くわ》えて鼻《はな》の病気《びょうき》を持《も》っているようです。また犯行現場《はんこうげんば》の裏手《うらて》にある家《いえ》の外《そと》には盗《ぬす》まれた餃子《ぎょうざ》パックの外装《がいそう》フィルムが落《お》ちていました。これは現在《げんざい》、小塚調査員《こづかちょう さ いん》が分析中《ぶんせきちゅう》です。またこの家《いえ》を含《ふく》む付近《ふきん》で、うめき声《ごえ》、および灰色《はいいろ》のコートを着《き》た人物《じんぶつ》が確認《かくにん》されています。この家《いえ》については、黒木調査員《くろ き ちょう さ いん》が情報収集《じょうほうしゅうしゅう》に当《あ》たっています。以上《いじょう》。」

発表《はっぴょう》を終《お》えて私《わたし》が着席《ちゃくせき》すると、若武《わかたけ》は大《おお》きく頷《うなず》いた。

「ご苦労《くろう》。では小塚《こづか》、外装《がいそう》フィルムの分析結果《ぶんせきけっか》を報告《ほうこく》してくれ。」

小塚君《こづかくん》が、黒《くろ》いファイルを開《ひら》きながら立《た》ち上《あ》がる。

「まず美門《みかど》に匂《にお》いを覚《おぼ》えてもらい、その後《ご》、指紋《しもん》の検出《けんしゅつ》にかかりました。複数《ふくすう》の指紋《しもん》が検出《けんしゅつ》されましたが、そのうちの1つが、目出《めだ》し帽《ぼう》から検出《けんしゅつ》したものと一致《いっち》しました。」

おお！

「餃子《ぎょうざ》パックを盗《ぬす》んだ犯人《はんにん》が、あの家《いえ》もしくはその付近《ふきん》でパックを開《あ》けたものと思《おも》われます。」

私《わたし》は、謎《なぞ》3、犯人《はんにん》は無人販売所《むじんはんばいじょ》を出《で》た後《あと》、どうしたのか、の項目《こうもく》の下《した》に、裏手《うらて》の家《いえ》もしくはその庭《にわ》に入《はい》り、餃子《ぎょうざ》パックを開《あ》けた、と書《か》き込《こ》んだ。

よし、これで謎《なぞ》3は解決《かいけつ》だ。

「開《あ》けたんなら、当然《とうぜん》、食《く》ってるよな。つうか、食《く》うために開《あ》けたんだろ。つまり食《く》うために盗《ぬす》んだって事《こと》でいいんじゃね？」

上杉君《うえすぎくん》の言葉《ことば》に、私《わたし》はコクコク頷《うなず》きながら、謎《なぞ》2の下《した》に、食《た》べるためと書《か》き入《い》れた。

これで謎《なぞ》2も解決《かいけつ》だ。

そう思《おも》いながら、ふっと気《き》が付《つ》いた、その2つが解決《かいけつ》しても、依然《いぜん》として謎《なぞ》1には迫《せま》れていない事《こと》に。

これまでのケースだと、謎《なぞ》が解決《かいけつ》していくにつれて他《ほか》の謎《なぞ》を解《と》く手《て》がかりが出《で》てくるものなんだけどな。

今回《こんかい》、最初《さいしょ》の謎《なぞ》の設定《せってい》が間違《まちが》っていたのかも知《し》れない。

あんまりにもチンマリした事件《じけん》だったから、やる気《き》が出《で》なくて、ついついチャランポランな決《き》め方《かた》をしてしまった感《かん》が否《いな》めないなぁ。

反省《はんせい》しなくちゃ。

会議《かいぎ》で取《と》り上《あ》げた以上《いじょう》、事件《じけん》は事件《じけん》だ、解決《かいけつ》しなくちゃならない、真剣《しんけん》に向《む》き合《あ》わないと！

「落《お》ちてたのは外装《がいそう》フィルムなんだろ。盗《ぬす》まれたのは5パックだ。他《ほか》のパックの外装《がいそう》フィルムは、どうしたんでしょ。」

翼《たすく》の突《つ》っ込《こ》みに、私《わたし》は首《くび》を傾《かし》げた。

さぁぁ。

「まとめてゴミに出《だ》したんだろ。」

若武《わかたけ》の言葉《ことば》に、翼《たすく》は食《く》い下《さ》がった。

「じゃ落《お》ちてたのだけ、ゴミに入《い》れなかった理由《りゆう》は？」

若武《わかたけ》は、ムッとしたような顔《かお》になる。

「細《こま》かい事《こと》、気《き》にすんじゃねーよ。」

ハッシとにらみ合《あ》う2人《ふたり》の間《あいだ》で、小塚君《こづかくん》がニッコリした。

「それについては説明《せつめい》できるよ。あの外装《がいそう》フィルムには、小《ちい》さなくぼみがあった。」

へ？

「歯《は》の跡《あと》だよ。そこに唾液《だえき》がついていたんだ。」

誰《だれ》かが、歯《は》で噛《か》んだって事《こと》？

「あ、わかった。」

忍《しのぶ》が声《こえ》を上《あ》げる。

「フィルムが取《と》りにくくって、歯《は》を使《つか》って持《も》ち上《あ》げたんだ。俺《おれ》も時々《ときどき》そうするもん。」

私《わたし》は忍《しのぶ》が、かぷっと餃子《ぎょうざ》のパックに食《く》いついている様子《ようす》を想像《そうぞう》した。

ちょっとかわいいかも。

「えっと、」

小塚君《こづかくん》は、困《こま》ったように笑《わら》った。

「その唾液《だえき》は、人間《にんげん》のものじゃなかったんだ。」

私《わたし》たちは、いっせいに声《こえ》をそろえて叫《さけ》んだ。

「じゃ妖怪《ようかい》のっ⁉」

小塚君《こづかくん》は目《め》を丸《まる》くする。

「妖怪《ようかい》って、唾液《だえき》、出《だ》すの？」

えっと・・・どうだろう。

「じゃ胃液《いえき》とかも出《だ》すのかな。」

「それじゃ、人間《にんげん》と同《おな》じじゃん。」

「七鬼先生《なゝきせんせい》に正解《せいかい》を聞《き》こう。」

私《わたし》たちが忍《しのぶ》に向《む》き直《なお》ると、若武《わかたけ》があわてて両手《りょうて》を叩《たた》いた。

「おい話《はなし》が脱線《だっせん》、しかも迷路《めいろ》に入《はい》ってるぞ。」

あ、忍《しのぶ》が発言《はつげん》した後《あと》だったから、つい妖怪路線《ようかいろせん》に走《はし》っちゃったんだ。

「元《もと》に戻《もど》す。小塚《こづか》、その唾液《だえき》、分析《ぶんせき》したんだろ。」

小塚君《こづかくん》は、あわててファイルに視線《しせん》を落《お》とした。

「ジャコウネコ科《か》の動物《どうぶつ》の唾液《だえき》だった。歯《は》の大《おお》きさからして、たぶんハクビシンだ。」

あ、ハクビシンって、「七夕姫《たなばたひめ》は知《し》っている」の中《なか》で出《で》てきたのだよね。

「犯人《はんにん》は、家《いえ》の中《なか》で餃子《ぎょうざ》パックを開《あ》けて食《た》べ、そのまま放置《ほうち》しておいた。それを家《いえ》に入《はい》り込《こ》んだハクビシンが見《み》つけて、残《のこ》り物《もの》にありつこうとした。」

忍《しのぶ》がうれしそうな顔《かお》になり、若武《わかたけ》を見《み》た。

「ハクビシンも餃子《ぎょうざ》好《ず》きなのかぁ。若武《わかたけ》と同《おな》じだ。」

だからぁ、それはもう忘《わす》れてっ！

「ハクビシンに気《き》づいた犯人《はんにん》が追《お》い払《はら》い、あわてたハクビシンは漁《あさ》っていたパックを銜《くわ》えて家《いえ》から飛《と》び出《だ》した。その途中《とちゅう》でフィルムの一部《いちぶ》が切《き》れて落《お》ちたんじゃないかな。」

なるほど。

「ハクビシンって、餃子《ぎょうざ》のどこが気《き》に入《い》ってるんだろ。」

忍《しのぶ》が聞《き》くと、上杉君《うえすぎくん》が冷《ひ》ややかな無表情《むひょうじょう》のままで答《こた》えた。

「ハクビシンに聞《き》け。」

なんとなく・・・納得《なっとく》。

「ハクビシンは、この際《さい》どーでもいいだろ。」

話《はなし》がまたも逸《そ》れ始《はじ》めたので、若武《わかたけ》はイライラしていた。

「大事《だいじ》なのは、餃子《ぎょうざ》を盗《ぬす》んだ犯人《はんにん》が、無人販売所《むじんはんばいじょ》の裏手《うらて》にある家《いえ》の中《なか》で餃子《ぎょうざ》を食《く》ったって事《こと》だ。

アーヤ、記録《きろく》しとけよ。」

私《わたし》はシャープペンを走《はし》らせる。

「家《いえ》の中《なか》を調《しら》べようぜ。犯人《はんにん》の手《て》がかりがあるはずだ。」

翼《たすく》が言《い》い出《だ》し、皆《みな》が頷《うなず》いた。

「まぁ待《ま》て。」

若武《わかたけ》が抑《おさ》えるように言《い》いながら、強《つよ》い光《ひかり》を浮《う》かべた目《め》を黒木君《くろきくん》に向《む》ける。

「その前《まえ》に黒木《くろき》の報告《ほうこく》を聞《き》こう。あの家《いえ》について何《なに》かわかったか?」

黒木君《くろきくん》は体《からだ》を斜《なな》めにし、ズボンの後《うし》ろポケットからスマートフォンを出《だ》した。

操作《そうさ》してから、その画面《がめん》に視線《しせん》を落《お》とす。

「あの家《いえ》は、現在《げんざい》、空《あ》き家《や》だ。」

やっぱり!

「3週間《しゅうかん》ほど前《まえ》まで70代初《だいはじ》めの男性《だんせい》が1人《ひとり》で住《す》んでいたが、あの庭《にわ》の樹《き》で首《くび》つり自殺《じさつ》をした。」

げっ!

「近所付《きんじょづ》き合《あ》いがなかったせいで誰《だれ》も気《き》づかず、異臭《いしゅう》がするという電話《でんわ》が市役所《しやくしょ》に入《はい》って、職員《しょくいん》が駆《か》け付《つ》けて発見《はっけん》したらしい。情報《じょうほう》は以上《いじょう》。」

じゃ聞《き》こえたっていううめき声《ごえ》は・・・その自殺者《じさつしゃ》の怨霊《おんりょう》?

そう思《おも》ったのは私《わたし》ばかりじゃなかったようで、皆《みな》がいっせいに忍《しのぶ》の方《ほう》を向《む》いた。

「七鬼《なき》の出番《でばん》でしょ。」

「そうらしいな。」

「人影《ひとかげ》ってのも、怨霊《おんりょう》の影《かげ》だったとか、かな。」

それ見《み》たの、私《わたし》だったんだよ!

うわぁぁ祟《たた》られたらどーしよう!?

「よし、その空《あ》き家《や》に調査《ちょうさ》に入《はい》るぞ!」

やだよ、恐《こわ》いよっ!

「七鬼《なき》、おまえが先《さき》に行《い》って、除霊《じょれい》しとけ。それが終《お》わったら、俺《おれ》たちが乗《の》り込《こ》む。」

あ、除霊《じょれい》って手《て》があったんだ。

私《わたし》は胸《むね》をなで下《お》ろした、よかった！

「除霊《じょれい》って、霊《れい》を追《お》い出《だ》す、もしくは消滅《しょうめつ》させるって事《こと》なんだぜ。」

忍《しのぶ》は、乗《の》り気《き》になれないみたいだった。

「かわいそうじゃん。祟《たた》ってる訳《わけ》じゃないし、そこにいたがってるだけだろ。無理矢理《むりやり》追《お》い立《た》てたり、消《け》したりするなんて非道《ひどう》だ。そのままいさせてやって、仲良《なかよ》く共存《きょうそん》すればいいと思《おも》う。」

私《わたし》たちは一瞬《いっしゅん》、絶句《ぜっく》。

その後《ご》いっせいに口《くち》を開《ひら》いた。

「あのなぁ、この世《よ》の土地《とち》と家《いえ》は、生《い》きている人間《にんげん》のものなんだぜ。」

「怨霊《おんりょう》は、他人《たにん》の家《いえ》を不法占拠《ふほうせんきょ》してるって事《こと》になる。法律違反《ほうりついはん》だ。」

「七鬼《ななき》がお友《とも》だちになって、自分《じぶん》の家《いえ》に連《つ》れてけばどうでしょ？」

「そうだね。七鬼《ななき》の家《いえ》には、AI《エーアイ》のガイコツとか、サメとか、忍者《にんじゃ》とか、得体《えたい》の知《し》れないのがいっぱいいるんだから、そこに怨霊《おんりょう》が加《くわ》わっても違和感《いわかん》はない。」

「ん、馴染《なじ》めると思《おも》うな。」

忍《しのぶ》はそれで納得《なっとく》がいったらしく、素直《すなお》に頷《うなず》いた。

「わかった。やっとく。」

ほっ！

「じゃ次《つぎ》の土曜日《どようび》までに完結《かんけつ》しとけ。土曜朝《どようあさ》から、俺《おれ》たちが調査《ちょうさ》に入《はい》る。」

それを書《か》き留《と》めながら私《わたし》は、調査《ちょうさ》が朝《あさ》から行《おこな》われる事《こと》に胸《むね》をなで下《お》ろした。

夜《よる》の時間《じかん》は、家《いえ》を出《で》たくなかったし、それになんといっても暗《くら》いと恐《こわ》いもの。

「土曜日《どようび》、朝《あさ》7時《じ》、現場《げんば》の無人販売所前《むじんはんばいじょまえ》に集合《しゅうごう》だ。遅《おく》れるなよ。じゃ今日《きょう》はこれで解散《かいさん》っ！」

11　ヤバい住所《じゅうしょ》

その日《ひ》の放課後《ほうかご》、部室《ぶしつ》に行《い》くと、ドアの前《まえ》にずらぁっと長《なが》い列《れつ》ができていた。

しかも女子《じょし》ばっかり。

何《なに》、何《なに》、何《なに》が起《お》こってんの？

私《わたし》は訝《いぶか》りながら、その脇《わき》を通《とお》って部室《ぶしつ》のドアに向《む》かった。

その途中《とちゅう》には、なんとマリンも並《なら》んでいたんだ。

私《わたし》と目《め》が合《あ》うと、ぷいっと横《よこ》を向《む》いたけど。

ああ傷《きず》つく、シクシクシク・・・。

「あ、立花《たちばな》さん、」

ドアの前《まえ》には部長《ぶちょう》の土屋《つちや》さんが立《た》っていて、何《なに》やら書《か》いた用紙《ようし》を配布《はいふ》していた。

「いいよ、入《はい》って。」

土屋部長《つちやぶちょう》が横《よこ》に移動《いどう》してスペースを空《あ》けてくれたので、私《わたし》はそこから部室内《ぶしつない》に踏《ふ》み込《こ》んだ。

中《なか》には副部長《ふくぶちょう》の内藤《ないとう》さんがいて、私《わたし》を見《み》ると、疲《つか》れたような溜《た》め息《いき》をついた。

「悠飛《ゆうひ》の時《とき》の大騒《おおさわ》ぎが再燃《さいねん》してんのよ。」

そう言《い》いながら奥《おく》に向《む》かって視線《しせん》を流《なが》す。

「あのイケメンのせいで。」

そこには新海君《しんかいくん》がいて、静《しず》かに目《め》を伏《ふ》せ、本《ほん》に見入《みい》っていた。

私《わたし》は、「危《あぶ》ない誕生日《たんじょうび》ブルーは知《し》っている」の時《とき》に起《お》こった騒《さわ》ぎを思《おも》い出《だ》した。

学校一《がっこういち》のモテ男《お》と言《い》われている悠飛《ゆうひ》が、文芸部《ぶんげいぶ》の特別顧問《とくべつこもん》になったために、女子《じょし》の入部希望者《にゅうぶきぼうしゃ》が押《お》し寄《よ》せたんだ。

で、入部試験《にゅうぶしけん》をして制限《せいげん》せざるを得《え》なくなった。

「あの子《こ》、誰《だれ》が話《はな》しかけても無視《むし》する事《こと》で有名《ゆうめい》だったみたいだけど、部員《ぶいん》の誰《だれ》かが、文芸部内《ぶんげいぶない》では普通《ふつう》に会話《かいわ》してるって友《とも》だちに話《はな》したらしいのよ。その噂《うわさ》を聞《き》いた女子《じょし》が押《お》し寄《よ》せたの。」

ああ静《しず》かだったのにぃ・・・。

「しかたがないから悠飛《ゆうひ》の時《とき》みたいに入部試験《にゅうぶしけん》をする事《こと》になって、今《いま》、部長《ぶちょう》がその用紙《ようし》を配《くば》ってるとこ。」

う～む、イケメンの威力《いりょく》、すごいな。

「入部《にゅうぶ》してくれるのはうれしいけど、文芸《ぶんげい》が好《す》きじゃなかったら困《こま》るよ、新海君《しんかいくん》が目当《めあ》てじゃ。」

私《わたし》は頷《うなず》きながら、新海君《しんかいくん》の方《ほう》を見《み》た。

一心《いっしん》にページを追《お》っている様子《ようす》は、俗世《ぞくせい》の騒《さわ》ぎを超越《ちょうえつ》していて、ただひたすら美《うつく》しいっ！

この世界《せかい》、守《まも》ってあげたいなぁ。

じっと見《み》ていると、新海君《しんかいくん》はページをめくる手《て》を止《と》め、制服《せいふく》のポケットからスマートフォンを出《だ》して何《なに》やら話《はな》し始《はじ》め、やがてそれを切《き》ってこちらを向《む》いた。

「立花《たちばな》、ちょっと頼《たの》まれてくれる？」

そう言《い》いながら身《み》をかがめ、足元《あしもと》に置《お》いてあったバッグからコインパースを出《だ》した。

「俺《おれ》の知《し》り合《あ》いが、今《いま》、校門《こうもん》のとこに来《き》てるみたいなんだ。」

はぁ。

「そいつに帰《かえ》り道《みち》を教《おし》えてやってよ。迷子《まいご》になってるらしい。この学校《がっこう》が目《め》に入《はい》ったからって、俺《おれ》んとこに電話《でんわ》かけてきたんだ。」

迷子《まいご》って・・・その子《こ》、何歳《なんさい》なの。

「校門《こうもん》のあたりっていつも騒《さわ》がしいだろ。俺《おれ》が行《い》っても、どうせダメだから。」

新海君《しんかいくん》は本《ほん》を閉《と》じて立《た》ち上《あ》がり、私《わたし》の方《ほう》にやって来《く》ると、片手《かたて》を伸《の》ばして私《わたし》の手首《てくび》をつかんだ。

「これ、預《あず》けとく。」

クイッと私の掌《てのひら》を上《うえ》に向《む》け、持《も》っていたコインパースを載《の》せる。

「もし電車代《でんしゃだい》が必要《ひつよう》になったら、ここから出《だ》しといて。明日《あした》返《かえ》してくれればいいから。そいつは、市立中《いちりつちゅう》の3年生《ねんせい》で、名前《なまえ》は佐藤健一《さとうけんいち》。」

中《ちゅう》3生《せい》が迷子《まいご》になるって、アリ!?

「時々《ときどき》、精神科《せいしんか》で顔《かお》を合《あ》わせるヤツなんだ。普段《ふだん》は家《いえ》に引《ひ》きこもってるみたいだけど、絵《え》が好《す》きで、スケッチする時《とき》だけ外《そと》に出《で》るんだって。今《いま》も雲《くも》を描《か》きながらここまで来《き》ちゃったって言《い》ってる。」

ああ外出《がいしゅつ》に慣《な》れてないのかぁ。

でも自分《じぶん》の場所《ばしょ》も忘《わす》れるほど夢中《むちゅう》になれるものがあるって、ある意味《いみ》、幸《しあわ》せだよね。

「わかった。きちんと帰《かえ》れるように教《おし》えるから心配《しんぱい》しないで。」

新海君《しんかいくん》は、ふっと微笑《ほほえ》んだ。

「ありがと。」

ああ美《うつく》しい、美《うつく》しいとしか言《い》えないっ！

＊

私《わたし》は新海君《しんかいくん》のコインパースを持《も》って、校門《こうもん》に急《いそ》いだ。

佐藤健一《さとうけんいち》って名前《なまえ》だけで、顔《かお》も見《み》た事《こと》ないんだけど、わかるかなぁ。

ちょっと心配《しんぱい》だったものの、校門《こうもん》まで行《い》くと、それが杞憂《きゆう》だった事《こと》がはっきりした。

そのあたりには生徒《せいと》が多数《たすう》いたけれど、何《なん》といっても浜田《はまだ》の制服《せいふく》じゃなかったからすごく目《め》立《だ》っていたし、かなり不安《ふあん》だったらしくてオドオド、キョトキョトしていたんだ。

「佐藤健一《さとうけんいち》さんですか？」

私《わたし》が声《こえ》をかけると、ビクッとしてこちらを見《み》た。

「えっと、そうだけど・・・誰《だれ》？」

怯《おび》えているみたいだったので、私《わたし》はあわてて言《い》った。

「新海君《しんかいくん》から、帰《かえ》り道《みち》を教《おし》えるように頼《たの》まれたんです。」

新海君《しんかいくん》の名前《なまえ》を聞《き》いて、佐藤《さとう》さんはホッとしたらしい。

「ああそうか、ありがとう。」

そう言《い》いながら緊張《きんちょう》を解《と》き、顔《かお》を和《やわ》らげた。

どことなくのんびりした感《かん》じで、穏《おだ》やかそうだった。

「どっちの方向《ほうこう》に帰《かえ》るんですか？」

佐藤《さとう》さんは、体《からだ》の前《まえ》で抱《かか》えていたスケッチブックを片手《かたて》に持《も》ち替《か》え、もう一方《いっぽう》の手《て》を上《あ》げる。

「えっと、あっちから来《き》たんだけど、どっちに帰《かえ》るのかわからない。」

やれやれ、困《こま》ったなぁ。

交番《こうばん》に連《つ》れていった方《ほう》がいいかも。

「あれ立花《たちばな》、何《なに》してんの。」

飛《と》んできた声《こえ》の方《ほう》を振《ふ》り向《む》けば、片方《かたほう》の肩《かた》にバッグを引《ひ》っかけた忍《しのぶ》が、下校《げこう》してくるところだった。

おおラッキイ！

「この人《ひと》が迷子《まいご》なの。帰《かえ》り道《みち》を教《おし》えたいんだけど、家《いえ》の方向《ほうこう》がわからなくて。」

忍《しのぶ》は興味深《きょうみぶか》そうな顔《かお》でチラッと佐藤《さとう》さんを見《み》てから、ポケットに手《て》を突《つ》っ込《こ》み、スマートフォンを出《だ》した。

「住所《じゅうしょ》で検索《けんさく》かけりゃ一発《いっぱつ》だよ。どこ？」

私《わたし》が住所《じゅうしょ》を聞《き》くと、佐藤《さとう》さんは肩《かた》から下《さ》げていた小《ちい》さなバッグからアドレス帳《ちょう》を出《だ》し、大《おお》きな声《こえ》で読《よ》み上《あ》げた。

「俺《おれ》の住所《じゅうしょ》は、新玉西《しんたまにし》10丁目《ちょうめ》の、」

忍《しのぶ》がそれを聞《き》きながら打《う》ち込《こ》み、検索《けんさく》を始《はじ》める。

そのそばで佐藤《さとう》さんはつくづくとアドレス帳《ちょう》に見入《みい》りながら、うれしそうに微笑《ほほえ》んだ。

「ここ、俺《おれ》の家《いえ》なんだ。自由《じゆう》に使《つか》って構《かま》わないって、お父《とう》さんが言《い》ったから。友《とも》だちもよく遊《あそ》びに来《く》るよ。」

ああ、そうなの。

「ここが俺《おれ》のものになる前《まえ》は、自分《じぶん》ちに引《ひ》きこもってたんだけどね。でもこっちは俺《おれ》1人《ひとり》の家《いえ》だから、すごく気《き》に入《い》ってるんだ。もっとも2階《かい》に、誰《だれ》かいるけど・・・」

はぁ？

私《わたし》は、目《め》を白黒《しろくろ》させてしまった。

どーゆー家《いえ》なんだろ。

その瞬間《しゅんかん》、忍《しのぶ》が見開《みひら》いた目《め》をこちらに向《む》けた。

「やべっ！」

何《なに》っ!?

息《いき》を呑《の》んでいると、忍《しのぶ》はスマートフォンをポケットに突《つ》っ込《こ》み、佐藤《さとう》さんの腕《うで》をつかんだ。

「俺《おれ》、送《おく》ってくよ。」

え・・・そこまでするの？

驚《おどろ》く私《わたし》の耳《みみ》に、忍《しのぶ》は唇《くちびる》を近《ちか》づけ、そっとささやいた。

「この住所《じゅうしょ》、あの空《あ》き家《や》だ。」

げっ！

12　さらばＫＺ《カッズ》

「取《と》りあえずついてって様子探《ようすさぐ》ってくっから。じゃな。」

佐藤《さとう》さんと一緒《いっしょ》に歩《あゆ》み去《さ》る忍《しのぶ》を、私《わたし》は見送《みおく》った。

心《こころ》の中《なか》は、疑問《ぎもん》の嵐《あらし》っ！

佐藤《さとう》さんは、無人販売所《むじんはんばいじょ》の裏手《うらて》の、あの家《いえ》に住《す》んでいる。

じゃ餃子《ぎょうざ》を盗《ぬす》んで食《た》べたのは、佐藤《さとう》さん？

だって人《ひと》が住《す》んでいるっていうのに、そこに他人《たにん》が入《はい》り込《こ》んで餃子《ぎょうざ》を食《た》べる事《こと》なんて、できないよ。

身長《しんちょう》は、忍《しのぶ》と同《おな》じくらいだから、犯人像《はんにんぞう》には合致《がっち》してるし。

でも黒木君《くろきくん》の調査《ちょうさ》じゃ、あの家《いえ》は空《あ》き家《や》になっていたはず。

そこに住《す》んでいるって、どういう事《こと》？

しかも2階《かい》に誰《だれ》かいるって・・・一体《いったい》、何《なに》っ!?

ああ疑問符《ぎもんふ》が頭《あたま》の中《なか》を飛《と》び回《まわ》る、ブンブンブン。

落《お》ち着《つ》かない気分《きぶん》で、私《わたし》は、いったん部室《ぶしつ》に戻《もど》った。

ドアの前《まえ》の混雑《こんざつ》はもう解消《かいしょう》されていて、部長《ぶちょう》たちも帰《かえ》ったらしく、中《なか》には誰《だれ》もおらずシーンとしていた。

それで私《わたし》も、秀明《しゅうめい》に向《む》かったんだ。

この情報《じょうほう》、若武《わかたけ》に流《なが》しておいた方《ほう》がいいだろうか。

そう思《おも》いながら秀明《しゅうめい》の玄関前《げんかんまえ》まで来《く》ると、そこに小塚君《こづかくん》が心細《こころぼそ》そうな顔《かお》で立《た》っていた。

「あれ、どうしたの？」

小塚君《こづかくん》は私《わたし》を見付《みつ》け、飛《と》び付《つ》かんばかりの勢《いきお》いで歩《あゆ》み寄《よ》ってくる。

「アーヤ、待《ま》ってたんだ。大変《たいへん》だよ。」

え、今度《こんど》は何《なん》なのっ⁉

「あの無人販売所《むじんはんばいじょ》で、また餃子《ぎょうざ》が5パック盗《ぬす》まれたんだ。」

ええっ！

「テレビで放映《ほうえい》されてたみたいで、若武《わかたけ》が怒《いか》り狂《くる》ってる。緊急集合《きんきゅうしゅうごう》だって。こっちだよ。」

先《さき》に立《た》った小塚君《こづかくん》は、急《いそ》ぎ足《あし》で1階《かい》の奥《おく》に向《む》かう。

その向《む》こうにあるのは、談話室《だんわしつ》だった。

前《まえ》にも何度《なんど》か、KZ《カッズ》会議《かいぎ》で使《つか》った事《こと》がある。

「アーヤが来《き》たよ。」

小塚君《こづかくん》がドアを開《あ》けると、私《わたし》の目《め》に飛《と》び込《こ》んできたのは、憤然《ふんぜん》とした表情《ひょうじょう》で腕《うで》を組《く》んでソファに座《すわ》っている若武《わかたけ》と、テーブルを挟《はさ》んで若武《わかたけ》と向《む》き合《あ》っている上杉君《うえすぎくん》、黒木君《くろきくん》、マスクをしていない翼《たすく》の3人《にん》だった。

ほとんどにらみ合《あ》いっ！

「俺《おれ》たちKZ《カッズ》が事件《じけん》の真相《しんそう》を追《お》ってる最中《さいちゅう》に、またも窃盗《せっとう》されるなんて面目丸《めんぼくまる》つぶれじゃないか。甘《あま》く見《み》られてるって事《こと》だぞ。おまえらがチンタラしてるからだ。」

翼《たすく》が、ぷいっと横《よこ》を向《む》く。

「俺《おれ》たちは、おまえの指示通《しじどお》りに動《うご》いてただけでしょ。」

そう言《い》いながらふっと私《わたし》を見《み》た。

「アーヤ、もしかして、」

え？

「シャンプー、変《か》えた？」

変《か》えてないよ。

「アーヤと一緒《いっしょ》に動《うご》いてきた空気《くうき》の香《かお》りが、今《いま》までと違《ちが》ってる。」

わぁ、マスクなしだと、そこまでわかるんだ、すごいな。

「話《はな》を逸《そ》らすな。」

翼《たすく》の後頭部《こうとうぶ》を、上杉君《うえすぎくん》がパチッとぶった。

「若武《わかたけ》のバカとケリをつけてるとこだろ。」

若武《わかたけ》が突《つ》っ立《た》った。

「バカとはなんだっ！」

上杉君《うえすぎくん》は、冷淡《れいたん》な眼差《まなざし》を若武《わかたけ》に向《む》ける。

「俺《おれ》たちがチンタラしてたって言《い》うなら、それはおまえの指示《しじ》がチンタラしてたんだ。」

黒木君《くろきくん》が溜《た》め息《いき》をついた。

「確《たし》かに今回《こんかい》はスローペースだよ。次《つぎ》の集合《しゅうごう》も、土曜日《どようび》っていうゆっくりテンポだしね。」

若武《わかたけ》はカッとしたらしく、声《こえ》を荒立《あらだ》てた。

「俺《おれ》のせいだって言《い》うのかっ！」

上杉君《うえすぎくん》が皮肉《ひにく》な笑《え》みをもらす。

「おお、よくわかったな。」

私《わたし》はハラハラした。

でも空気《くうき》がすごく緊張《きんちょう》していたものだから、口《くち》を出《だ》せなかったんだ。

ああ、この先《さき》、一体《いったい》どーなるんだろう。

「きっさまら、リーダーにイチャモン付《つ》ける気《き》か。3人《にん》まとめて除名《じょめい》するぞ。」

あ、抜《ぬ》いた、伝家《でんか》の宝刀《ほうとう》！

私《わたし》は、思《おも》わず息《いき》を詰《つ》めた。

伝家《でんか》の宝刀《ほうとう》というのは、その家《いえ》に代々伝《だいだいつた》わる家宝《かほう》の刀《かたな》の事《こと》。

そこから起《お》こった言葉《ことば》で、追《お》いつめられた時《とき》に持《も》ち出《だ》す非常手段《ひじょうしゅだん》という意味《いみ》なんだ。

最後《さいご》の切《き》り札《ふだ》とか、奥《おく》の手《て》、なんかと同《おな》じだよ。

若武《わかたけ》の場合《ばあい》、KZ《カッズ》の除名宣告《じょめいせんこく》が、伝家《でんか》の宝刀《ほうとう》に相当《そうとう》するんだけど、結構《けっこう》、頻繁《ひんぱん》に抜《ぬ》いてるかも。

「おお結構《けっこう》だ。」

上杉君《うえすぎくん》が一気《いっき》に立《た》ち上《あ》がる。

「除名《じょめい》されてやろうじゃないか。」

わっ、受《う》けたっ！

息《いき》を詰《つ》める私《わたし》の前《まえ》で、翼《たすく》もソファを蹴《け》るようにして起立《きりつ》っ！

「さらば、KZ《カッズ》。」

2人《ふたり》で一瞬《いっしゅん》、目《め》を見合《みあ》わせ、並《なら》んで出入《でい》り口《ぐち》に向《む》かう。

最後《さいご》に黒木君《くろきくん》がゆっくりと腰《こし》を上《あ》げ、無言《むごん》で身《み》をひるがえして2人《ふたり》の後《あと》を追《お》っていった。

私《わたし》は、アワアワしながら小塚君《こづかくん》と顔《かお》を見合《みあ》わせる。

「どうしよう！」

「どうしようもないような気《き》・・・する。」

KZ《カッズ》のメンバーは、全部《ぜんぶ》で7人《にん》。

そのほぼ半数近《はんすうちか》くの3人《にん》が、急《きゅう》に離脱《りだつ》してしまうなんて。

そんなに人数《にんずう》が減《へ》ってしまう事自体《ことじたい》、大《おお》きなダメージだし、しかもその3人《にん》は、それぞれの分《ぶん》野《や》のエキスパートで、他《ほか》の人間《にんげん》にそれを補《おぎな》う事《こと》はできないんだ。

KZ《カッズ》は、存続《そんぞく》できなくなってしまうよ。

「若武《わかたけ》、3人《にん》に謝《あやま》って、戻《もど》ってもらいなさいよ。」

私《わたし》がそう言《い》うと、若武《わかたけ》はギンとこちらをにらんだ。

「いやだっ！」

腕《うで》を組《く》み直《なお》し、3人《にん》が出《で》ていったドアに矢《や》のような視線《しせん》を注《そそ》ぐ。

「ちっきしょうっ！」

まるで火山《かざん》さながらに怒《いか》りを噴《ふ》き上《あ》げていて、正《まさ》に烈火状態《れっかじょうたい》、止《と》める術《すべ》ナシ。

「今《いま》できる事《こと》は、」

小塚君《こづかくん》がコソッと言《い》った。

「この3人《にん》で会議《かいぎ》を始《はじ》めるか、それとも僕《ぼく》たちも、あの3人《にん》に同意《どうい》してここを出《で》ていくか、どっちかだよ。」

う〜む、難《むずか》しい二択《にたく》だ。

「でもここで僕《ぼく》たちが出《で》ていったら、KZ《カッズ》は空中分解《くうちゅうぶんかい》すると思《おも》う。たぶんもう終《お》わりだ。」

そう言《い》いながら小塚君《こづかくん》は顔《かお》をゆがめる。

「そんな事《こと》・・・僕《ぼく》、いやだよ。悲《かな》しすぎる。」

その目《め》にじわっと涙《なみだ》が浮《う》かんできて、小塚君《こづかくん》はあわてて視線《しせん》を伏《ふ》せた。

私《わたし》は胸《むね》を突《つ》かれ、どうしていいのかわからなかった。

小塚君《こづかくん》は、いつもおっとりしていて、優《やさ》しくて、決《けっ》して人《ひと》を責《せ》めず、グチも言《い》わず、頑張《がんば》り屋《や》で、一生懸命《いっしょうけんめい》に自分《じぶん》の役割《やくわり》を果《は》たしてきた。

そんな小塚君《こづかくん》を泣《な》かせるなんて、そんな事《こと》、絶対《ぜったい》あっちゃならない！

ここで私《わたし》がなんとかしなくちゃ!!

そんな気持《きも》ちに駆《か》り立《た》てられて、私《わたし》は手《て》を伸《の》ばし、小塚君《こづかくん》の両手《りょうて》を握《にぎ》りしめた。

「大丈夫《だいじょうぶ》、KZ《カッズ》は不滅《ふめつ》だよ。」

今《いま》までだって、KZ《カッズ》が危《あぶ》なくなる事《こと》は何度《なんど》もあった。

もうダメだと思《おも》う時《とき》も、何回《なんかい》となくあったんだ。

でもやり抜《ぬ》いてきた、今度《こんど》だって乗《の》り越《こ》えられる！

「頑張《がんば》れば大丈夫《だいじょうぶ》。きっとやり抜《ぬ》ける、ね、そう信《しん》じて頑張《がんば》ろ！」

小塚君《こづかくん》は目《め》を上《あ》げ、すがるように私《わたし》を見《み》て、コックリ頷《うなず》いた。

「僕《ぼく》、何《なん》でもするよ。どうすればいい？」

それは私《わたし》が聞《き》きたい事《こと》で、どうしていいのかわからないというのが本音《ほんね》だった。

けれど、小塚君《こづかくん》を慰《なぐさ》めた手前《てまえ》、そんな事《こと》は言《い》えない。

「えっとね、」

私《わたし》が考《かんが》え込《こ》んだその時《とき》、小塚君《こづかくん》のポケットで着信音《ちゃくしんおん》がした。

「あ、ちょっと待《ま》ってね。」

小塚君《こづかくん》はスマートフォンを出《だ》し、画面《がめん》を見《み》る。

「七鬼《ななき》からメールだ。」

あ、忍《しのぶ》がいるって事《こと》、忘《わす》れてたっ！

忍《しのぶ》はIT《アイティー》関係《かんけい》や心霊世界《しんれいせかい》に詳《くわ》しいし、修験道《しゅげんどう》で鍛《きた》えているから、体力《たいりょく》も腕力《わんりょく》もあって運動神経《うんどうしんけい》も抜群《ばつぐん》。

すっごい戦力《せんりょく》だ！

私《わたし》は、急《きゅう》にうれしくなった。

私《わたし》たちは4人《にん》なんだ、なんとかなりそう！

「読《よ》み上《あ》げるよ。佐藤健一《さとうけんいち》は、あの家《いえ》に時々《ときどき》、泊《と》まってるみたいだ。」

そうだったんだ。

「自殺《じさつ》した家主《やぬし》は佐藤健一《さとうけんいち》の伯父《おじ》で、佐藤晃《さとうあきら》。健一《けんいち》の父親《ちちおや》があの家《いえ》を相続《そうぞく》したって話《はなし》だけど、登記変更《とうきへんこう》の手続《てつづ》きをしてないらしい。」

それで黒木君《くろきくん》が調《しら》べた時《とき》には、空《あ》き家《や》って事《こと》になってたんだ。

「情報《じょうほう》がもう1つ。佐藤《さとう》は、中《ちゅう》1の頃《ころ》から蓄膿症《ちくのうしょう》で、慢性化《まんせいか》してるみたいだ。」

おお、その病気《びょうき》から考《かんが》えても、身長《しんちょう》から考《かんが》えても、犯人像《はんにんぞう》にピッタリ！

そう思《おも》いながら、私《わたし》は佐藤健一《さとうけんいち》の顔《かお》や雰囲気《ふんいき》を思《おも》い浮《う》かべた。

窃盗《せっとう》をするようには見《み》えなかったけどな。

もっとも、外見《がいけん》で判断《はんだん》するなんて、正《ただ》しくないけれど。

「餃子窃盗《ぎょうざせっとう》について詳《くわ》しい事《こと》を聞《き》き出《だ》すために、今夜《こんや》は佐藤《さとう》の家《いえ》に泊《と》まり込《こ》む。頻繁《ひんぱん》に仲間《なかま》が集《あつ》まってるらしくて、泊《と》まっていっても構《かま》わないって言《い》ってるんだ。美門《みかど》に連絡《れんらく》して一緒《いっしょ》に泊《と》まるように言《い》ってくれ、あいつの鼻《はな》を当《あ》てにしたい。」

読《よ》み終《お》えて小塚君《こづかくん》は顔《かお》を上《あ》げた。

「って言《い》ってるけど、どうしよう？」

翼《たすく》が離脱《りだつ》した事《こと》、忍《しのぶ》は知《し》らないんだよね。

さて困《こま》ったな。

「美門《みかど》に事情《じじょう》を話《はな》して、あの空《あ》き家《や》に来《き》てくれるように頼《たの》んでみようか。」

小塚君《こづかくん》にそう言《い》われ、私《わたし》が返事《へんじ》をためらっていると、若武《わかたけ》がすっくと立《た》ち上《あ》がった。

きれいなその目《め》に強《つよ》い光《ひかり》を瞬《またた》かせ、キッパリひと言《こと》。

「呼《よ》ばなくていい、俺《おれ》が行《い》く。」

小塚君《こづかくん》は首《くび》を傾《かし》げた。

「若武《わかたけ》に美門《みかど》の代《か》わりは、無理《むり》じゃないかなぁ。」

若武《わかたけ》はムッとしたらしく、ツカツカと歩《あゆ》み寄《よ》ってきて、思《おも》いっきり小塚君《こづかくん》の頭《あたま》を引《ひ》っぱたいた。

パカッと音《おと》がするほどで、小塚君《こづかくん》は、ジンワリ目《め》に涙《なみだ》。

「何《なに》すんのよっ！」

私《わたし》が叫《さけ》んだ時《とき》には、若武《わかたけ》はもう談話室《だんわしつ》を飛《と》び出《だ》していくところだった。

「美門《みかど》の嗅覚《きゅうかく》は、特殊能力《とくしゅのうりょく》だ。誰《だれ》にも代《か》われないよ。」

ぶたれた頭《あたま》をなでながら小塚君《こづかくん》は、心配《しんぱい》そうだった。

「僕《ぼく》も行《い》ってみる。どっちみち家《いえ》の中《なか》を調《しら》べる予定《よてい》だったんだし。」

そうだ、能力《のうりょく》が劣《おと》るんなら、人数《にんずう》でカバーだ。

「私《わたし》も行《い》く！」

小塚君《こづかくん》はホッとしたようにニッコリし、それからオズオズと言《い》った。

「ところで、佐藤健一《さとうけんいち》って誰《だれ》？」

13　うめき声《ごえ》の主《ぬし》

問題《もんだい》は、ママの許可《きょか》をどうやって取《と》るか、という事《こと》だった。

夜《よる》、行動《こうどう》しなけりゃならない時《とき》には、今《いま》まで黒木君《くろきくん》がカバーしてくれていた。

でも今回《こんかい》は頼《たよ》れない、1人《ひとり》でなんとかしないと。

私《わたし》は考《かんが》え、とても大胆《だいたん》な方法《ほうほう》を思《おも》いついた。

それは、いったん家《いえ》に帰《かえ》って、いつも通《どお》りに過《す》ごし、こっそりと夜中《よなか》に脱出《だっしゅつ》する事《こと》だった。

もちろんあの空《あ》き家《や》には泊《と》まらず、頃合《ころあ》いを見《み》て帰《かえ》ってくるつもり。

でも、それでも行《い》かないよりはずっとましだと思《おも》ったんだ。

「小塚君《こづかくん》、待《ま》ち合《あ》わせて一緒《いっしょ》に行《い》こう。」

小塚君《こづかくん》は同意《どうい》し、私《わたし》の家《いえ》まで来《き》て外《そと》で待《ま》っていると言《い》ってくれたので、すっごく心強《こころづよ》かった。

私《わたし》は、ママが自分《じぶん》の部屋《へや》に引《ひ》き上《あ》げ、奈子《なこ》が寝付《ねつ》くのを待《ま》ってこっそり階段《かいだん》を下《お》り、玄関《げんかん》ドアを開《あ》けて外《そと》に出《で》て、自転車《じてんしゃ》を持《も》ち出《だ》した。

そして門《もん》で待《ま》っていてくれた小塚君《こづかくん》と合流《ごうりゅう》、一目散《いちもくさん》にあの空《あ》き家《や》を目指《めざ》したんだ。

無人販売所《むじんはんばいじょ》の脇《わき》を通《とお》って空《あ》き家《や》の前《まえ》まで行《い》くと、そこに若武《わかたけ》と忍《しのぶ》の自転車《じてんしゃ》が置《お》いてあり、中《なか》からは明《あ》かりがもれていた。

「2人《ふたり》ともいるみたいだね。」

小塚君《こづかくん》がスマートフォンを取《と》り出《だ》し、電話《でんわ》をかける。

「ああ若武《わかたけ》？　僕《ぼく》とアーヤで応援《おうえん》に来《き》たんだ。中《なか》に入《い》れてくれる？」

しばらくすると玄関《げんかん》ドアにはめ込《こ》まれたガラス部分《ぶぶん》に影《かげ》が映《うつ》り、それが開《ひら》いて若武《わかたけ》が顔《かお》を出《だ》した。

「入《はい》れよ。」

そう言《い》いながら声《こえ》をひそめる。

「小塚《こづか》は、家《いえ》の中《なか》にハクビシンが侵入《しんにゅう》した痕跡《こんせき》があるかどうか確《たし》かめるんだ。アーヤは台所《だいどころ》に行《い》ってゴミを見《み》てこい。俺《おれ》と七鬼《ななき》で佐藤《さとう》を釘《くぎ》づけにしておくからさ。ついでに佐藤《さとう》の指紋《しもん》とDN《ディーエヌ》A《エー》が採《と》れるような物《もの》もゲットしておく。」

了解《りょうかい》！

「こっちだ。」

玄関《げんかん》から奥《おく》に通《つう》じている廊下《ろうか》の突《つ》き当《あ》たりに居間《いま》があり、中《なか》では佐藤健一《さとうけんいち》と忍《しのぶ》がカードゲームをしていた。

若武《わかたけ》も参加《さんか》していたらしく、急《いそ》いでテーブルに戻《もど》る。

他《ほか》に人《ひと》の姿《すがた》はなかった。

「七鬼《ななき》、めっちゃ強《つよ》いなぁ。」

そう言《い》いながら佐藤健一《さとうけんいち》は顔《かお》を上《あ》げ、私《わたし》に目《め》を留《と》める。

「あ、さっき会《あ》ったよね。」

そう言《い》っただけで、小塚君《こづかくん》については気《き》にするふうもなく、再《ふたた》びゲームに戻《もど》っていった。

私《わたし》だったら、自分《じぶん》ちに知《し》らない人《ひと》が入《はい》ってきてるっていうのに、こんな無関心《むかんしん》な反応《はんのう》なんて、とてもできない。

よく仲間《なかま》が出入《でい》りしてるって言《い》ってたから、慣《な》れているのかも知《し》れなかった。

「僕《ぼく》、まず外《そと》から見《み》てみるよ。あ、これ、使《つか》って。」

小塚君《こづかくん》は、私《わたし》にラテックスの手袋《てぶくろ》を渡《わた》し、玄関《げんかん》の方《ほう》に戻《もど》っていく。

私《わたし》は、台所《だいどころ》を探《さが》して廊下《ろうか》をキョロキョロ。

やがてお風呂場《ふろば》を見《み》つけ、その隣《となり》にある台所《だいどころ》を発見《はっけん》した。

なんとつ、感心《かんしん》するほど汚《きたな》い、不潔《ふけつ》の極《きわ》みっ！

流《なが》し台《だい》には洗《あら》ってないコップや食器《しょっき》が並《なら》んでいるし、テーブルの上《うえ》にはラップやら空《から》パック、ビニール袋《ぶくろ》、食品《しょくひん》の外装《がいそう》フィルムが散乱《さんらん》、臭《にお》いもすごいっ!!

うっ、耐《た》えられない、早《はや》くしよう。

私《わたし》は小塚君《こづかくん》からもらった手袋《てぶくろ》をし、できるだけ息《いき》をしないように気《き》を付《つ》けながらそれらのゴミを点検《てんけん》した。

積《つ》み重《かさ》なっている上《うえ》の方《ほう》を持《も》ち上《あ》げ、下《した》まで目《め》を通《とお》したんだ。

やがて見《み》つけた、必勝餃子《ひっしょうぎょうざ》と書《か》かれた赤《あか》い外装《がいそう》フィルムっ！

摘《つ》まみ出《だ》して数《かぞ》えてみると、9枚《まい》ある。

1枚《まい》は家《いえ》の外《そと》で発見《はっけん》されているし、盗《ぬす》まれたのは2度《ど》で、5パックずつだから、計算《けいさん》は合《あ》う。

やっぱり犯人《はんにん》は、ここで餃子《ぎょうざ》を食《た》べたんだ。

でも1パック20個《こ》入《い》りだったから、1人《ひとり》でこれだけの量《りょう》は多《おお》すぎる。

仲間《なかま》と一緒《いっしょ》に食《た》べてるのかも。

私《わたし》は腐敗臭《ふはいしゅう》に耐《た》えつつ、そのゴミを引《ひ》っくり返《かえ》し、奥《おく》まで探《さぐ》ってみた。

すると、下《した》の方《ほう》から割《わ》り箸《ばし》が出《で》てきたんだ。

集《あつ》めていくと、割《わ》ったのが全部《ぜんぶ》で20本《ぽん》。

これが2回分《かいぶん》とすれば、1回《かい》に使《つか》われたのは10本《ぽん》という事《こと》になる。

箸《はし》は2本《ほん》で1セットだから、10÷2で5、つまり全員《ぜんいん》で5人《にん》。

それで餃子《ぎょうざ》が5パックだったんだ、1人《ひとり》1パックずつ食《た》べたって事《こと》だよね。

佐藤健一《さとうけんいち》をのぞけば、仲間《なかま》は4人《にん》。

やった、人数《にんずう》が確定《かくてい》できたぞ！

「アーヤ、いる？」

家《いえ》の外《そと》から小塚君《こづかくん》の小《ちい》さな声《こえ》が聞《き》こえ、流《なが》し台《だい》の向《む》こうの窓《まど》をコンコンと叩《たた》く音《おと》がした。

「ここ、開《あ》けて。」

私《わたし》は、流《なが》し台《だい》の上《うえ》に身《み》を乗《の》り出《だ》すようにしてその窓《まど》を開《あ》けた。

小塚君《こづかくん》の顔《かお》の上半分《うえはんぶん》がのぞく。

「ハクビシンの足跡《あしあと》を見《み》つけたよ。そっちのドアの外《そと》にあるコンクリート部分《ぶぶん》に残《のこ》ってた。ドアが開《あ》いてて入《はい》り込《こ》んだんじゃないかな。」

私《わたし》は台所内《だいどころない》を見回《みまわ》す。

この乱雑《らんざつ》さでも平気《へいき》な神経《しんけい》なんだから、ドアの開《あ》けっ放《ぱな》しなんかも軽《かる》くするに違《ちが》いなかった。

「そっちはどう？」

私《わたし》が必勝餃子《ひっしょうぎょうざ》の外装《がいそう》フィルムと、使《つか》った割《わ》り箸《ばし》を見《み》つけたと話《はな》すと、小塚君《こづかくん》は顔《かお》を輝《かがや》かせた。

「すごい。割《わ》り箸《ばし》には指紋《しもん》も唾液《だえき》も付《つ》いてるから、色《いろ》んな事《こと》がわかるよ。指紋《しもん》はフィルムにも付《つ》いてるだろうし、持《も》ち帰《かえ》って分析《ぶんせき》するよ。あ、ちゃんと後《あと》でこの場所《ばしょ》に返《かえ》すからね。盗《ぬす》むんじゃなくて借《か》りるだけだ。」

わかってるよ。

「それにしても美門《みかど》がいたらなぁ。目出《めだ》し帽《ぼう》の匂《にお》いを嗅《か》いでるんだから、あの佐藤健一《さとうけんいち》に近《ちか》づければ即《そく》、同一人物《どういつじんぶつ》かどうかがわかるのに。」

ああそうだよね、くやしいなぁ。

「これだけ証拠《しょうこ》がそろってるんだから、もう窃盗犯《せっとうはん》は佐藤《さとう》と決《き》まったようなものだけど、どうせなら完璧《かんぺき》にしよう。若武《わかたけ》が指紋《しもん》とDNA《ディーエヌエー》を採《と》ってきてくれたら、目出《めだ》し帽《ぼう》やアーヤが見《み》つけた割《わ》り箸《ばし》や外装《がいそう》フィルムから採《と》れる指紋《しもん》やDNA《ディーエヌエー》と突《つ》き合《あ》わせるんだ。じゃ僕《ぼく》、今《いま》そっちにいくから。」

私《わたし》が待《ま》っていると、間《ま》もなく小塚君《こづかくん》が姿《すがた》を現《あらわ》した。

さっき話《はな》していたドアのそばに寄《よ》り、ルーペを出《だ》してあたりの床《ゆか》をつぶさに見回《みまわ》す。

「あ、やっぱあった。」

何《なに》が？

「ハクビシンの体毛《たいもう》らしき毛《け》。これも分析《ぶんせき》しよう。」

背負《せお》っていた黒《くろ》いナップザックを下《お》ろし、中《なか》からビニール袋《ぶくろ》と粘着《ねんちゃく》テープを出《だ》して手早《てばや》く採《さい》取《しゅ》、餃子《ぎょうざ》パックのフィルムと割《わ》り箸《ばし》もビニール袋《ぶくろ》に入《い》れて再《ふたた》びナップザックに収《おさ》めた。

よし、これで私《わたし》たちの役目《やくめ》は終《お》わった。

と思《おも》ったその瞬間《しゅんかん》っ！　小塚君《こづかくん》が目《め》を見開《みひら》く。

「今《いま》、うめき声《ごえ》、聞《き》こえなかった？」

ギョッ！

「2階《かい》からだったような気《き》がする。」

私《わたし》は思《おも》わず2階《かい》を見上《みあ》げた。

もしかして佐藤健一《さとうけんいち》が言《い》ってた正体不明《しょうたいふめい》の人物《じんぶつ》の声《こえ》？

「行《い》ってみようか？」

やだやだ、暗《くら》いよ、恐《こわ》いよっ！

「でも若武《わかたけ》と七鬼《ななき》が、佐藤健一《さとうけんいち》を引《ひ》き留《と》めてる時《とき》でないと、2階《かい》には上《あ》がれないよ。つまり、それをやれるのは僕《ぼく》たちしかいないんだ。」

ああ、上杉君《うえすぎくん》たちがいてくれたらなぁ！

私《わたし》はシミジミと7人KZ《にんカッズ》の強《つよ》みを嚙《か》みしめたけれど、今《いま》さらどうしようもなかった。

怖《お》じけづく自分《じぶん》の心《こころ》を叱咤《しった》して、決意《けつい》を固《かた》める。

「わかった、行《い》ってみよう！」

それで私《わたし》たちは2階《かい》への階段《かいだん》を上《のぼ》ろうとした。

そのとたんっ！

「今《いま》、外《そと》から変《へん》な音《おと》、聞《き》こえなかった？」

もうっ、またなのっ!?

「アーヤ、僕《ぼく》をにらまないで。恐《こわ》いよ。」

あ、ごめん、つい。

「ほら、聞《き》こえるだろ。」

耳《みみ》をすませば、確《たし》かに家《いえ》の外《そと》の方《ほう》から妙《みょう》な音《おと》がしていた。

人間《にんげん》が歩《ある》き回《まわ》っているような、時々《ときどき》立《た》ち止《ど》まり、また歩《ある》いているような感《かん》じだった。

「どっちを先《さき》に見《み》る？　2階《かい》それとも外《そと》？」

私《わたし》はちょっと考《かんが》えた。

2階《かい》の誰《だれ》かは、下《した》に私《わたし》たちがいるから、おいそれとは逃《に》げられない。

でも外《そと》にいる誰《だれ》かは、簡単《かんたん》に逃《に》げてしまう。

この事件《じけん》に関係《かんけい》ないかも知《し》れないけれど、こんな夜中《よなか》に普通《ふつう》の人間《にんげん》が歩《ある》き回《まわ》っているはずもない。

取《と》りあえずチェックしておかないと、後《あと》になって、やっておけばよかったって後悔《こうかい》しても遅《おそ》いもの。

「外《そと》からにしよう。」

私《わたし》たちは、そっと玄関《げんかん》を出《で》て、耳《みみ》を澄《す》ませた。

物音《ものおと》は、無人販売所《むじんはんばいじょ》の方《ほう》から聞《き》こえてくる。

それで販売所《はんばいじょ》に向《む》かったんだ。

「表《おもて》からだ。」

販売所《はんばいじょ》の脇《わき》を通《とお》り、その壁《かべ》に隠《かく》れてそっと出入《でい》り口《ぐち》の方《ほう》に目《め》をやる。

そこに黒《くろ》い人影《ひとかげ》があった。

かなり強《つよ》い光《ひかり》を放《はな》つペンライトを持《も》っていて、しゃがみ込《こ》んで地面《じめん》を照《て》らしたり、立《た》ち上《あ》がって下《した》を向《む》きながら歩《ある》いたりしている。

「何《なに》してんだろ？」

さぁ・・・。

「きっと事件関係者《じけんかんけいしゃ》だよ。」

小塚君《こづかくん》がそう言《い》った時《とき》、人影《ひとかげ》の動《うご》きがピタッと止《と》まり、そのペンライトの光《ひかり》がこちらを向《む》いた。

「誰《だれ》だっ!?」

わっ、見《み》つかった！

どうしよう!?

14　神《かみ》は細部《さいぶ》に宿《やど》る

私《わたし》たちは棒立《ぼうだ》ちになり、息《いき》を凝《こ》らした。

「逃《に》げようか？」

小塚君《こづかくん》がささやき、私《わたし》は同意《どうい》した。

あの家《いえ》まで逃《に》げてしまえば、忍《しのぶ》や若武《わかたけ》がいるから、かばってもらえる。

「行《い》こうっ！」

私《わたし》が身《み》をひるがえそうとしたその時《とき》っ！

「なんだ、立花《たちばな》と小塚《こづか》か。」

へ？

「俺《おれ》だよ。」

そう言《い》いながら人影《ひとかげ》は、ペンライトを自分《じぶん》の顔《かお》に向《む》けた。

光《ひかり》の中《なか》に照《て》らし出《だ》されたその涼《すず》しげな顔立《かおだ》ちは・・・上杉君《うえすぎくん》だった。

私《わたし》はホッとし、小塚君《こづかくん》と一緒《いっしょ》にその場《ば》にヘナヘナッとしゃがみ込《こ》んでしまった。

「驚《おど》かさないでよ。」

そうだよぉ。

「驚《おど》いたのは、こっちだ。」

上杉君《うえすぎくん》は笑《わら》いながらペンライトをクルリと回《まわ》し、その方向《ほうこう》を変《か》える。

「小塚《こづか》、その石《いし》、持《も》って帰《かえ》って分析《ぶんせき》しとけよ。」

ライトの光《ひかり》が照《て》らしていたのは、販売所前《はんばいじょまえ》の植《う》え込《こ》みの縁《ふち》に並《なら》べてある飾《かざ》り石《いし》の1つだった。

その中《なか》のちょうど片手《かたて》でつかめるくらいの小型《こがた》の石《いし》。

「たぶん若武《わかたけ》は、あの石《いし》で殴《なぐ》られたんだ。」

うわぁ、石《いし》で殴《なぐ》るなんて悪質《あくしつ》だ、ひどい！

「血痕《けっこん》が付《つ》いてるだろ。」

小塚君《こづかくん》が歩《あゆ》み寄《よ》り、その石《いし》を確認《かくにん》する。

「確《たし》かに血痕《けっこん》みたいだけど、分析《ぶんせき》してはっきりさせるよ。殴《なぐ》ったヤツの指紋《しもん》も付《つ》いてるはずだから、それも検出《けんしゅつ》してみる。」

おお、一気《いっき》に調査《ちょうさ》が進《すす》みそう。

「上杉《うえすぎ》、どうしてこれがわかったの？」

ビニール袋《ぶくろ》にその石《いし》を入《い》れながら小塚君《こづかくん》が聞《き》くと、上杉君《うえすぎくん》はペンライトを消《け》し、胸《むね》ポケットに差《さ》し込《こ》んだ。

「俺《おれ》と黒木《くろき》で若武《わかたけ》のチャリンコ事故《じこ》について調査《ちょうさ》してただろ。」

ああ派手《はで》なケンカに発展《はってん》した時《とき》ね。

「あの時《とき》、若武《わかたけ》をどこにぶつけてみても、頭《あたま》の傷跡《きずあと》と合致《がっち》しなかった。」

う・・・若武《わかたけ》が怒《おこ》るのも無理《むり》ないかも、やり方《かた》が荒《あら》っぽすぎる。

「で、自転車事故《じてんしゃじこ》とは別《べつ》に殴《なぐ》られたんじゃないかって事《こと》になったんだけど、殴《なぐ》った道具《どうぐ》がわからなかった。」

え・・・私《わたし》、そこまで考《かんが》えてなかったよ。

上杉君《うえすぎくん》って、細《こま》かいんだな。

「手《て》で殴《なぐ》ったにしては、切《き》れ方《かた》がきれいだった。何《なに》か硬《かた》くて尖《とが》った物《もの》を使《つか》っただろうと思《おも》ったんだけど、あの日《ひ》、若武《わかたけ》があそこに現《あらわ》れる事《こと》は、犯人《はんにん》には予想《よそう》できなかったはずだ。となるとあらかじめ用意《ようい》するのは不可能《ふかのう》だから、あの場《ば》にあった何《なに》かを使《つか》ったに違《ちが》いない。石《いし》とかガラス瓶《びん》の欠片《かけら》とか。それがまだそのままになってるかも知《し》れないと思《おも》って捜《さが》しに来《き》たんだ。」

そうだったのかぁ。

「この石《いし》から犯人《はんにん》の指紋《しもん》が採《と》れたら、もう決定的《けっていてき》だよ。上杉《うえすぎ》、よく細《こま》かいとこに着目《ちゃくもく》したね。」

上杉君《うえすぎくん》はちょっと笑《わら》った。

「よく言《い》うだろ、神《かみ》は細部《さいぶ》に宿《やど》るって。」

う〜む、含蓄《がんちく》のある言葉《ことば》だ。


「じゃな。」

軽《かる》く手《て》を上《あ》げ、引《ひ》き返《かえ》していく。

淡白《たんぱく》でクールなその感《かん》じに、私《わたし》は感心《かんしん》した。

「これが若武《わかたけ》だったら、俺《おれ》の発見《はっけん》だぞって100回《かい》くらい言《い》ってるよね。」

小塚君《こづかくん》が頷《うなず》く。

「上杉《うえすぎ》の個性《こせい》もあるけど、校風《こうふう》もあるかも。」

校風《こうふう》？

「僕《ぼく》たちの通《かよ》ってる開生《かいせい》には、自分《じぶん》の努力《どりょく》を隠《かく》して何気《なにげ》なく振《ふ》る舞《ま》う事《こと》が美《うつく》しいと考《かんが》える気風《きふう》があるんだ。武士《ぶし》の美学《びがく》って感《かん》じかな。」

そうなんだ、カッコいいね。

自分《じぶん》のした事《こと》を強調《きょうちょう》したり、自慢《じまん》したりするのはダサいもの。

私《わたし》は上杉君《うえすぎくん》を追《お》いかけ、後《うし》ろから声《こえ》をかけた。

「来《き》てくれて、ありがとう。」

上杉君《うえすぎくん》は、肩越《かたご》しにこちらに視線《しせん》を流《なが》す。

「別《べつ》に。」

いつも通《どお》りの冷《ひ》ややかな眼差《まなざし》だったけれど、私《わたし》は気《き》にならなかった。

感謝《かんしゃ》の気持《きも》ちを伝《つた》えたくて、その事《こと》だけしか頭《あたま》になかったんだ。

「上杉君《うえすぎくん》たちが突然《とつぜん》、抜《ぬ》けてしまって、私《わたし》、この事件《じけん》は解決《かいけつ》できるんだろうかってすごく不安《ふあん》だった。わざわざ来《き》てくれるなんて思《おも》ってなかったから。すごくうれしいよ。今《いま》もKZ《カッズ》を大事《だいじ》に思《おも》ってくれてるんだね。ありがとう。」

上杉君《うえすぎくん》はこちらに向《む》き直《なお》った。

その凛《りん》とした眼差《まなざし》で真《ま》っ直《す》ぐに私《わたし》を見《み》つめる。

「俺《おれ》だけじゃない。黒木《くろき》も美門《みかど》も、調査《ちょうさ》の途中《とちゅう》でKZ《カッズ》から離《はな》れた事《こと》を気《き》にしてるよ。」

そうなんだ。

「だったら、」

小塚君《こづかくん》が歩《あゆ》み寄《よ》ってきて、切実《せつじつ》な声《こえ》で訴《うった》えた。

「戻《もど》ってきてよ。僕《ぼく》たち一生懸命《いっしょうけんめい》やってるけど、やっぱり限界《げんかい》がある気《き》がするもの。」

ん、何《なに》かあるたびに、7人KZ《にんカッズ》だったらどんなによかったかって思《おも》うよね。

「KZ《カッズ》にはやっぱり上杉《うえすぎ》たちの力《ちから》が必要《ひつよう》だよ。」

上杉君《うえすぎくん》は、ちょっと息《いき》をついた。

「若武《わかたけ》に謝《あやま》らせろよ。」

え？

「自分《じぶん》の主導《しゅどう》ミスを棚《たな》に上《あ》げて、俺《おれ》たちに当《あ》たった事《こと》をあいつが謝罪《しゃざい》したら、戻《もど》ってもいい。でなかったら、無理《むり》だ。これは男《おとこ》の名誉《めいよ》の問題《もんだい》だからな。」

言《い》い捨《す》てて身《み》をひるがえし、帰《かえ》っていった。

上杉君《うえすぎくん》も、他《ほか》の2人《ふたり》も、きっと戻《もど》りたい気持《きも》ちはあるんだ。けど、自分《じぶん》たちに責任《せきにん》を押《お》し付《つ》けた若武《わかたけ》を許《ゆる》す気《き》になれない。

それで動《うご》きが取《と》れないんだ。

「面倒《めんどう》だね、男《おとこ》の名誉《めいよ》って。」

私《わたし》の言葉《ことば》に、小塚君《こづかくん》はしかたなさそうにつぶやいた。

「でも名誉《めいよ》を守《まも》る事《こと》は大事《だいじ》だよ。それがなくなったら実質《じっしつ》や実益《じつえき》だけの世界《せかい》になってしまうだろ。品格《ひんかく》ってものがなくなるもの。」

ふむ。

「『花《はな》より団子《だんご》』って言葉《ことば》があるけれど、あれも同《おな》じだ。精神的充足《せいしんてきじゅうそく》より食欲《しょくよく》を満《み》たす事《こと》の方《ほう》が大事《だいじ》、それを優先《ゆうせん》するって意味《いみ》だろ。けど、花《はな》に心《こころ》を動《うご》かす事《こと》ができるのは人間《にんげん》だけなんだ。花《はな》より団子《だんご》を取《と》るなんて動物《どうぶつ》と同《おな》じレベルだよ。そういう人間《にんげん》がいても別《べつ》にいいけど、僕《ぼく》は好《す》きじゃない。名誉《めいよ》や面目《めんぼく》、沽券《こけん》っていうような精神性《せいしんせい》を守《まも》ってこそ美《うつく》しく生《い》きられると思《おも》ってる。」

小塚君《こづかくん》がいつになく熱《あつ》く語《かた》ったので、私《わたし》はちょっと驚《おどろ》いてしまった。

おとなしくて鷹揚《おうよう》で、日頃《ひごろ》ほとんど自己主張《じこしゅちょう》をしないのに、とてもしっかりした考《かんが》え方《かた》を持《も》ってるんだってわかって。

「今回《こんかい》の事《こと》じゃ、確《たし》かに若武《わかたけ》が悪《わる》いよ。」

それは私《わたし》もそう思《おも》うよ。

「上杉《うえすぎ》の言《い》う通《とお》り、謝《あやま》らせた方《ほう》がいいんじゃないかな。」

そうなんだけど、う〜ん、謝《あやま》らないと思《おも》うなぁ。

何《なに》しろ勝《か》ち気《き》だし、さっきの感《かん》じじゃ意地《いじ》になってるもの。

「機会《きかい》をとらえて、話《はな》すだけ話《はな》してみようよ。」

そうだね。

「じゃ今日《きょう》のところは次《つぎ》の調査《ちょうさ》だ。うめき声《ごえ》の正体《しょうたい》を確《たし》かめよう。」

え・・・やるんだ、それ。

「ほら、家《いえ》に戻《もど》るよ。」

小塚君《こづかくん》が歩《ある》き出《だ》したので、私《わたし》はやむなくその後《うし》ろに続《つづ》いた。

「2階《かい》から聞《き》こえたんだよね。」

ああ一体誰《いったいだれ》がいるんだろ、恐《こわ》いなぁ。

そう思《おも》いながら、恐《おそ》る恐《おそ》る玄関《げんかん》に近《ちか》づくと、そのドアが突然《とつぜん》、内側《うちがわ》から開《ひら》き、若武《わかたけ》と忍《しのぶ》が姿《すがた》を見《み》せた。

「あーっ、おまえら、なんで外《そと》から入《はい》ってきてんだ。」

若武《わかたけ》は、つかつかと歩《あゆ》み寄《よ》ってきて、私《わたし》たちの前《まえ》に立《た》ち止《ど》まる。

「ハクビシンの侵入《しんにゅう》ルートを確《たし》かめとけって言《い》っといただろ。台所《だいどころ》でゴミも見《み》ろって。」

それはもう終《お》わったんだよ。

「必死《ひっし》で時間稼《じかんかせ》ぎしてた俺《おれ》たちの身《み》にもなってみろ。これ以上無理《いじょうむり》だってとこまで頑張《がんば》ってたんだぞ。佐藤《さとう》が使《つか》ったコップも回収《かいしゅう》できたし、もう限界《げんかい》だから出《で》てきたんだ。」

あのねぇ、私《わたし》たちだって一生懸命《いっしょうけんめい》やってたよ。

「それなのに外《そと》をフラついてるってなんだよ。働《はたら》かないメンバーなんか、KZ《カッズ》にゃいらんぞ。」

むっ！

「特《とく》におまえらは、人一倍《ひといちばい》トロいんだから、」

むかっ！

「一生懸命《いっしょうけんめい》やるだけが取《と》り柄《え》なのに、遊《あそ》んでるんじゃいいとこが全然《ぜんぜん》ないじゃないか。」

むかぁっ！

「あ、そ！」

あまりにも腹《はら》が立《た》ったので、私《わたし》は若武《わかたけ》にクルッと背中《せなか》を向《む》けた。

「じゃ私《わたし》も脱退《だったい》するから。今《いま》までありがと。さよなら。」

瞬間《しゅんかん》、若武《わかたけ》の手《て》が伸《の》び、私《わたし》の二《に》ノ腕《うで》をつかみ上《あ》げた。

「って事《こと》は、俺《おれ》と付《つ》き合《あ》うんだな。」

はぁっ!?

「俺《おれ》がKZ《カッズ》を辞《や》めたら、付《つ》き合《あ》う約束《やくそく》してたろ。」

うっ、覚《おぼ》えてたんだ。

「おまえが辞《や》めても同《おな》じじゃん。どっちかがKZ《カッズ》でなくなれば、付《つ》き合《あ》いは自由《じゆう》なんだから。」

私《わたし》は若武《わかたけ》の手《て》を振《ふ》り払《はら》い、嚙《か》みついてやりたいと思《おも》いながら言《い》った。

「あのねえ、私《わたし》が脱退《だったい》するのは、あなたが不愉快《ふゆかい》だからなの。そんな不愉快《ふゆかい》な相手《あいて》と付《つ》き合《あ》うはずないでしょ。頭冷《あたまひ》やしなさいよね。」

15　餃子《ぎょうざ》5パックの謎《なぞ》

KZ《カッズ》を辞《や》める気《き》なんて、私《わたし》、全然《ぜんぜん》ない。

だってKZ《カッズ》活動《かつどう》は、私《わたし》の生《い》きがいなんだもの。

勢《いきお》いで、つい言《い》ってしまっただけなんだよぉ・・・。

ああ私《わたし》のバカっ！

いやバカなのは若武《わかたけ》だ、私《わたし》を追《お》い込《こ》んであんな事《こと》を言《い》わせた若武《わかたけ》が悪《わる》い。

でも、言《い》ったのは私《わたし》だし・・・。

深《ふか》ぁくオチ込《こ》んで、私《わたし》は毎日《まいにち》を過《す》ごした。

もちろん新海君《しんかいくん》にコインパースを返《かえ》しに行《い》き、ついでに部活《ぶかつ》もした。

でも教室内《きょうしつない》で男子《だんし》とじゃれている忍《しのぶ》を見《み》かけると、KZ《カッズ》会議《かいぎ》の連絡《れんらく》を伝《つた》えてくれるんじゃないかとか、家《いえ》で電話《でんわ》が鳴《な》るたびに、小塚君《こづかくん》から連絡《れんらく》だっ！　と思《おも》い、そうじゃないとわかってガッカリし、もう連絡《れんらく》なんてこないんだと考《かんが》えてあきらめて、でもあきらめ切《き》れず、ウジウジしていた。

もうストレスだらけ、ストレスフルっ！

このままじゃいけない、なんとかしなくちゃ。

そう考《かんが》えたのは、少《すこ》し時間《じかん》が経《た》ってからだった。

私《わたし》まで抜《ぬ》けてしまって、今《いま》、KZ《カッズ》は3人《にん》のはず。

どうなっているのか聞《き》いてみようと決心《けっしん》し、翌日《よくじつ》、秀明《しゅうめい》に行《い》った。

出入《でい》り口《ぐち》を入《はい》って、授業教室《じゅぎょうきょうしつ》まで階段《かいだん》を上《のぼ》っている途中《とちゅう》、上《うえ》から大《おお》きな声《こえ》が降《ふ》ってきたんだ。

「あ、いたっ！」

振《ふ》り仰《あお》げば、忍《しのぶ》が階段《かいだん》を3段《だん》飛《と》ばしで下《お》りてくるところだった。

「ちょっと来《こ》い。」

私《わたし》の前《まえ》まで来《き》て、手首《てくび》をつかむと、再《ふたた》び階段《かいだん》を上《のぼ》り始《はじ》める。

私《わたし》はほとんど引《ひ》きずられるようにしてカフェテリアの中《なか》まで連《つ》れていかれた。

「小塚《こづか》、見張《みは》ってろよ。」

そこにいた小塚君《こづかくん》に私《わたし》を押《お》し付《つ》けると、忍《しのぶ》は再《ふたた》び大《おお》きなストライドでカフェテリアから出《で》ていく。

アゼンとしている私《わたし》に、小塚君《こづかくん》が椅子《いす》を引《ひ》いてくれた。

「まぁ座《すわ》ってよ。」

そばには、若武《わかたけ》がムスッとした顔《かお》で腕《うで》を組《く》んでいる。

「今《いま》、若武《わかたけ》と七鬼《なな き》と僕《ぼく》の3人《にん》で、今後《こん ご》の方針《ほうしん》を話《はな》し合《あ》おうとしてたんだ。」

ふむ。

「そしたら七鬼《なな き》のスマホに、昨日《きのう》、あの無人販売所《む じんはんばいじょ》でまた餃子《ぎょうざ》が盗《ぬす》まれたってニュースが入《はい》ってきてさ、」

ああ警察《けいさつ》からだよね。

忍《しのぶ》はサイバー特捜隊《とくそうたい》の民間《みんかん》サポーターだから、いろんな情報《じょうほう》が流《なが》れてくるんだ、きっと。

「それで七鬼《なな き》が、被害《ひ がい》が拡大《かくだい》する一方《いっぽう》だから離脱《り だつ》した4人《にん》を呼《よ》び寄《よ》せて、全員《ぜんいん》で取《と》りかかって早《はや》く解決《かいけつ》した方《ほう》がいいって言《い》い出《だ》したんだ。若武《わかたけ》は反対《はんたい》したけど、僕《ぼく》が賛成《さんせい》したから2対《たい》1で呼《よ》び戻《もど》す事《こと》になって、僕《ぼく》がまず美門《み かど》に電話《でん わ》をかけた。そしたらもう辞《や》めたんだから関係《かんけい》ないだろって言《い》われて、それ聞《き》いた七鬼《なな き》がカッとして、キレちゃってさ、」

へぇ珍《めずら》しいね、忍《しのぶ》がキレるなんて。

「何《なに》がなんでも全員集《ぜんいんあつ》めてその気《き》にさせるって言《い》って、飛《と》び出《だ》してったんだ。」

それで、ものすごい勢《いきお》いだったのかぁ。

「初《はじ》めに連《つ》れてきたのがアーヤだよ。きっと美門《みかど》のハイスペック塾《じゅく》にも行《い》ってるんじゃないかな。」

上杉君《うえすぎくん》によれば、3人《にん》は調査《ちょうさ》を気《き》にしてるって事《こと》だったし、私《わたし》だって辞《や》める気《き》なんかちっともない。

若武《わかたけ》さえ謝《あやま》れば、誰《だれ》もがすんなり納得《なっとく》して7人《にん》KZ《カッズ》復活《ふっかつ》って事《こと》になるはずなんだけどな。

それで私《わたし》は、若武《わかたけ》に言《い》ってみた。

「忍《しのぶ》が皆《みんな》を連《つ》れてきたら、若武《わかたけ》、謝《あやま》んなさいよね。」

若武《わかたけ》はフンと横《よこ》を向《む》く。

「冗談《じょうだん》言《い》うな。謝《あやま》るもんか。」

ああダメだ、コジれそう・・・。

気《き》をもみながら待《ま》っていると、やがて忍《しのぶ》が戻《もど》ってきた。

片方《かたほう》の肩《かた》に上杉君《うえすぎくん》を抱《かか》え上《あ》げ、もう一方《いっぽう》の手《て》で翼《たすく》を引《ひ》きずっている。

後《うし》ろから黒木君《くろきくん》が苦笑《くしょう》しながら付《つ》いてきていた。

「これで全員《ぜんいん》だ。皆《みんな》、座《すわ》れ。」

上杉君《うえすぎくん》と翼《たすく》が不貞腐《ふてくさ》れた様子《ようす》で席《せき》につき、黒木君《くろきくん》も腰《こし》を下《お》ろすと、忍《しのぶ》は皆《みな》をにらみ回《まわ》し、テーブルに両手《りょうて》を叩《たた》きつけた。

「またあの無人販売所《むじんはんばいじょ》が被害《ひがい》に遭《あ》った。もし俺《おれ》たちがきちんと調査《ちょうさ》を進《すす》め、犯人《はんにん》を捕《つか》まえていたら、これは未然《みぜん》に防《ふせ》げたんだ。くだらない事《こと》でモメて内部分裂《ないぶぶんれつ》してるから、こうなったんだぞ。責任《せきにん》を感《かん》じろよ。」

私《わたし》たちは・・・シュン！

「自分《じぶん》のメンツさえ守《まも》れれば、その他《ほか》の事《こと》はどうでもいいのか。社会貢献《しゃかいこうけん》はどうした。何《なん》のためにKZ《カッズ》は存在《そんざい》してるんだ。言《い》ってみろよ！」

私《わたし》たちはいっそうシュンとし、ひと言《こと》も言《い》い返《かえ》せなかった。

「七鬼先生《なきせんせい》が正《ただ》しい。」

黒木君《くろきくん》が小《ちい》さく笑《わら》った。

「俺《おれ》たち、この辺《へん》でケリを付《つ》けようぜ。四《し》の五《ご》の言《い》うのはやめて、調査《ちょうさ》を優先《ゆうせん》するんだ。」

上杉君《うえすぎくん》が深々《ふかぶか》とした溜《た》め息《いき》をつく。

「わかった。俺《おれ》はKZ《カッズ》に戻《もど》る。」

それを聞《き》きながら翼《たすく》がしかたなさそうにつぶやいた。

「俺《おれ》も戻《もど》る。不本意《ふほんい》だが、背《せ》に腹《はら》だ。」

私《わたし》も頷《うなず》き、それで全員《ぜんいん》の意見《いけん》がそろったのだった。

小塚君《こづかくん》がホッとしたように表情《ひょうじょう》をゆるめ、若武《わかたけ》は意気揚々《いきようよう》と皆《みな》を見回《みまわ》した。

「よし、KZ《カッズ》セブン会議《かいぎ》を開《ひら》くぞ。」

なんか・・・ちょっと腹立《はらだ》たしい気《き》もしないじゃないな。

そう思《おも》っていると、上杉君《うえすぎくん》と目《め》が合《あ》った。

やっぱり癪《しゃく》にさわっていたらしく、薄《うす》くきれいなその唇《くちびる》の両端《りょうたん》を、思《おも》いっきり下《さ》げる。

私《わたし》も同《おな》じようにしてみせて、2人《ふたり》でクスッと笑《わら》った。

「あっ、なんだおまえら。何《なに》、見《み》つめ合《あ》ってんだっ！」

見《み》とがめた若武《わかたけ》を、私《わたし》たちは無視《むし》。

言《い》うもんか、ふん。

それにしても忍《しのぶ》が、あんなに激怒《げきど》するなんて思《おも》わなかった。

天然《てんねん》だから細《こま》かい所《ところ》には気《き》が回《まわ》らないというか、気《き》にしないとばかり思《おも》ってたんだけれど、意《い》外《がい》に潔癖《けっぺき》なんだ。

小塚君《こづかくん》が、現場《げんば》で熱《あつ》く語《かた》ったのも予想外《よそうがい》だった。

人間《にんげん》って、いろんな面《めん》を持《も》ってるんだなぁ。

私《わたし》も、もしかしてそうなのかも知《し》れない。

自分《じぶん》の中《なか》に、私自身《わたしじしん》もまだ自覚《じかく》していないようなところがあるのかも。

そう感《かん》じたその時《とき》、私《わたし》は自分《じぶん》でもわからないまま、この事件《じけん》の真実《しんじつ》に近《ちか》づいていたんだ。

＊

「ではKZ《カッズ》セブン会議《かいぎ》を始《はじ》める。前《まえ》の会議《かいぎ》から時間《じかん》が開《あ》いているから、アーヤ、事件《じけん》の全貌《ぜんぼう》について説明《せつめい》を。」

若武《わかたけ》に言《い》われて、私《わたし》はノートを開《ひら》きながら立《た》ち上《あ》がった。

「事件名《じけんめい》は、『餃子《ぎょうざ》5パック盗難事件《とうなんじけん》』です。」

ああ言《い》うたびに悲《かな》しい、このチマチマした名前《なまえ》。

「今《いま》までに合計《ごうけい》3回起《かいお》こっており、盗《ぬす》まれた餃子《ぎょうざ》の数《かず》は20個《こ》入《い》り×5パック×3回《かい》＝300個《こ》となっています。当初《とうしょ》に設定《せってい》した謎《なぞ》3つは、謎《なぞ》1、犯人《はんにん》は誰《だれ》か、を除《のぞ》いてすべて解決《かいけつ》しましたが、新《あら》たにいくつかの謎《なぞ》が発生《はっせい》しています。」

上杉君《うえすぎくん》が軽《かる》く手《て》を上《あ》げ、つぶやいた。

「なんで、いつも5パックなんだ？」

たぶん仲間《なかま》が5人《にん》で、1人《ひとり》1パックずつ食《た》べるからだと思《おも》ったけれど、確証《かくしょう》がなかったから、皆《みんな》に聞《き》いてみた。

「これを謎《なぞ》4として設定《せってい》しますか？」

今《いま》までメンバーに、謎《なぞ》の設定《せってい》について尋《たず》ねた事《こと》はない。

謎《なぞ》を設定《せってい》するのは、それを解《と》く事《こと》によって事件《じけん》の核心《かくしん》に迫《せま》るためなんだ。

だから、それだけの価値《かち》のある謎《なぞ》でないと解《と》いてもしかたがないし、設定《せってい》する意味《いみ》がない。

今回《こんかい》は最初《さいしょ》にいい加減《かげん》な謎《なぞ》の立《た》て方《かた》をしたから、その反省《はんせい》をこめて私《わたし》は慎重《しんちょう》になっていた。

「たぶん、それは、」

忍《しのぶ》が珍《めずら》しく、考《かんが》え込《こ》んだような表情《ひょうじょう》で口《くち》を開《ひら》く。

「何《なに》かの儀式《ぎしき》か、ゲン担《かつ》ぎだろうな。」

ゲン担《かつ》ぎというのは縁起《えんぎ》を担《かつ》ぐ事《こと》、つまり良《い》い結果《けっか》になった時《とき》と同《おな》じ事《こと》を繰《く》り返《かえ》して、もう一《いち》度《ど》良《い》い結果《けっか》を手《て》に入《い》れようとする事《こと》だよ。

「このゲンは、修験道《しゅげんどう》のゲンだ。仏教《ぶっきょう》の言葉《ことば》なんだ。」

さすが修験者《しゅげんじゃ》、妙《みょう》なとこに詳《くわ》しいなぁ。

「犯人《はんにん》は、何《なに》かを願《ねが》って毎回《まいかい》5パックを食《く》ってるんじゃないかな。」

忍《しのぶ》は、直感的《ちょっかんてき》にそれを感《かん》じ取《と》ったのかも知《し》れない。

激《はげ》しい修験道《しゅげんどう》の修行《しゅぎょう》を繰《く》り返《かえ》している忍《しのぶ》の感性《かんせい》は、磨《みが》き抜《ぬ》かれていてとても鋭《するど》いんだ。

その鋭《するど》さに自分自身《じぶんじしん》も耐《た》えられなくなって、知《し》らず知《し》らずに緊張《きんちょう》をゆるめるから天然《てんねん》に見《み》える時《とき》があるのかも。

忍《しのぶ》のアンテナがキャッチしたものは、現実的《げんじつてき》な証拠《しょうこ》と同《おな》じくらい確実《かくじつ》なはずだと私《わたし》は思《おも》った。

餃子《ぎょうざ》5パックにこもった犯人《はんにん》の気持《きも》ちがわかれば、事件《じけん》の核心《かくしん》に迫《せま》れるに違《ちが》いない。

「では謎《なぞ》4は、いつも決《き》まって餃子《ぎょうざ》5パックを窃盗《せっとう》するのはなぜか、とします。」

それを書《か》き留《と》めつつ、話《はなし》を進《すす》める。

「当初《とうしょ》、この窃盗《せっとう》の犯人《はんにん》は、我《わ》がKZ《カッズ》のリーダー若武《わかたけ》かと思《おも》われていました。しかし、その後《ご》の調査《ちょうさ》により、若武《わかたけ》は殴《なぐ》られ、気《き》を失《うしな》っている間《あいだ》に所持品《しょじひん》の目出《めだ》し帽《ぼう》を盗《と》られた事《こと》が判明《はんめい》しています。」

若武《わかたけ》は思《おも》い出《だ》したように頷《うなず》きながら、後頭部《こうとうぶ》に手《て》をやって傷《きず》の跡《あと》をなでた。

「この犯人《はんにん》については、販売所内《はんばいじょない》の防犯《ぼうはん》カメラ映像《えいぞう》と目出《めだ》し帽《ぼう》に残《のこ》っていた痕跡《こんせき》から、身長《しんちょう》は七《なな》鬼調査員《きちょうさいん》くらい、鼻《はな》の病気《びょうき》にかかっている事《こと》が明《あき》らかとなり、この2つの条件《じょうけん》に合致《がっち》する人物《じんぶつ》が

1人浮上《ひとりふじょう》しています。その名前《なまえ》は佐藤健一《さとうけんいち》」。

そこまで言《い》ってから私《わたし》は、KZ分裂中《カッズぶんれつちゅう》に入手《にゅうしゅ》した情報《じょうほう》を上杉君《うえすぎくん》たちに説明《せつめい》し、再《ふた》び話《はなし》を続《つづ》けた。

「佐藤《さとう》は仲間《なかま》と一緒《いっしょ》にこの空《あ》き家《や》に出入《でい》りしているようです。ここに放置《ほうち》されていたゴミから、盗《ぬす》まれた餃子《ぎょうざ》の外装《がいそう》フィルムや割《わ》り箸《ばし》20本《ぽん》が発見《はっけん》されました。これは2回《かい》の窃盗《せっとう》の後《あと》の調査《ちょうさ》で、この数《かず》から考《かんが》えて全員《ぜんいん》で5人《にん》、佐藤健一《さとうけんいち》をのぞけば、仲間《なかま》は4人《にん》です。」

若武《わかたけ》が腕《うで》を組《く》み、椅子《いす》の背《せ》にもたれかかる。

「盗《ぬす》まれた餃子《ぎょうざ》のパック数《すう》と同《おな》じだな。1人《ひとり》1パックずつ食《く》ってんだろ。」

たぶんね。

「その合計《ごうけい》5人《にん》、何《なん》の仲間《なかま》なんだ？　餃子食《ぎょうざく》い友《とも》だちか？　謎《なぞ》5に設定《せってい》しとけよ。」

私《わたし》はチラッと若武《わかたけ》を見《み》た。

「今《いま》の提案《ていあん》は却下《きゃっか》します。」

若武《わかたけ》は反射的《はんしゃてき》に叫《さけ》んだ。

「なんでだっ!?」

私《わたし》は心《こころ》で思《おも》った、フン、バカ武《たけ》。

「今《いま》の疑問《ぎもん》は、謎《なぞ》4に含《ふく》まれるからです。謎《なぞ》4、いつも決《き》まって餃子《ぎょうざ》5パックを窃盗《せっとう》するのはなぜか、それを究明《きゅうめい》すれば、彼《かれ》らの目的《もくてき》がわかり、どういう関係《かんけい》かもわかってきます。」

若武《わかたけ》は納得《なっとく》したようだったけれど、かなりくやしかったらしく、不貞腐《ふてくさ》れてプイッと横《よこ》を向《む》いた。

その様子《ようす》が子供《こども》っぽかったので、上杉君《うえすぎくん》はかなり呆《あき》れたようだった。

「ガキかよ。」

皆《みな》がドッと笑《わら》い、若武《わかたけ》はますます不貞腐《ふてくさ》れ、その場《ば》の空気《くうき》がゆるんだので、私《わたし》はあわてて引《ひ》きしめにかかった。

「先日《せんじつ》の調査《ちょうさ》の際《さい》に、この佐藤健一《さとうけんいち》が使《つか》ったコップを回収《かいしゅう》しました。また空《あ》き家《や》からハクビシンと思《おも》われる獣毛《じゅうもう》も発見《はっけん》されています。販売所《はんばいじょ》の前《まえ》からは、KZ《カッズ》リーダー若武《わかたけ》を殴《なぐ》ったと思《おも》われる石《いし》も見《み》つかっており、これらは餃子《ぎょうざ》の外装《がいそう》フィルムや割《わ》り箸《ばし》20本《ぽん》と合《あ》わせて小塚調査員《こづかちょうさいん》が分析中《ぶんせきちゅう》です。」

ここまでは、はっきりしている事《こと》だった。

私《わたし》はノートをめくり、次《つぎ》のページに書《か》いてあったはっきりしていない部分《ぶぶん》を読《よ》み上《あ》げる。

「この空《あ》き家《や》の脇《わき》で、様子《ようす》をうかがっていた灰色《はいいろ》のコートを着《き》た人物《じんぶつ》が目撃《もくげき》されています。また空《あ》き家《や》からは時折《ときおり》、うめき声《ごえ》が聞《き》こえていました。2階《かい》からと思《おも》われますが、これについてはまだ調査《ちょうさ》できていません。」

そう言《い》ってから私《わたし》は、佐藤健一《さとうけんいち》から聞《き》いていた情報《じょうほう》を付《つ》け加《くわ》えた。

「なお佐藤健一当人《さとうけんいちとうにん》は、2階《かい》には誰《だれ》かがいると話《はな》しています。詳細《しょうさい》は不明《ふめい》です。」

皆《みな》が顔《かお》を見合《みあ》わせる。

「それ、どーゆー状況《じょうきょう》だよ。」

上杉君《うえすぎくん》は、信《しん》じられないという表情《ひょうじょう》だった。

「自分《じぶん》ちに誰《だれ》かがいるってのに放置《ほうち》してるなんて、普通《ふつう》ありえんだろ。」

黒木君《くろきくん》がクスッと笑《わら》う。

「そうでもないさ。本人《ほんにん》にとって、あの家《いえ》は、友《とも》だちと騒《さわ》ぐのに使《つか》うだけの場所《ばしょ》なんだ。それ以《い》外《がい》の事《こと》は、どうでもいいって感《かん》じなんだろ。相続《そうぞく》した父親《ちちおや》も登記《とうき》手続《てつづ》きをしてないくらいだし、ユルい一家《いっか》なんだろうな。」

確《たし》かにユルい感《かん》じはしたけどね。

「でも一体《いったい》、誰《だれ》がいるんだろ。家自体《いえじたい》は、自殺《じさつ》したっていう佐藤健一《さとうけんいち》の伯父《おじ》の晃《あきら》のものだったんだから、その関係者《かんけいしゃ》かな。」

私《わたし》は自分《じぶん》が発表中《はっぴょうちゅう》だった事《こと》をハッと思《おも》い出《だ》し、急《いそ》いでその続《つづ》きを口《くち》にした。

「これを謎《なぞ》5、空《あ》き家《や》のうめき声《ごえ》と灰色《はいいろ》のコートを着《き》た人物《じんぶつ》の正体《しょうたい》、として設定《せってい》したいと思《おも》います。以上《いじょう》。」

話《はな》し終《お》えて、若武《わかたけ》に目《め》を向《む》けると、若武《わかたけ》は頬杖《ほおづえ》をつくのをやめ、姿勢《しせい》を正《ただ》した。

「小塚《こづか》、分析進《ぶんせきすす》んでんの？」

小塚君《こづかくん》が黒《くろ》いファイルを開《ひら》きながら立《た》ち上《あ》がる。

「獣毛《じゅうもう》の分析《ぶんせき》は終《お》わってる。ハクビシンで間違《まちが》いない。空《あ》き家《や》の外《そと》に餃子《ぎょうざ》の外装《がいそう》フィルムが落《お》ちていたのは、やはりハクビシンが持《も》ち出《だ》したんだと思《おも》う。」

私《わたし》はそれをメモしながらハクビシンに感謝《かんしゃ》した。

だってハクビシンがいてくれなかったら、あの空《あ》き家《や》と餃子《ぎょうざ》の窃盗《せっとう》は、全《まった》く結《むす》び付《つ》かなかったんだもの。

「佐藤健一《さとうけんいち》が使《つか》ったコップから、指紋《しもん》とDNA《ディーエヌエー》を検出《けんしゅつ》し、これが目出《めだ》し帽《ぼう》に付着《ふちゃく》していた指紋《しもん》、およびDNA《ディーエヌエー》と同《おな》じである事《こと》も確認《かくにん》した。」

おお、やった！

「防犯《ぼうはん》カメラから判明《はんめい》した犯人《はんにん》の身長《しんちょう》、および七鬼《ななき》が佐藤健一《さとうけんいち》から聞《き》き出《だ》した蓄膿症《ちくのうしょう》とも合《あ》わせて考《かんが》えて、佐藤健一《さとうけんいち》が若武《わかたけ》の目出《めだ》し帽《ぼう》をかぶり、餃子《ぎょうざ》の窃盗《せっとう》に及《およ》んだ事《こと》は確《たし》かだと思《おも》うよ。」

それは謎《なぞ》1、犯人《はんにん》は誰《だれ》か、の答《こた》えだった。

これで最初《さいしょ》に立《た》てた3つの謎《なぞ》は、すべて解《と》けた事《こと》になる。

私《わたし》は、それをしっかりと書《か》き留《と》めた。

「犯人《はんにん》がわかったんだから、これで事件《じけん》は解決《かいけつ》でしょ。」

そう言《い》った翼《たすく》の頭《あたま》を、若武《わかたけ》がペシッとぶつ。

「何《なに》すんだっ！」

叫《さけ》んだ翼《たすく》に若武《わかたけ》はバカにしたような目《め》を向《む》けた。

「アホぬかすな。まだ謎《なぞ》が残《のこ》ってるじゃないか。」

それは途中《とちゅう》で発生《はっせい》した2つの謎《なぞ》だった。

謎《なぞ》4、いつも決《き》まって餃子《ぎょうざ》5パックを窃盗《せっとう》するのはなぜか、謎《なぞ》5、空《あ》き家《や》のうめき声《ごえ》と灰色《はいいろ》のコートを着《き》た人物《じんぶつ》の正体《しょうたい》。これを放置《ほうち》したままじゃ、確《たし》かに事件解決《じけんかいけつ》なんて言《い》えないかも。

「いつも5パック盗《ぬす》むのは、それが犯人《はんにん》の趣味《しゅみ》だからでしょ。」

おお、大胆《だいたん》すぎる推理《すいり》。

「おまけに、うめき声《ごえ》が聞《き》こえたり、灰色《はいいろ》のコートを着《き》た人間《にんげん》がいたとしても、それは犯罪《はんざい》じゃないよ。」

うむ、一理《いちり》ある。

「いちいち首突《くびつ》っこむ事《こと》ないじゃないか。」

若武《わかたけ》は身《み》を乗り出《だ》し、グイッと翼《たすく》をにらんだ。

「黙《だま》れ、新入《しんい》り。KZ《カッズ》は完璧《かんぺき》な仕事《しごと》をするんだ。疑問《ぎもん》も謎《なぞ》もいっさい残《のこ》さず、すべてをきれいに解決《かいけつ》する。それでこそKZ《カッズ》なんだ。」

翼《たすく》は、フンと鼻《はな》を鳴《な》らしてソッポを向《む》く。

「小塚《こづか》、続《つづ》けろ。」

若武《わかたけ》に言《い》われて、小塚君《こづかくん》は、翼《たすく》の顔色《かおいろ》を気《き》にしながらも自分《じぶん》のファイルに視線《しせん》を落《お》とした。

「餃子《ぎょうざ》の外装《がいそう》フィルムと割《わ》り箸《ばし》からも、指紋《しもん》とDNA《ディーエヌエー》を検出《けんしゅつ》したよ。5人分《にんぶん》で、その内《うち》の1つは佐藤健一《さとうけんいち》のものだ。あとの4人《にん》の名前《なまえ》は不明《ふめい》。」

上杉君《うえすぎくん》が、黒木君《くろきくん》に視線《しせん》を流《なが》す。

「何《なに》つながりなのかは、佐藤健一《さとうけんいち》の周辺《しゅうへん》を調《しら》べれば、わかるんじゃね？」

若武《わかたけ》が人指《ひとさ》し指《ゆび》を立《た》て、チッチと横《よこ》に振《ふ》った。

「そいつは、リーダーのセリフだ。おまえは黙《だま》ってろ。」

上杉君《うえすぎくん》をものすごく不愉快《ふゆかい》な顔《かお》にさせておいて、若武《わかたけ》は得意《とくい》げに黒木君《くろきくん》に目《め》を向《む》ける。

「今《いま》の調《しら》べとけよ。」

あ、いいとこ取《ど》りだ。

「こいつらの名前《なまえ》は、謎《なぞ》6とする。」

わ〜ん、どんどん謎《なぞ》が増《ふ》えていく。

犯人《はんにん》は、佐藤健一《さとうけんいち》だってもうわかってるのに、シクシクシク。

「小塚《こづか》、俺《おれ》を殴《なぐ》った石《いし》から佐藤《さとう》の指紋《しもん》採《と》れたか？」

小塚君《こづかくん》は、ちょっと息《いき》をついた。

「そこまで手《て》が回《まわ》ってないんだ。これからやるよ。」

「さっさとしろ。」

そう言《い》い放《はな》って若武《わかたけ》は、忍《しのぶ》を見《み》る。

「うめき声《ごえ》の件《けん》だが、ゲームしてた時《とき》、あの空《あ》き家《や》に心霊《しんれい》の気配《けはい》とか妖気《ようき》ってあったか？」

忍《しのぶ》は首《くび》を傾《かし》げた。

「さぁ気付《きづ》かなかったな。ゲームに夢中《むちゅう》だったから。」

ああ天然《てんねん》、通常運転《つうじょううんてん》・・・。

「でもそれより前《まえ》に除霊《じょれい》しとけって言《い》われてたから、俺《おれ》んちから生《い》き霊《りょう》飛《と》ばして話《はな》し合《あ》おうとしたら、その時《とき》は無霊《むれい》だったぜ。」

無霊《むれい》？

「生《い》き霊《りょう》も死霊《しりょう》も、いなかったって事《こと》。」

小塚君《こづかくん》が首《くび》を傾《かし》げる。

「でも家《いえ》の持《も》ち主《ぬし》は、庭《にわ》で自殺《じさつ》したんだよね。相当《そうとう》な事《こと》があって思《おも》い詰《つ》めたんだろうけど、恨《うら》みは持《も》ってなかったって事《こと》？」

忍《しのぶ》は、ちょっと笑《わら》った。

「恨《うら》みを持《も》って死《し》んだ人間《にんげん》が全員《ぜんいん》、死霊《しりょう》や怨霊《おんりょう》になる訳《わけ》じゃない。なりたくても、なれないヤツもいるんだ。」

へぇ！

「霊界《れいかい》にステップアップするためには、その能力《のうりょく》が必要《ひつよう》だ。そうでないと、恨《うら》みを抱《かか》えても死《し》ぬだけなんだ。」

上杉君《うえすぎくん》と翼《たすく》が顔《かお》を見合《みあ》わせた。

「俺《おれ》たちって、死《し》んでからも能力次第《のうりょくしだい》で区別《くべつ》されるのか。」

「どこまでもパワー全開《ぜんかい》で突《つ》っ走《ぱし》れって事《こと》なんでしょ。」

皆《みな》が疲《つか》れたような溜《た》め息《いき》をつく。

「一体《いったい》いつ休《やす》めるんだ。」

「永久《えいきゅう》に無理《むり》なんじゃね？」

私《わたし》はそれらを書《か》き留《と》めながら、とにかく霊《れい》がいなかった事《こと》にホッとした。

でも同時《どうじ》に、ムクムクと大《おお》きくなっていく疑問《ぎもん》を抑《おさ》えられなかったんだ。

霊《れい》じゃないとしたら・・・うめき声《ごえ》の正体《しょうたい》は何《なに》？

「いっそ霊《れい》がいてくれた方《ほう》が、話《はなし》がシンプルなのにな。」

若武《わかたけ》はクチャクチャッと髪《かみ》を掻《か》き上《あ》げた。

「ま、しかたない。役割《やくわり》を分担《ぶんたん》する。第《だい》1チームは小塚《こづか》。今《いま》の分析《ぶんせき》を続《つづ》ける。第《だい》2チームは黒木《くろき》。佐藤健一《さとうけんいち》の身辺《しんぺん》を洗《あら》って4人《にん》の仲間《なかま》を特定《とくてい》する。補佐《ほさ》は上杉《うえすぎ》。第《だい》3チームは残《のこ》りの4人《にん》、俺《おれ》と美門《みかど》と七鬼《ななき》、アーヤだ。謎《なぞ》5、空《あ》き家《や》のうめき声《ごえ》と灰色《はいいろ》のコートを着《き》た人物《じんぶつ》の正体《しょうたい》、これをはっきりさせるために、もう一度《いちど》あの家《いえ》を調査《ちょうさ》する。仲間《なかま》が集《あつ》まっていない日《ひ》をねらうんだ。」

げっ、私《わたし》、そこのメンバーなんだ・・・。

「なんだ、アーヤ、その不満《ふまん》そうな顔《かお》は。」

だって不気味《ぶきみ》なんだもの。

「調査《ちょうさ》に文句《もんく》を言《い》うな。直向《ひたむ》きに努力《どりょく》を重《かさ》ね、自己犠牲《じこぎせい》も厭《いと》わない、それでこそKZ《カッズ》メンバーなんだ。KZ《カッズ》としての誇《ほこ》りを持《も》て！」

わかったよぉ・・・。

「次《つぎ》の会議《かいぎ》は3日後《みっかご》だ。それまでに各《かく》チームは結果《けっか》を出《だ》しておけ。第《だい》3チームは明日《あす》、秀明《しゅうめい》の授《じゅ》業《ぎょう》の前《まえ》に、現場《げんば》の無人販売所《むじんはんばいじょ》に集合《しゅうごう》だ。」

わっ、きついスケジュールっ！

「もし空《あ》き家《や》に仲間《なかま》が集《あつ》まっていて調査不能《ちょうさふのう》なら、また翌日《よくじつ》にトライする。今日《きょう》のところは、これで解散《かいさん》だ。ご苦労《くろう》だったっ！」

16　怪《あや》しい集団《しゅうだん》

明日《あした》と、ひょっとして明後日《あさって》も、秀明《しゅうめい》の授業《じゅぎょう》の前《まえ》に現場《げんば》に行《い》くとしたら、学校《がっこう》が終《お》わったらすぐ向《む》かわなければ間《ま》に合《あ》わなかった。

でも文芸部《ぶんげいぶ》の行《おこな》った入部《にゅうぶ》試験《しけん》の結果《けっか》がそろそろ出《で》るはずで、私《わたし》はとても気《き》にしていたんだ。

だって入部《にゅうぶ》希望者《きぼうしゃ》の中《なか》には、マリンがいたんだもの。

あれ以降《いこう》、マリンとは疎遠《そえん》。

同《おな》じクラスなのに口《くち》もきかないし、目《め》も合《あ》わせないいんだ。

それって結構《けっこう》きつい。

もしマリンが試験《しけん》に受《う》かって文芸部《ぶんげいぶ》に入部《にゅうぶ》すれば、部室《ぶしつ》で一緒《いっしょ》になれるから、話《はな》すきっかけがつかめるかも知《し》れないと思《おも》って、期待《きたい》していた。

部長《ぶちょう》に入部《にゅうぶ》試験《しけん》の結果《けっか》を聞《き》きに行《い》きたかったけれど、KZ《カッズ》の調査《ちょうさ》が明日《あした》、もしかしたら明後日《あさって》もとなったら、放課後《ほうかご》は部室《ぶしつ》に行《い》く時間《じかん》が取《と》れない。

しかたがないので、朝《あさ》行《い》く事《こと》にして、翌日《よくじつ》、私《わたし》は早《はや》く家《いえ》を出《で》た。

「おはようございます、1年《ねん》の立花《たちばな》です。」

そう言《い》いながら部室《ぶしつ》のドアを開《あ》けると、中《なか》には部長《ぶちょう》と副部長《ふくぶちょう》がいて、何《なに》やら話《はな》していた。

あ、邪魔《じゃま》かな。

入《はい》るのをためらっていると、部長《ぶちょう》が言《い》った。

「立花《たちばな》さんの意見《いけん》を聞《き》いてみようか。」

副部長《ふくぶちょう》が頷《うなず》き、手招《てまね》きしたので、私《わたし》は中《なか》に踏《ふ》み込《こ》み、2人《ふたり》のそばまで行《い》ったんだ。

奥《おく》の窓際《まどぎわ》では、新海君《しんかいくん》が本《ほん》を読《よ》んでいる。

窓《まど》から差《さ》し込《こ》む朝《あさ》の陽射《ひざ》しの中《なか》に、そのシルエットがきれいに浮《う》かび上《あ》がっていた。

「これ、先日《せんじつ》の入部試験《にゅうぶしけん》なんだけど、」

そう言《い》いながら部長《ぶちょう》は、自分《じぶん》の手元《てもと》にあったファイルをめくった。

「1000字以内《じいない》でエッセイを書《か》く、テーマは自由《じゆう》、っていう内容《ないよう》でね、」

うわぁ、私《わたし》、エッセイって苦手《にがて》。

もし今回入部試験《こんかいにゅうぶしけん》受《う》けてたら、落《お》ちてたよ、きっと。

「そのエッセイを提出《ていしゅつ》した入部希望者《にゅうぶきぼうしゃ》の中《なか》に、こんな事《こと》を書《か》いた子《こ》がいるんだ。」

部長《ぶちょう》はファイルの半《なか》ばほどを開《あ》け、私《わたし》の方《ほう》に差《さ》し出《だ》す。

受《う》け取《と》って見《み》ると、名前《なまえ》の欄《らん》に佐田真理子《さたまりこ》と書《か》かれていた。

あ、マリンのだ。

「まぁ読《よ》んでみてよ。」

目《め》を通《とお》すと、内容《ないよう》は、この間《あいだ》、私《わたし》と話《はな》した事《こと》とほぼ同《おな》じだった。自撮《じど》り写真《しゃしん》の加工《かこう》は校則《こうそく》で規制《きせい》すべき、という主張《しゅちょう》。

よっぽどこだわりをもってるらしい。

まぁエッセイっていうのは、自分《じぶん》の思《おも》った事《こと》を書《か》いていいものだし、小《ちい》さな論文《ろんぶん》みたいな面《めん》もあるから、持論《じろん》を展開《てんかい》するのもオーケイなんだけれど・・・なんかこれ、エッセイというより青《せい》年《ねん》の主張《しゅちょう》って感《かん》じがするな。

「きちんと書《か》けてるんだけど、これがエッセイといえるかどうかは、疑問《ぎもん》だ。」

やっぱり！

「それに副部長《ふくぶちょう》は、こういう思《おも》い込《こ》みの強《つよ》い子《こ》が入《はい》ってくると、部《ぶ》を引《ひ》っ掻《か》き回《まわ》しそうで困《こま》るって言《い》ってるんだ。立花《たちばな》さんは、どう思《おも》う？」

私《わたし》がその時《とき》考《かんが》えたのは、ここでマリンの味方《みかた》をすれば、入部《にゅうぶ》できるかも知《し》れないって事《こと》だった。

一瞬《いっしゅん》、そうしようかと思《おも》ったんだけれど、すぐ思《おも》い直《なお》して、本当《ほんとう》の事《こと》を言《い》った。

「あの、これ、うちのクラスの子《こ》なんです。友《とも》だちだから、私《わたし》、コメントは差《さ》し控《ひか》えます。きっと贔屓《ひいき》になってしまうと思《おも》うから。」

部長《ぶちょう》はわかったというように頷《うなず》き、溜《た》め息《いき》をついた。

「公正《こうせい》に評価《ひょうか》するって、結構難《けっこうむずか》しいんだよね。」

その隣《となり》にいた副部長《ふくぶちょう》が、奥《おく》で本《ほん》を読《よ》んでいた新海君《しんかいくん》に声《こえ》をかける。

「ねぇ新海君《しんかいくん》は、どう思《おも》う?」

室内《しつない》が静《しず》かだったので、新海君《しんかいくん》は話《はなし》を聞《き》き取《と》れたらしく、立《た》ち上《あ》がってこちらにやってきた。

「見《み》せてもらえますか。」

マリンのエッセイを読《よ》み、ちょっと困《こま》ったような顔《かお》になる。

「確《たし》かに思《おも》い込《こ》みの塊《かたまり》みたいな文章《ぶんしょう》ですね。」

そういうタイプなんだよぉ。

「これだけ自己主張《じこしゅちょう》が強《つよ》いと、本人《ほんにん》もつらいんじゃないかな。」

え?

言葉《ことば》の意味《いみ》がわからなかった。

私《わたし》が戸惑《とまど》っていると、新海君《しんかいくん》はこちらを見《み》る。

「人間《にんげん》は色《いろ》んな面《めん》を持《も》っているものなんだ。1人《ひとり》の人間《にんげん》の中《なか》に、色《いろ》んなキャラクターがいるといってもいい。だから強《つよ》く自己主張《じこしゅちょう》をしていても、その反面《はんめん》これでいいんだろうかとか、自分《じぶん》は間違《まちが》えているんじゃないかとか、必《かなら》ず思《おも》っている。2つの気持《きも》ちの間《あいだ》で揺《ゆ》れているから、強《つよ》く主《しゅ》張《ちょう》をすればするほど揺《ゆ》れも大《おお》きくなるんだ。」

その言《い》い方《かた》は、とても切実《せつじつ》で深刻《しんこく》だった。

まるで自分《じぶん》の事《こと》でも話《はな》しているかのようだったので、私《わたし》は目《め》を見張《みは》って聞《き》いていた。

「文芸《ぶんげい》に限《かぎ》らず、絵《え》とか音楽《おんがく》とかいう芸術《げいじゅつ》ジャンルには、」

そう言《い》いながら新海君《しんかいくん》は部長《ぶちょう》たちに目《め》を向《む》ける。

「人間《にんげん》のそういう面《めん》を吸収《きゅうしゅう》して、心《こころ》を楽《らく》にしてくれる働《はたら》きがあると思《おも》います。文芸《ぶんげい》に親《した》しむ事《こと》でこのエッセイを書《か》いた子《こ》の心《こころ》が柔《やわ》らかくなったり、幅《はば》が広《ひろ》がったりすれば、部活《ぶかつ》として意義《いぎ》があるんじゃないですか。」

部長《ぶちょう》は深《ふか》く頷《うなず》いたけれど、副部長《ふくぶちょう》は不満《ふまん》げだった。

「文芸部《ぶんげいぶ》はね、人助《ひとだす》けのボランティア部《ぶ》じゃありません。部員《ぶいん》が、自分《じぶん》の文芸的才能《ぶんげいてきさいのう》を伸《の》ばすための場《ば》なんです。そのために存在《そんざい》してるのよ。」

うーむ、それはそれでわかる気《き》がする。

「これ、もっとよく議論《ぎろん》する必要《ひつよう》があるね。ちょっと保留《ほりゅう》にしておこう。」

部長《ぶちょう》がそう言《い》って、その場《ば》を収《おさ》めた。

新海君《しんかいくん》は自分《じぶん》が読《よ》んでいた本《ほん》の所《ところ》に戻《もど》って腰《こし》を下《お》ろし、再《ふたた》び視線《しせん》を落《お》とす。

私《わたし》は、今月《こんげつ》の課題図書《かだいとしょ》になっている本《ほん》を棚《たな》から出《だ》してきて貸《か》し出《だ》しのノートに名前《なまえ》を書《か》いた。

1人《ひとり》の人間《にんげん》の中《なか》に色々《いろいろ》な面《めん》が存在《そんざい》している事《こと》は、小塚君《こづかくん》や忍《しのぶ》を見《み》ていてよくわかった。

マリンもそうなんだ。

すごく強《つよ》い言《い》い方《かた》をしたり、そういう態度《たいど》に出《で》たりするけれど、それが全部《ぜんぶ》じゃない。

その都度《つど》、心《こころ》がグラグラ揺《ゆ》れているのだとしたら、すごく不安《ふあん》だろうし、気持《きも》ちもイラつくよね。

かわいそうだなぁ、私《わたし》、どうすればいいんだろう。

力《ちから》になれないかなぁ。

＊

その日《ひ》、学校《がっこう》が終《お》わると、私《わたし》は急《いそ》いで目的地《もくてきち》に向《む》かうバスに乗《の》った。

バスを降《お》りてから、国道沿《こくどうぞ》いにある無人販売所《むじんはんばいじょ》まで歩《ある》く。

1人《ひとり》で心細《こころぼそ》かったので、自分《じぶん》を励《はげ》ましながら足《あし》を進《すす》めた。

無人販売所《むじんはんばいじょ》につくと、その前《まえ》には、もう若武《わかたけ》と翼《たすく》、忍《しのぶ》が来《き》ていた。

3人《にん》を見《み》つけて、私《わたし》はほっとしたけれど、若武《わかたけ》はそうじゃないみたいだった。

「やっと来《き》たぜ。」

翼《たすく》に向《む》かってそう言《い》い、私《わたし》をにらんだ。

「おまえ、会議《かいぎ》の時《とき》もそうだけど、いつも遅《おそ》いよな。」

ごめん・・・。

「ま、いいや、行《い》くぞ。」

先《さき》に立《た》って無人販売所《むじんはんばいじょ》の脇《わき》に回《まわ》っていく。

その後《うし》ろに翼《たすく》と忍《しのぶ》が続《つづ》き、さらに私《わたし》が続《つづ》いた。

ヤブの中《なか》を通《とお》り抜《ぬ》け、その向《む》こうに出《で》たとたん、そこに若武《わかたけ》が立《た》ちすくんでいて、その背中《せなか》に翼《たすく》と忍《しのぶ》が衝突《しょうとつ》、さらに私《わたし》がぶつかった。

「止《と》まってんじゃねーよっ！」

ぶつけた鼻《はな》を押《お》さえながら翼《たすく》が怒《おこ》ると、若武《わかたけ》は、親指《おやゆび》で空《あ》き家《や》の方《ほう》を指《さ》した。

「だって行《い》けねぇもん。」

見《み》れば、空《あ》き家《や》の庭《にわ》には、車《くるま》が2台《だい》停《と》まっていた。

家《いえ》の中《なか》には、人《ひと》の気配《けはい》がある。

「ちっ、これじゃ中《なか》を探《さぐ》れないな。」

若武《わかたけ》は、くやしそうに舌打《したう》ちした。

「しょーがねー。今日《きょう》の調査《ちょうさ》は中止《ちゅうし》だ。これで解《かい》、」

翼《たすく》が片手《かたて》を上《あ》げ、若武《わかたけ》の言葉《ことば》を止《と》めた。

「中《なか》に集《あつ》まってるのは誰《だれ》でしょ。例《れい》の、餃子大好《ぎょうざだいす》き連中《れんちゅう》？」

若武《わかたけ》は首《くび》を傾《かし》げる。

「どういうメンツなのか全然《ぜんぜん》わからんな。」

翼《たすく》はマスクを外《はず》し、腕《うで》まくりをした。

「俺《おれ》、連中《れんちゅう》の匂《にお》いを確《たし》かめてくる。」

そう言《い》うなり走《はし》り出《だ》し、庭《にわ》の樹《き》の枝《えだ》に手《て》をかけるとクルッと巻《ま》き上《あ》がってその上《うえ》に乗《の》り、屋根《やね》に飛《と》び移《うつ》る。

そこを歩《ある》いていき、屋根《やね》の下《した》にあった雨《あま》どいに手《て》をかけ、逆《さか》さまにぶら下《さ》がって排気口《はいきこう》に顔《かお》を近《ちか》づけた。

「あいつ、身軽《みがる》だなぁ。」

若武《わかたけ》が感心《かんしん》したようにつぶやく。

「まるで猿《さる》だ。」

それ・・・ほめてないよ。

「匂《にお》いに反応《はんのう》するとこは、犬《いぬ》だけど。」

それも、ほめてない。

「どっちにしろ人間並《にんげんな》みじゃないな。」

やっぱり、ほめてないっ！

「お、戻《もど》ってくるぞ。」

翼《たすく》は、行《い》った時《とき》と同《おな》じルートを逆《ぎゃく》にたどり、最後《さいご》は樹《き》の枝《えだ》から飛《と》び降《お》りて私《わたし》たちの前《まえ》にすっくと立《た》った。

「中《なか》には、５人《にん》いた。」

匂《にお》いでわかったんだ、すごいな。

「顔《かお》は見《み》てないけど、匂《にお》いを覚《おぼ》えたから、どっかで会《あ》えばすぐわかる。」

ああ翼《たすく》には、一度《いちど》覚《おぼ》えたものは絶対《ぜったい》に忘《わす》れない驚異《きょうい》の記憶力《きおくりょく》があるんだった。

いいなぁ、羨《うらや》ましい。

「ちなみに前《まえ》に小塚《こづか》から、外装《がいそう》フィルムの匂《にお》いを嗅《か》いで覚《おぼ》えておいてくれって言《い》われたんだけど、そこについてた匂《にお》いと同《おな》じだった。」

って事《こと》は、今《いま》この家《いえ》の中《なか》にいるのは、餃子《ぎょうざ》を窃盗《せっとう》して食《た》べた5人《にん》なんだね。

「アーヤ、」

翼《たすく》が、ふっと私《わたし》を見《み》る。

「この間《あいだ》、若武《わかたけ》とのバトル中《ちゅう》に、俺《おれ》がシャンプーを変《か》えたかって聞《き》いただろ。覚《おぼ》えてる？」

ああ、そう言《い》えばそうだっけ。

「あの時《とき》、アーヤから漂《ただよ》ってた匂《にお》いが、今《いま》、この家《いえ》の中《なか》にも漂《ただよ》ってるんだ。」

げっ！

「外装《がいそう》フィルムや、ここにいる5人《にん》から直接匂《ちょくせつにお》ってくるんじゃなくて、残《のこ》り香《が》みたいにかすかに部屋《へや》の中《なか》に浮《う》いてる。」

私《わたし》はショックで固《かた》まってしまった。

だって自分《じぶん》の匂《にお》いが、窃盗犯《せっとうはん》の集《あつ》まる家《いえ》の中《なか》に漂《ただよ》ってるなんて。

でも、すぐ我《われ》に返《かえ》って、ものすごい勢《いきお》いでブンブンと首《くび》を横《よこ》に振《ふ》った。

「私《わたし》、この家《いえ》に入《はい》った事《こと》あるよ。この間《あいだ》の調査《ちょうさ》でね。けど壁《かべ》にも床《ゆか》にも素手《すで》では触《さわ》ってない。だから私《わたし》の匂《にお》いが残《のこ》ってるような事《こと》はないと思《おも》う。それにシャンプーも変《か》えてないから、前《まえ》と匂《にお》いが変《か》わってるって事《こと》もないはず。」

翼《たすく》は考《かんが》え込《こ》んだ。

「じゃ、どっかで接触《せっしょく》したのかな。」

は？

「匂《にお》いは、この家《いえ》に出入《ではい》りした人間《にんげん》のもので、アーヤは、その人間《にんげん》とどこか別《べつ》の場所《ばしょ》で接触《せっしょく》して、その時《とき》に匂《にお》いが移《うつ》った。電車《でんしゃ》の中《なか》で押《お》されて服《ふく》が擦《こす》れたとか、混雑《こんざつ》した交差点《こうさてん》でぶつかったとか。この間《あいだ》、俺《おれ》がそれを嗅《か》いで、今《いま》までのアーヤと違《ちが》うから、シャンプーを変《か》えたと思《おも》った。」

ああ、そういう事《こと》ならありうるかも。

このところ街中《まちなか》には出《で》かけてないから、電車《でんしゃ》かなぁ。

「さっき俺《おれ》がここで嗅《か》ぎ取《と》ったのは、その人間《にんげん》が部屋《へや》の中《なか》に残《のこ》していった匂《にお》いだ。」

若武《わかたけ》は、当《あ》てにならないと言《い》いたげな顔付《かおつ》きだった。

「この家《いえ》に出入《ではい》りした人間《にんげん》っていっても、窃盗犯《せっとうはん》の5人《にん》と関係《かんけい》あるとは限《かぎ》んないぜ。自殺《じさつ》した家《や》主《ぬし》の遺品整理《いひんせいり》に入《はい》った業者《ぎょうしゃ》とか、玄関《げんかん》の中《なか》まで物《もの》を運《はこ》んだ宅配《たくはい》の兄《にい》ちゃんとかさ。」

「ん、いろんな人《ひと》が出入《ではい》りするものね。」

「確実《かくじつ》に事件《じけん》に関係《かんけい》してる人間《にんげん》以外《いがい》は無視《むし》だ。無視《むし》しとけ、わかったか。」

その時《とき》、急《きゅう》に家《いえ》の中《なか》が騒《さわ》がしくなった。

玄関《げんかん》の明《あ》かりがつき、ドアが開《ひら》く。

私《わたし》たちは、あわててヤブの中《なか》に飛《と》び込《こ》んだ。

身《み》を隠《かく》し、息《いき》を呑《の》んで見《み》ていると、玄関《げんかん》から現《あらわ》れたのは、大学生《だいがくせい》くらいの年齢《ねんれい》の男性《だんせい》4人《にん》と、佐藤健一《さとうけんいち》だった。

これが餃子窃盗犯《ぎょうざせっとうはん》5人《にん》なんだ！

中《なか》には金髪《きんぱつ》や、鼻《はな》にピアスをしている男性《だんせい》もいた。

翼《たすく》と若武《わかたけ》は、ヤブの中《なか》からしきりに写真《しゃしん》を撮《と》る。

男性《だんせい》たちは上機嫌《じょうきげん》で、ニヤニヤしていた。

「次《つぎ》もうまくやろうぜ。」

「当《あ》たりき、車力《しゃりき》、車引《くるまひ》きだ。交通事故《こうつうじこ》に気《き》を付《つ》けろよ。」

「それ、マジでウケる。じゃな。」

はしゃいだ口調《くちょう》で話《はな》しながら2台《だい》の車《くるま》に乗《の》り込《こ》み、相次《あいつ》いで発車《はっしゃ》させた。

後《あと》に残《のこ》った佐藤健一《さとうけんいち》は、それを見送《みおく》る。

翼《たすく》が、樹々《きぎ》に隠《かく》れながらそばまで近寄《ちかよ》っていき、枝《えだ》の間《あいだ》からそっと身《み》を乗《の》り出《だ》した。

佐藤健一《さとうけんいち》の匂《にお》いをかぎ始《はじ》める。

すごく接近《せっきん》していたから、私《わたし》はハラハラした。

やがて車《くるま》は道《みち》の向《む》こうに隠《かく》れ、佐藤健一《さとうけんいち》は玄関《げんかん》に向《む》かおうとして、回《まわ》れ右《みぎ》っ！

わっ、見《み》つかるっ‼

その視線《しせん》が届《とど》く寸前《すんぜん》、翼《たすく》はズボッと樹々《きぎ》の間《あいだ》に身《み》を隠《かく》した。

佐藤健一《さとうけんいち》は家《いえ》の中《なか》に入《はい》っていき、玄関《げんかん》が閉《し》まる。

それを見届《みとど》けてから、翼《たすく》は私《わたし》たちの所《ところ》に戻《もど》ってきた。

「目出《めだ》し帽《ぼう》についてた匂《にお》いと、あの男《おとこ》の匂《にお》いは同《おな》じだ。若武《わかたけ》を襲《おそ》い、餃子《ぎょうざ》を盗《ぬす》んだのは、佐藤健《さとうけん》一《いち》で間違《まちが》いない。」

おおやった！

指紋《しもん》とDNA《ディーエヌエー》も一致《いっち》してるし、これだけ色《いろ》んな証拠《しょうこ》がそろったら、もう犯人《はんにん》、確定《かくてい》だね。

私《わたし》はすっかり満足《まんぞく》したけれど、なぜか翼《たすく》は腑《ふ》に落《お》ちない様子《ようす》だった。

「次《つぎ》もうまくやろうぜって言《い》ってたよな。餃子窃盗《ぎょうざせっとう》の事《こと》か？」

若武《わかたけ》はバカにしたような目《め》で翼《たすく》を見《み》る。

「当《あ》たり前《まえ》だろ。他《ほか》に何《なに》があるんだ。」

翼《たすく》は首《くび》を傾《かし》げた。

「それに、なんで交通事故《こうつうじこ》の注意喚起《ちゅういかんき》でウケてんでしょ。普通《ふつう》、そんなとこじゃウケないぜ。」

若武《わかたけ》が面倒《めんどう》そうに眉根《まゆね》を寄《よ》せながら、手首《てくび》に巻《ま》いたスマートウォッチに目《め》をやった。

「こだわるなよ。秀明《しゅうめい》が始《はじ》まる時間《じかん》だ。行《い》こうぜ。」

翼《たすく》はくやしそうだった。

「まだ全然《ぜんぜん》、謎《なぞ》5に迫《せま》れてないじゃん。」

それはそうだけど、授業《じゅぎょう》に遅《おく》れたら家《いえ》に連絡《れんらく》されるもの、困《こま》るよ。

「明日《あした》、も1回足《かいあし》を運《はこ》べばいい。」

若武《わかたけ》がキッパリと言《い》った。

「今撮《いまと》った連中《れんちゅう》の写真《しゃしん》と車《くるま》のナンバー、黒木《くろき》に送《おく》っとけ。きょうはこれで解散《かいさん》だ。」

17 奇妙《きみょう》なケガ人《にん》

ところが翌日《よくじつ》、私《わたし》たちは調査《ちょうさ》に行《い》けなかった。

なぜって不測《ふそく》の事態《じたい》が起《お》こったんだ。

私《わたし》が登校《とうこう》し、教室《きょうしつ》に向《む》かっていると、向《む》こうから歩《ある》いてきた忍《しのぶ》が私《わたし》を見《み》つけ、走《はし》り寄《よ》ってきた。

え・・・。

「若武《わかたけ》が、緊急集結《きんきゅうしゅうけつ》かけたぜ。」

「なんでも小塚《こづか》が大変《たいへん》な発見《はっけん》をしたとかで、急《いそ》いで話《はな》し合《あ》う必要《ひつよう》が出《で》てきたらしい。」

へえ、何《なに》を発見《はっけん》したんだろ。

「授業前《じゅぎょうまえ》にカフェテリアに集合《しゅうごう》だって。」

少《すこ》しでも早《はや》く行《い》った方《ほう》がいいだろうと思《おも》って、私《わたし》は学校《がっこう》が終《お》わると即《そく》、秀明《しゅうめい》に向《む》かった。

それでもカフェテリアに上《のぼ》っていくと、もう皆《みな》が来《き》ていたんだ。

私《わたし》、どうしていつも最後《さいご》なんだろ、やんなっちゃうな。

そう思《おも》いながらよく見《み》ると、黒木君《くろきくん》の姿《すがた》がなかった。

あ、よかった、ビリじゃないみたい。

「アーヤがやっと来《き》た。始《はじ》めるぞ。黒木《くろき》からは連絡《れんらく》が入《はい》ってる。遅《おく》れるそうだ。」

やっぱビリかぁ、シクシクシク。

「小塚《こづか》は、俺《おれ》を殴《なぐ》った石《いし》を調《しら》べてたんだろ。俺《おれ》の血痕《けっこん》と佐藤健一《さとうけんいち》の指紋《しもん》が出《で》てくれば、もう決定《けってい》的《てき》だって事《こと》になってたはずだ。」

小塚君《こづかくん》は、落《お》ち着《つ》かない様子《ようす》で立《た》ち上《あ》がった。

「そうだよ。若武《わかたけ》の血痕《けっこん》は確認《かくにん》できた。で、石《いし》についていた指紋《しもん》も検出《けんしゅつ》した。でもそれは、」

そこでいったん言葉《ことば》を切《き》り、言《い》いにくそうに続《つづ》ける。

「佐藤健一《さとうけんいち》の指紋《しもん》じゃなかったんだ。」

え、違《ちが》ってたのっ⁉

「しかも、外装《がいそう》フィルムについていた指紋《しもん》のどれとも一致《いっち》しなかった。」

驚《おどろ》いたのは私《わたし》ばかりではなく、皆《みな》がいっせいに目《め》を見開《みひら》いた。

「じゃ誰《だれ》のなんだっ⁉」

「若武《わかたけ》は、誰《だれ》に殴《なぐ》られたんだよっ！」

注目《ちゅうもく》を浴《あ》びた小塚君《こづかくん》は、困《こま》ったように視線《しせん》を伏《ふ》せた。

「石《いし》についていた指紋《しもん》は、今《いま》まで見《み》た事《こと》のない、ここで初《はじ》めて出《で》てきた指紋《しもん》だ。」

私《わたし》たちは絶句《ぜっく》っ！

犯人《はんにん》が確定《かくてい》し、後《あと》は謎《なぞ》を解《と》くだけっていうこの時《とき》になって、今《いま》さら新《あたら》しい人物《じんぶつ》が登場《とうじょう》するなんて思《おも》ってもみなかったから。

翼《たすく》がパチンと指《ゆび》を鳴《な》らす。

「あの空《あ》き家《や》に漂《ただよ》ってたのは、きっとそいつの匂《にお》いだ。」

上杉君《うえすぎくん》が軽《かる》く首《くび》を横《よこ》に振《ふ》った。

「いや、うめき声《ごえ》がそいつなんじゃね？」

「それより灰色《はいいろ》のコートの人物《じんぶつ》が怪《あや》しい気《き》ぃする。」

ああ、意見《いけん》がバラバラだぁ。

若武《わかたけ》がうめくような声《こえ》をもらした。

「正体不明《しょうたいふめい》の第《だい》6の人物《じんぶつ》、って事《こと》か。」

小塚君《こづかくん》が頷《うなず》く。

「若武《わかたけ》を殴《なぐ》ったのは、そいつ、そして餃子《ぎょうざ》を盗《ぬす》んだのは佐藤健一《さとうけんいち》なんだ。」

私《わたし》は、ノートに第《だい》6の人物《じんぶつ》の登場《とうじょう》、と書《か》き入《い》れた。

いったい何者《なにもの》!?

「現場《げんば》で佐藤《さとう》と一緒《いっしょ》に凶行《きょうこう》に及《およ》んだんだから仲間《なかま》なんだろうけど、手《て》がかりは一切《いっさい》ない。外装《がいそう》フィルムや割《わ》り箸《ばし》には、そいつの指紋《しもん》がついてないんだ。」

つまり餃子《ぎょうざ》を食《た》べてないんだよね。

仲間《なかま》が皆《みんな》で食《た》べているって時《とき》に、ただ1人《ひとり》だけそれに加《くわ》わらないなんて・・・なんかすっごく冷《さ》めてる感《かん》じがする、不気味《ぶきみ》だぁ。

「そいつ、」

忍《しのぶ》がポッツと言《い》った。

「餃子《ぎょうざ》、嫌《きら》いなのかなぁ。美味《おい》しいと思《おも》うけど。」

あのねぇ忍《しのぶ》、いつもいつも話《はなし》をそっちに持《も》ってくんじゃないっ!

「そいつの正体《しょうたい》をつかめば、残《のこ》っている3つの謎《なぞ》もはっきりしてくるのかもな。」

若武《わかたけ》の声《こえ》を聞《き》きながら、私《わたし》はノートに書《か》かれている3つの謎《なぞ》を見《み》つめた。

謎《なぞ》4、いつも決《き》まって餃子《ぎょうざ》5パックを窃盗《せっとう》するのはなぜか、謎《なぞ》5、空《あ》き家《や》のうめき声《ごえ》と灰色《はいいろ》のコートを着《き》た人物《じんぶつ》の正体《しょうたい》、謎《なぞ》6、餃子窃盗仲間《ぎょうざせっとうなかま》の名前《なまえ》。

「正体《しょうたい》つかむって言《い》っても、」

上杉君《うえすぎくん》が溜《た》め息《いき》をついた。

「なんもわからないんじゃ、つかみようがねーじゃんよ。」

若武《わかたけ》がテーブルに両手《りょうて》をつき、身《み》を乗《の》り出《だ》す。

「よし、明日《あした》から24時間態勢《じかんたいせい》であの家《いえ》を見張《みは》るぞ。そうすれば、そのうち姿《すがた》を現《あらわ》すに違《ちが》いない。」

上杉君《うえすぎくん》は、ゲンナリするというような顔《かお》になった。

「ハリツキかよ。能《のう》ナシが立《た》てる戦略《せんりゃく》だぜ。」

若武《わかたけ》が突《つ》っ立《た》つ。

「能《のう》ナシとはなんだっ！」

「じゃ、無能《むのう》でどうだ。」

「きっさま、ケンカ売《う》ってんのか。買《か》ってやるぞ。」

「よし表《おもて》に出《で》ろ。」

嚙《か》みつかんばかりににらみ合《あ》った2人《ふたり》が、その体勢《たいせい》のままテーブルを離《はな》れていこうとした時《とき》、出入《でい》り口《ぐち》から黒木君《くろきくん》が姿《すがた》を見《み》せた。

視線《しせん》の先《さき》で若武《わかたけ》と上杉君《うえすぎくん》をとらえ、珍《めずら》しくその目《め》にトゲのある光《ひかり》を瞬《また》かせる。

「何《なに》やってんだ、2人《ふたり》とも座《すわ》れよ。」

一喝《いっかつ》されて、2人《ふたり》はしかたなさそうに席《せき》に戻《もど》った。

「黒木《くろき》、何《なに》かわかったの？」

小塚君《こづかくん》が聞《き》くと、黒木君《くろきくん》は椅子《いす》に腰《こし》を下《お》ろし、脚《あし》を組《く》みながら不敵《ふてき》な感《かん》じのする笑《え》みを浮《う》かべた。

「佐藤健一《さとうけんいち》の身辺《しんぺん》を洗《あら》って、情報《じょうほう》を2件《けん》、入手《にゅうしゅ》した。」

おお、さすが人間関係《にんげんかんけい》のエキスパート！

「1つは、自殺《じさつ》したという佐藤健一《さとうけんいち》の伯父《おじ》、晃《あきら》についてだ。」

私《わたし》は一瞬《いっしゅん》、書《か》く場所《ばしょ》に迷《まよ》った。

ノートは会議《かいぎ》の記録《きろく》と、謎《なぞ》を箇条書《かじょうが》きにした部分《ぶぶん》、そして主要人物《しゅようじんぶつ》の名前《なまえ》の表等《ひょうなど》にわかれている。

佐藤健一《さとうけんいち》の伯父《おじ》については、主要人物《しゅようじんぶつ》とは思《おも》えなかったので、これまで項目《こうもく》を作《つく》ってなかったんだ。

しかたがない、会議《かいぎ》の記録《きろく》として書《か》き留《と》めておいて、もし分量《ぶんりょう》が多《おお》くなるようだったら、その時《とき》に改《あらた》めて項目《こうもく》を立《た》てよう。

「有名大学《ゆうめいだいがく》を出《で》て商社《しょうしゃ》に勤《つと》め、海外出張《かいがいしゅっちょう》の多《おお》いエリートだった。」

皆《みんな》の顔《かお》が、急《きゅう》に深刻《しんこく》になる。

私《わたし》たちは受験戦争《じゅけんせんそう》の真《ま》っただ中《なか》にいるから、有名大学《ゆうめいだいがく》には全員《ぜんいん》が関心《かんしん》を持《も》っているんだ。

そこに受《う》かるのも卒業《そつぎょう》するのも、その後《ご》、商社《しょうしゃ》という大企業《だいきぎょう》に就職《しゅうしょく》するのもすごく大変《たいへん》だって事《こと》がよくわかっているし、そんな難関《なんかん》を突破《とっぱ》したら、きっと幸《しあわ》せな一生《いっしょう》が送《おく》れるはずだとも思《おも》っている。

それなのに、そのコースを進《すす》んだエリートが自殺《じさつ》するなんて、とてもショックな事《こと》だった。

「結婚《けっこん》はしていなかったが友人《ゆうじん》が多《おお》く、あの家《いえ》にはよく人《ひと》が集《あつ》まっていたようだ。なぜ自殺《じさつ》したのかは不明《ふめい》。遺書《いしょ》もなかったらしい。死後《しご》かなり時間《じかん》が経《た》ってからの発見《はっけん》で、死因《しいん》も特定《とくてい》できなかったみたいだ。」

上杉君《うえすぎくん》が、その目《め》に鋭《するど》い光《ひかり》を瞬《またた》かせる。

「弟《おとうと》に当《あ》たる佐藤健一《さとうけんいち》の父親《ちちおや》との仲《なか》は？」

黒木君《くろきくん》は自分《じぶん》のスマートフォンに視線《しせん》を走《はし》らせた。

「付《つ》き合《あ》いがなかったみたいだから、仲良《なかよ》かったとは言《い》えないかも知《し》れないね。価値観《かちかん》の相違《そうい》があったのかも。」

う〜ん、あるよね、そういう事《こと》。

友《とも》だちっていうのは自分《じぶん》で選《えら》ぶんだから気《き》の合《あ》う人《ひと》に決《き》まっているけれど、兄弟《きょうだい》とか親戚《しんせき》って選《えら》べない関係《かんけい》だからなぁ。

うまくいかない事《こと》もあるよね。

「今《いま》、あの家《いえ》の2階《かい》にいるのは、その晃《あきら》の友人《ゆうじん》とか？」

忍《しのぶ》の質問《しつもん》に、若武《わかたけ》が首《くび》を横《よこ》に振《ふ》った。

「ねーだろ。家《いえ》の主《ぬし》が不幸《ふこう》な死《し》に方《かた》したってのに、友人《ゆうじん》が居座《いすわ》ってるなんて考《かんが》えられんじゃん。普通《ふつう》、出《で》てくよ。」

そりゃそうだよね。

「じゃ、いるのは誰《だれ》なんだ？」

さぁ・・・。

「そんな事《こと》、聞《き》くなよ。」

若武《わかたけ》がいらだったように言《い》った。

「それがはっきりしないから、謎《なぞ》5が立《た》ってんだろ。黒木《くろき》、次《つぎ》行《い》け。情報《じょうほう》の2番目《ばんめ》は、なんだ？」

ようやく話《はなし》が進《すす》みそうになったので、私《わたし》はしっかとシャープペンを構《かま》え、筆記《ひっき》の準備《じゅんび》をした。

「美門《みかど》が画像《がぞう》を送《おく》ってきた男《おとこ》たちの身元《みもと》を洗《あら》おうと思《おも》って、いろんなところに転送《てんそう》してみた。そしたら奇妙《きみょう》な情報《じょうほう》が入《はい》ってきたんだ。」

奇妙《きみょう》な情報《じょうほう》？

「知《し》り合《あ》いの看護師《かんごし》からだ。その4人《にん》をよく見《み》かけるらしい。」

上杉君《うえすぎくん》が、翼《たすく》と目配《めくば》せをかわす。

「その看護師《かんごし》、きっと彼女《かのじょ》だぜ。」

「何人《なんにん》いるんでしょ。」

若武《わかたけ》が2人《ふたり》をにらんだ。

「そこ、私語《しご》は慎《つつし》め。」

そうだよ、そんな事《こと》、今《いま》は関係《かんけい》ないじゃないの。

「黒木《くろき》、ヒガんでるこいつらは無視《むし》しとけ。」

上杉君《うえすぎくん》と翼《たすく》は、またもや顔《かお》を見合《みあ》わせた。

「ヒガんでる、だとよ。」

「一番《いちばん》ヒガんでるヤツから言《い》われたくないな。」

若武《わかたけ》は、バンとテーブルを叩《たた》いて立《た》ち上《あ》がった。

「きさまらっ、さっきからなんなんだ。俺《おれ》に文句《もんく》でもあるのか!?」

あーあ、また始《はじ》まった。

私《わたし》は頭《あたま》を抱《かか》え込《こ》みたい気分《きぶん》だったけれど、黒木君《くろきくん》は気《き》にかける様子《ようす》もなく、ムキになってにらみ合《あ》う3人《にん》を尻目《しりめ》に、平然《へいぜん》と話《はな》を続《つづ》けた。

「その看護師《かんごし》は、新玉医療《しんたまいりょう》センターの外科《げか》に勤務《きんむ》してる。その4人《にん》の男《おとこ》は、そこによくやってくる常連《じょうれん》らしい。」

へぇ。

「大抵《たいてい》は腕《うで》や脚《あし》のケガ、もしくは首《くび》のムチ打《う》ち。そして治《なお》ったと思《おも》ったらすぐまたケガをしてやってくる。」

そりゃ確《たし》かに普通《ふつう》じゃないね。

「前《まえ》のケガが治《なお》り切《き》らない内《うち》に次《つぎ》のケガをする事《こと》もあって、あまりにも頻度《ひんど》が高《たか》いんで、看護師《かんごし》の間《あいだ》で噂《うわさ》になってるって話《はなし》だ。」

ケンカ中《ちゅう》だった若武《わかたけ》と上杉君《うえすぎくん》も、その奇妙《きみょう》さに興味《きょうみ》を惹《ひ》かれたらしく、ブスッとした表情《ひょうじょう》を消《け》し、聞《き》き入《い》り始《はじ》めた。

「怪我《けが》はその都度《つど》違《ちが》っているものの、毎回軽傷《まいかいけいしょう》だ。どうも交通事故《こうつうじこ》らしい。」

そんな頻繁《ひんぱん》に事故《じこ》にあうなんて、よっぽど運《うん》が悪《わる》いんだなぁ。

でもいつも4人《にん》セットで事故《じこ》にあうって、変《へん》じゃない？

「それ、奇妙《きみょう》というより怪《あや》しいって言《い》った方《ほう》がよくない？」

小塚君《こづかくん》の言葉《ことば》に私《わたし》が頷《うなず》いていると、若武《わかたけ》が強《つよ》い口調《くちょう》で言《い》った。

「これは謎《なぞ》8だ。餃子窃盗犯《ぎょうざせっとうはん》はなぜ頻繁《ひんぱん》にケガをするのか。謎《なぞ》7は、6人目《にんめ》の人物《じんぶつ》は果《は》たして誰《だれ》なのか、にする。」

私《わたし》は、あわててノートに謎《なぞ》7、謎《なぞ》8を記録《きろく》した。

う〜む、どんどん増《ふ》えるなぁ。

調査《ちょうさ》が進《すす》んでいくと、謎《なぞ》って自然増殖《しぜんぞうしょく》するんだよね、いつも。

「黒木《くろき》、その看護師《かんごし》に4人《にん》の名前《なまえ》と住所《じゅうしょ》を調《しら》べさせろよ。カルテ見《み》りゃ、一発《いっぱつ》じゃん。」

上杉君《うえすぎくん》の言葉《ことば》に、小塚君《こづかくん》が目《め》を丸《まる》くする。

「それ、犯罪《はんざい》だろ。」

若武《わかたけ》が、自分《じぶん》の出番《でばん》だと言《い》いたげな顔《かお》で口《くち》を開《ひら》いた。

「保健師助産師看護師法第《ほけんしじょさんしかんごしほうだい》42条《じょう》、業務上知《ぎょうむじょうし》り得《え》た秘密《ひみつ》を漏《も》らした者《もの》は、6か月以下《げついか》の懲役《ちょうえき》または

10万円以下《まんえんいか》の罰金《ばっきん》。それを命令《めいれい》した人間《にんげん》は、刑法第《けいほうだい》61条《じょう》、教唆《きょうさ》の罪《つみ》だ。」

私《わたし》たちって、いつも犯罪者《はんざいしゃ》スレスレだよね。

「KZ《カッズ》は正義《せいぎ》のチームだ。違法行為《いほうこうい》には手《て》を出《だ》さん。」

私《わたし》たちは、いっせいに顔《かお》を見合《みあ》わせた。

「始終《しじゅう》、出《だ》してるくせに。」

「どの口《くち》で言《い》ってんだよ。」

その批判《ひはん》を、若武《わかたけ》は受《う》け流《なが》し、自分《じぶん》にとって都合《つごう》のいい方向《ほうこう》に話《はなし》を持《も》っていこうとした。

「だが世《よ》の中《なか》には、背《せ》に腹《はら》はかえられん、という言葉《ことば》がある。目先《めさき》に危機《きき》が迫《せま》っていたら、他《ほか》の事《こと》を犠牲《ぎせい》にするのもやむを得《え》ないという意味《いみ》だ。その看護師《かんごし》には、犠牲《ぎせい》になってもらおう。」

もらわないよっ、かわいそうじゃないの！

「そんなとこでゴリ押《お》ししなくても、」

上杉君《うえすぎくん》がバカにしたような目《め》を若武《わかたけ》に向《む》ける。

「車《くるま》のナンバー、わかってんだろ。陸運局《りくうんきょく》に手《て》を回《まわ》せば、住所氏名《じゅうしょしめい》なんかすぐわかるじゃん。」

若武《わかたけ》が、またも叫《さけ》んだ。

「それも国家公務員法第《こっかこうむいんほうだい》１００条《じょう》に抵触《ていしょく》する。」

上杉君《うえすぎくん》は、クチャクチャッと髪《かみ》を搔《か》き上《あ》げた。

「くっそ、面倒《めんどう》な事《こと》、言《い》い出《だ》しやがったな。気分《きぶん》のスイッチが正義《せいぎ》のヒーローモードに入《はい》ってんのか。」

きっとそうだよ。

「えっと・・・マズいな。」

そう言《い》ったのは、忍《しのぶ》だった。

「若武《わかたけ》がそう出《で》てくるとは思《おも》わなかったからさ、俺《おれ》、やっちゃった。」

皆《みな》が目《め》をむいて忍《しのぶ》を見《み》る。

「何《なに》をやったんだっ！」

「事《こと》を、ややっこしくすんじゃねーよっ！」

そうだよぉ。

「だって犯罪《はんざい》ギリギリの手法《しゅほう》は、いつもの事《こと》だったからさぁ・・・」

一体何《いったいなに》をやったのっ！

18 いきなりの一発《いっぱつ》

「あの2台《だい》の車《くるま》に、GPS《ジーピーエス》と盗聴器《とうちょうき》、貼《は》り付《つ》けたんだ。ちょうど持《も》ってたから。」

その瞬間《しゅんかん》、苛立《いらだ》っていた皆《みな》の気分《きぶん》は一転《いってん》、とどろくような歓喜《かんき》の叫《さけ》びが上《あ》がった。

「おお、よくやったっ!!」

「これで4人《にん》が頻繁《ひんぱん》にケガをする理由《りゆう》がわかるぞ。」

「餃子窃盗仲間《ぎょうざせっとうなかま》の名前《なまえ》も突《つ》き止《と》められそうだね。」

皆《みな》と同様《どうよう》、若武《わかたけ》も喜々《きき》としていたけれど、それまでの態度《たいど》が態度《たいど》だっただけに、自分《じぶん》の喜《よろこ》びを押《お》し殺《ころ》そうとしてものすごく妙《みょう》な顔《かお》になりながら言《い》った。

「もうやっちまったのなら、どうしようもない。利用《りよう》させてもらおう。」

ふん、こじつけたな。

それにしても何《なん》だっけ、GPS《ジーピーエス》って。

えっと、どっかの事件《じけん》の時《とき》、出《で》てきてたかも。

そう考《かんが》えて私《わたし》が事件《じけん》ノートを引《ひ》っくり返《かえ》していると、黒木君《くろきくん》がさりげなく教《おし》えてくれた。

「GPS《ジーピーエス》っていうのは、グローバル・ポジショニング・システムの略《りゃく》で、人工衛星《じんこうえいせい》を利用《りよう》して現《げん》在地《ざいち》を知《し》る装置《そうち》だよ。車《くるま》に付《つ》ければ、それがどこにいるかがわかるんだ。」

すごいっ！

「俺《おれ》のスマホで情報《じょうほう》が取《と》れる。うちのコンピュータに転送《てんそう》する事《こと》も可能《かのう》だけど、どうする？」

忍《しのぶ》に聞《き》かれ、若武《わかたけ》はちょっと考《かんが》えてから答《こた》えた。

「2台《だい》の車《くるま》の移動《いどう》を全部《ぜんぶ》、記録《きろく》しておけ。妙《みょう》な動《うご》きがあったら即《そく》、俺《おれ》に連絡《れんらく》するんだ、いいな。では諸君《しょくん》、」

そう言《い》いながらぐるっと私《わたし》たちを見回《みまわ》す。

「あの家《いえ》の張《は》り込《こ》みは、いったん中止《ちゅうし》し、七鬼《ななき》のコンピュータに送《おく》られてくる車《くるま》の移動記録《いどうきろく》から事件《じけん》の手《て》がかりをつかむ。次《つぎ》の会議《かいぎ》は、判断《はんだん》に充分《じゅうぶん》なだけの記録《きろく》が溜《た》まってからだ。それまで各《かく》自《じ》、5つの謎《なぞ》についてよく考《かんが》えて自分《じぶん》なりの答《こた》えを出《だ》しておくように。今日《きょう》はこれまで、解《かい》散《さん》っ！」

＊

自分《じぶん》なりの答《こた》えって言《い》われても、う〜ん、出《で》そうもない。

私《わたし》は、若武《わかたけ》と違《ちが》って、パッとひらめく方《ほう》じゃないからなぁ。

皆《みな》で話《はな》し合《あ》っているうちに思《おも》いつく事《こと》が多《おお》いんだもの。

忍《しのぶ》のコンピュータに情報《じょうほう》が溜《た》まっていくんだったら、それを分析《ぶんせき》した方《ほう》が、私《わたし》が考《かんが》えてるより
ずっと効率的《こうりつてき》で正確《せいかく》なはず。

それを待《ま》とうっと。

それまでの間《あいだ》、事件《じけん》ノートを整理《せいり》したり、部活《ぶかつ》に励《はげ》んだりしよう。

そう考《かんが》えて私《わたし》はその夜《よる》、ノートの整理《せいり》をし、翌日《よくじつ》は部室《ぶしつ》に向《む》かった。

この間《あいだ》、部長《ぶちょう》が保留《ほりゅう》にした入部試験《にゅうぶしけん》の話《はなし》、あれがその後《ご》どうなっているのかを聞《き》かなくちゃ。

マリン、入部《にゅうぶ》できるかなぁ。

「1年A組《ねんエーぐみ》、立花彩《たちばなあや》です。」

ノックをしながらそう言《い》ってドアを開《あ》けると、部長《ぶちょう》がテーブルで本《ほん》を読《よ》んでいた。

奥《おく》の方《ほう》には新海君《しんかいくん》がいて、やっぱり本《ほん》を読《よ》んでいる。

いかにも文芸部《ぶんげいぶ》らしい静《しず》かな光景《こうけい》だった。

「入部試験《にゅうぶしけん》で保留《ほりゅう》になっていた件《けん》、どうなりましたか？」

私《わたし》が聞《き》くと、部長《ぶちょう》は困《こま》ったように眉根《まゆね》を寄《よ》せた。

「あれから何度《なんど》か話《はな》し合《あ》ったんだけど、どうしても副部長《ふくぶちょう》がオーケイしないんだ。この状態《じょうたい》で僕《ぼく》だけの判断《はんだん》で入部《にゅうぶ》を許可《きょか》しても、本人《ほんにん》がいづらい空気《くうき》になるんじゃないかと思《おも》ってさ、入部《にゅうぶ》はあきらめてもらう事《こと》にした。」

そっか・・・残念《ざんねん》だなぁ。

「その女子《じょし》って、」

新海君《しんかいくん》がこちらを見《み》る。

「立花《たちばな》のクラスなんだっけ？」

私《わたし》が頷《うなず》くと、新海君《しんかいくん》は立《た》ち上《あ》がり、本棚《ほんだな》の前《まえ》まで行《い》って、いく冊《さつ》かを手《て》に取《と》った。

「これ、読《よ》むように言《い》って。」

ドサッと私《わたし》の目《め》の前《まえ》に置《お》かれた本《ほん》の一番上《いちばんうえ》のタイトルは、「精神次元《せいしんじげん》」だった。

えっと精神次元《せいしんじげん》というのは、確《たし》か精神医《せいしんい》フランクルの唱《とな》えた理論《りろん》だった気《き》がする。

読《よ》んだ事《こと》はないけれど、カミュの不条理《ふじょうり》の理論《りろん》や、サルトルの実存主義《じつぞんしゅぎ》くらい有名《ゆうめい》だから、聞《き》いた事《こと》はあった。

目《め》の前《まえ》に積《つ》み重《かさ》なっている本《ほん》の背《せ》に目《め》を走《はし》らせると、どれも心理学系《しんりがくけい》の本《ほん》で、中《なか》には哲学《てつがく》の本《ほん》も交《ま》じっている。

「こういうの読《よ》んでると、気持《きも》ちが楽《らく》になるよ、って伝《つた》えておいてよ。」

マリンが入部《にゅうぶ》できなくなったから、1人《ひとり》で学習《がくしゅう》できるように選《えら》んでくれたみたいだった。

新海君《しんかいくん》って気配《きくば》りの人《ひと》なんだね、優《やさ》しいんだ。

マリン、相当喜《そうとうよろこ》ぶだろうな。

実際《じっさい》に読《よ》むかどうかはわからないけれど、新海君《しんかいくん》が勧《すす》めてくれたってだけで、もう天《てん》にも昇《のぼ》る気持《きも》ちになるはず。

入部《にゅうぶ》を許可《きょか》されるよりうれしいかも。

「片山《かたやま》です、入《はい》ります。」

ドアの向《む》こうで声《こえ》がし、それが開《ひら》いて悠飛《ゆうひ》が顔《かお》を出《だ》した。

「お、いたな、新海《しんかい》、ちょっと来《こ》い。」

席《せき》に戻《もど》っていた新海君《しんかいくん》は、本《ほん》に視線《しせん》を落《お》としたまま無愛想《ぶあいそう》に答《こた》える。

「今《いま》、部活中《ぶかつちゅう》。」

悠飛《ゆうひ》は舌打《したう》ちし、つかつかと入《はい》り込《こ》んできた。

「頼《たの》みがあってさ、」

そう言《い》いながら椅子《いす》に手《て》をかけて引《ひ》き寄《よ》せ、クルッと回《まわ》して反対向《はんたいむ》きに座《すわ》ると、組《く》んだ腕《うで》を背《せ》もたれに載《の》せた。

そこに体重《たいじゅう》をかけながら新海君《しんかいくん》を見《み》つめる。

「おまえ、バッピ、やってくんない？」

新海君《しんかいくん》は一瞬《いっしゅん》、身《み》じろぎし、悠飛《ゆうひ》に目《め》を向《む》けた。

「なんで、俺《おれ》がバッピ？」

はて、バッピってなんだろう。

そう思《おも》いつつ、私《わたし》は成《な》り行《ゆ》きを見守《みまも》っていた。

「ずっと投《な》げずにいると、筋肉《きんにく》が落《お》ちて投《な》げられなくなるからさ、もったいねーじゃん。バッピだったら、プレッシャー受《う》けずにすむし、退部《たいぶ》からの復帰《ふっき》でも入《はい》りやすいだろ。マウンドに立《た》つだけでも気分変《きぶんか》わるぜ。どう？」

新海君《しんかいくん》は、心《こころ》を動《うご》かされたようだった。

しばし黙《だま》っていたけれど、やがてふっと微笑《ほほえ》む。

「悪《わる》くないかもな。」

悠飛《ゆうひ》は、飛《と》び上《あ》がるように椅子《いす》から立《た》った。

「よし！」

輝《かがや》くような笑《え》みを浮《う》かべ、私《わたし》を振《ふ》り向《む》く。

「バッピってなんだろ、って思《おも》ってるだろ。」

当《あ》たりっ！

「バッティングピッチャーの略《りゃく》だ。打撃投手《だげきとうしゅ》ともいうけど、部員《ぶいん》が打撃《だげき》の練習《れんしゅう》をする時《とき》、球《たま》を投《な》げる投手《とうしゅ》だ。試合《しあい》には出《で》ない。」

へぇそんな役目《やくめ》って、あるんだね。

「目的《もくてき》は打撃練習《だげきれんしゅう》だから、バッターの長所《ちょうしょ》を伸《の》ばしたり、逆《ぎゃく》に弱点《じゃくてん》を克服《こくふく》させたりするのに、必《ひっ》要《よう》な所《ところ》にボールを投《な》げる。その技術《ぎじゅつ》がないと務《つと》まらないんだ。」

なるほど。

「けど試合《しあい》には出《で》なくてすむから、その点《てん》ではプレッシャーないし、」

悠飛《ゆうひ》がそこまで言《い》った時《とき》だった。

「おい片山《かたやま》、」

新海君《しんかいくん》に名前《なまえ》を呼《よ》ばれ、振《ふ》り返《かえ》る。

瞬間《しゅんかん》、新海君《しんかいくん》がいきなり悠飛《ゆうひ》を殴《なぐ》り倒《たお》したんだ。

わっ！

悠飛《ゆうひ》は後《うし》ろによろめき、壁《かべ》に体《からだ》をぶつけて、そのままズルッとしゃがみ込《こ》んだ。

私《わたし》はアゼン、部長《ぶちょう》もボーゼン、悠飛自身《ゆうひじしん》も何《なに》が起《お》こったのかわからないみたいだった。

新海君《しんかいくん》は読《よ》んでいた本《ほん》を棚《たな》に戻《もど》すと、部室《ぶしつ》の出入《でい》り口《ぐち》に向《む》かって歩《ある》いていく。

一瞬《いっしゅん》だけこちらを振《ふ》り返《かえ》り、

「俺《おれ》の事《こと》は、放《ほ》っとけよ。」

そう言《い》い放《はな》って出《で》ていった。

悠飛《ゆうひ》は頭《あたま》を振《ふ》りながら立《た》ち上《あ》がる。

「なんなんだ・・・」

部長《ぶちょう》も首《くび》を傾《かし》げた。

「さぁ・・・」

それまでいい雰囲気《ふんいき》で話《はなし》が進《すす》んでいただけに、いきなり起《お》こったその暴力《ぼうりょく》の理由《りゆう》が、誰《だれ》にもわからなかった。

でも私《わたし》は見《み》てしまったんだ、部室《ぶしつ》を出《で》ていこうとしていた新海君《しんかいくん》の目《め》が、恐《おそ》ろしいほど冷《つめ》たかったのを。

暗《くら》くて広《ひろ》い海《うみ》の中《なか》に1人《ひとり》で浮《う》かんでいるみたいに孤独《こどく》で、しかも怒《いか》りに満《み》ちていた。

＊

急《きゅう》に、一体《いったい》どうしたっていうんだろう。

ものすごく気《き》にしつつ、私《わたし》は、新海君《しんかいくん》が選《えら》んだ本《ほん》を持《も》って自分《じぶん》の教室《きょうしつ》に向《む》かった。

マリンとは、あれ以降《いこう》、口《くち》をきいていない。

だから話《はな》しかけるのには、勇気《ゆうき》がいった。

でも新海君《しんかいくん》からの伝言《でんごん》を伝《つた》えなくちゃならなかったし、せっかく選《えら》んでくれた本《ほん》をマリンに渡《わた》さない訳《わけ》にはいかなかったので、教室《きょうしつ》に入《はい》ると、意《い》を決《けっ》してマリンの机《つくえ》の前《まえ》まで行《い》ったんだ。

マリンは、ジロッと私《わたし》をにらんだ。

「なんだよ。」

私《わたし》は、ドキドキしてしまった。

でも、これはやらなきゃならない事《こと》なんだ！

そう考《かんが》えて自分《じぶん》を励《はげ》まし、机《つくえ》に本《ほん》を置《お》いた。

「これ、文芸部《ぶんげいぶ》の本《ほん》。新海君《しんかいくん》がマリンのために選《えら》んでくれたんだ。こういうのを読《よ》んでると気持《きも》ちが楽《らく》になるって伝《つた》えてくれって言《い》ってた。」

マリンは信《しん》じられないというように目《め》を見開《みひら》く。

「イケメン深海魚《しんかいぎょ》が、私《わたし》にこれを？」

そう言《い》ったかと思《おも》うと、両手《りょうて》を握《にぎ》りしめてうめいた。

「うぉぉぉ〜、やった！　あいつ、いつの間《ま》にか私《わたし》を意識《いしき》してたんだな！」

えっと・・・それは違《ちが》うと思《おも》う。

優《やさ》しさからの行動《こうどう》なんだよ。

でも、そんな優《やさ》しい新海君《しんかいくん》が、なぜ悠飛《ゆうひ》にあんな事《こと》をしたのか、私《わたし》には皆目《かいもく》わからなかった。

「文芸部《ぶんげいぶ》から入部断《にゅうぶことわ》られてヘコんでたんだけど、こうなったら文芸部《ぶんげいぶ》なんかどーでもいい。深海《しんかい》魚《ぎょ》が引《ひ》っかかってくれたんなら、それがベスト、それ以上《いじょう》の望《のぞ》みはない。よし、会《あ》いに行《い》くぞっ！」

すっくと立《た》ち上《あ》がったマリンを、私《わたし》はあわてて止《と》めた。

「これを読《よ》むように言《い》われてるんだから、とにかく読《よ》まなくちゃダメだよ。で、その感想《かんそう》も含《ふく》めてお礼《れい》に行《い》くのが、常識的《じょうしきてき》なやり方《かた》だと思《おも》う。」

マリンは勢《いきお》いを削《そ》がれたらしく、恨《うら》めしそうな目《め》で本《ほん》の背表紙《せびょうし》を眺《なが》める。

「どれも難《むずか》しそうじゃん。たぶん読《よ》んでると眠《ねむ》くなって寝《ね》る。永久《えいきゅう》に読了《どくりょう》できんぞ。」

私《わたし》はちょっと考《かんが》えてから答《こた》えた。

「だったら、読《よ》む努力《どりょく》をして、どこまで読《よ》めたか記録《きろく》しておいてから新海君《しんかいくん》にその事情《じじょう》を話《はな》して、色々《いろいろ》と教《おし》えてもらうのがいいんじゃないかな。」

マリンは、再《ふたた》び元気《げんき》を取《と》り戻《もど》し、何度《なんど》も頷《うなず》く。

「おお、その会話《かいわ》で距離《きょり》が縮《ちぢ》まるな。よし、わかった。そうしよう。」

私《わたし》は自分《じぶん》の役目《やくめ》を果《は》たせた事《こと》にほっとし、席《せき》に戻《もど》ろうとした。

「あ、立花《たちばな》、」

呼《よ》びかけられて振《ふ》り向《む》く。

マリンが決《き》まりの悪《わる》そうな笑《え》みを浮《う》かべながら、モジモジと言《い》った。

「あの・・・本《ほん》と伝言《でんごん》、あんがと。この間《あいだ》は、ごめんな。」

私《わたし》は、胸《むね》のつかえが一気《いっき》に取《と》れたような気分《きぶん》になった。

「絶交《ぜっこう》って言《い》ったけど、あれ、やめる。いいかな？　よかったら今日《きょう》の昼《ひる》、一緒《いっしょ》に弁当《べんとう》食《た》べよう。」

私《わたし》は、とてもうれしくなって、ニッコリ。

「もちろんオーケイだよ。」

ああ思《おも》い切《き》って話《はな》しかけてみて、よかった！

仲直《なかなお》りできたのは、新海君《しんかいくん》のおかげだ。

そう考《かんが》えながら、あの眼差《まなざし》を思《おも》い出《だ》した。

見《み》ているこちらの心《こころ》まで冷《ひ》え冷《び》えとしてくるような、冷《つめ》たい怒《いか》りにあふれた目《め》。

あんな新海君《しんかいくん》を見《み》た事《こと》は、これまで一度《いちど》もなかった。

悠飛《ゆうひ》をいきなり殴《なぐ》ったのも、いまだに信《しん》じられない。

誰《だれ》よりも親身《しんみ》になって心配《しんぱい》してくれている悠飛《ゆうひ》に、どうしてあんな事《こと》ができたんだろう。

新海君《しんかいくん》は、一体何《いったいなに》を考《かんが》えているの⁉

19　スズメ百《ひゃく》まで

マリンは、上機嫌《じょうきげん》でお弁当《べんとう》を食《た》べた。

「深海魚《しんかいぎょ》に本返《ほんかえ》したり、話《はな》したりしてたら、すっげぇ親《した》しくなれるよな。付《つ》き合《あ》えるかも。おお希望《きぼう》が出《で》てきたぞ、るんっ！」

食《た》べている間中《あいだじゅう》、心《こころ》の底《そこ》から湧《わ》き上《あ》がってくるような笑顔《えがお》だった。

「おっと、今日《きょう》は部活《ぶかつ》だったんだ。あんまりうれしくて忘《わす》れるとこだったよ。」

食《た》べ終《お》わると、私《わたし》に手《て》を振《ふ》って部室《ぶしつ》に向《む》かう。

それで私《わたし》も、文芸部《ぶんげいぶ》に行《い》く事《こと》にしたんだ。

「1年A組《ねんエーぐみ》の立花《たちばな》です。入《はい》ります。」

ドアを開《あ》けると、中《なか》にいたのは新海君《しんかいくん》1人《ひとり》だけだった。

静《しず》かに本《ほん》を読《よ》んでいる。

邪魔《じゃま》しないようにそっと入《はい》っていくと、ふっとこちらを見《み》て、読《よ》んでいた本《ほん》の表紙《ひょうし》をパタンと閉《と》じた。

「これ、読《よ》んだことある？」

表紙《ひょうし》に書《か》かれていたタイトルは、「若《わか》きウェルテルの悩《なや》み」だった。

なんか意外《いがい》な気《き》がした。

「えっと、読《よ》んだことはある。でも、恋愛系《れんあいけい》の本《ほん》って、あまり好《す》きじゃないんだ。」

そう言《い》いながら、これを読《よ》んでる新海君《しんかいくん》は、もしかして恋愛《れんあい》に興味《きょうみ》があるのかも知《し》れないと思《おも》った。

喜《よろこ》んでいたマリンの顔《かお》を頭《あたま》の隅《すみ》に浮《う》かべながら聞《き》いてみる。

「恋愛《れんあい》ものが好《す》きだったら、もしかして女子《じょし》と付《つ》き合《あ》う気《き》も、あったりする？」

新海君《しんかいくん》はクスッと笑《わら》った。

「おまえとなら、いいよ。」

こちらに向《む》けられているその目《め》に、甘《あま》い光《ひかり》が瞬《またた》き、私《わたし》は思《おも》わずドキッ！

ううっ、ハートを持《も》っていかれそう・・・。

心《こころ》が揺《ゆ》れる、グラグラ揺《ゆ》れて、正《まさ》に強震《きょうしん》っ！

けど頑張《がんば》れ、私《わたし》、踏《ふ》ん張《ば》るんだっ！

「私《わたし》じゃなくって、別《べつ》の女子《じょし》だけど。」

そう言《い》って様子《ようす》を見《み》ていると、新海君《しんかいくん》は、あっさり視線《しせん》を本《ほん》に戻《もど》す。

「じゃ、本読《ほんよ》んでる方《ほう》がいい。」

う〜ん、マリンの希望《きぼう》は叶《かな》わないかもなぁ、気《き》の毒《どく》に。

＊

小塚君《こづかくん》から電話《でんわ》があったのは、それから数日経《すうじつた》った朝《あさ》の事《こと》。

「若武《わかたけ》から、今日《きょう》、会議《かいぎ》を招集《しょうしゅう》するって連絡《れんらく》が入《はい》ったよ。」

お、待《ま》ってました！

「七鬼《なきな》が、集《あつ》まった情報《じょうほう》を開示《かいじ》するって言《い》ってきたみたい。でも美門《みかど》がやられてるんだ。」

えっ⁉

「七鬼《ななき》からの情報《じょうほう》を待《ま》つ間《あいだ》に、また窃盗《せっとう》が起《お》こるといけないからって、若武《わかたけ》が無人販売所《むじんはんばいじょ》を見張《みは》らせてたんだ。」

私《わたし》・・・聞《き》いてないけど。

「若武本人《わかたけほんにん》と上杉《うえすぎ》、美門《みかど》、黒木《くろき》が2人《ふたり》ずつ組《く》んで見張《みは》りに立《た》ってた。アーヤと僕《ぼく》は、何《なん》の役《やく》にも立《た》たないからってハズされたみたい。」

それって・・・なんかくやしい。

「そしたら昨日《きのう》、やっぱり窃盗犯《せっとうはん》が現《あらわ》れて、バトルになって美門《みかど》がやられたんだって。」

ああ翼《たすく》は、華奢《きゃしゃ》だからねぇ。

うぬ、許《ゆる》さんぞ、窃盗犯《せっとうはん》！

「ひどいケガなの？」

私《わたし》が聞《き》くと、小塚君《こづかくん》は声《こえ》を曇《くも》らせた。

「腕《うで》の骨折《こっせつ》みたい。」

うわぁ痛《いた》そう。

「けど、餃子《ぎょうざ》は守《まも》ったらしいよ。」

偉《えら》いなぁ。

「詳《くわ》しい事《こと》は、きっと会議《かいぎ》で報告《ほうこく》があるよ。授業前《じゅぎょうまえ》にカフェテリアだって。」

了解《りょうかい》っ！

＊

学校《がっこう》が終《お》わると、私《わたし》は全速力《ぜんそくりょく》で秀明《しゅうめい》に向《む》かい、カフェテリアに上《のぼ》っていった。

そのシースルードアを開《あ》けると、隅《すみ》の方《ほう》の目立《めだ》たない席《せき》に皆《みな》がそろっていた。

「アーヤ、こっちこっち。」

手《て》を上《あ》げた小塚君《こづかくん》に頷《うなず》きながら近寄《ちかよ》れば、翼《たすく》が、厚《あつ》く包帯《ほうたい》を巻《ま》いた片腕《かたうで》を肩《かた》からつっているのが見《み》えた。

ああ痛々《いたいた》しい・・・。

私《わたし》はそばに寄《よ》り、その包帯《ほうたい》の上《うえ》に片手《かたて》を載《の》せた。

「頑張《がんば》って餃子守《ぎょうざまも》ったって聞《き》いたよ。偉《えら》かったね。」

翼《たすく》はじっと私《わたし》を見上《みあ》げ、その目《め》を潤《うる》ませる。

「も、1回《かい》、言《い》って。」

それで私《わたし》は繰《く》り返《かえ》して言《い》い、包帯《ほうたい》をなでた。

「偉《えら》い、すごく偉《えら》い。」

翼《たすく》は目《め》を伏《ふ》せ、息《いき》を詰《つ》めて聞《き》いていたけれど、やがてこちらを見上《みあ》げた。

「も、1回《かい》!」

瞬間《しゅんかん》、上杉君《うえすぎくん》が手《て》を伸《の》ばし、翼《たすく》の頭《あたま》をパカッ！

「いつまでやる気《き》だ。」

続《つづ》いて若武《わかたけ》も、ポカッ！

「いー加減《かげん》にしろ！」

癖《くせ》のない翼《たすく》の髪《かみ》がパッと空中《くうちゅう》に散《ち》り、ハラハラと顔《かお》に降《ふ》りかかった。

「ぶった！　こいつらが俺《おれ》の事《こと》、ぶった！」

ハイハイ、わかったから、甘《あま》えっ子《こ》モード、やめようね。

「つたく！　男《おとこ》のくせにイチイチ泣《な》くんじゃねーよ。」

瞬間《しゅんかん》、翼《たすく》が突《つ》っ立《た》った。

「古来《こらい》、日本《にほん》の男《おとこ》は泣《な》いてきた。『古事記《こじき》』の中《なか》じゃ、須佐之男命《すさのおのみこと》が泣《な》いている。『源氏物語《げんじものがたり》』の光源氏《ひかるげんじ》もだ。熊谷直実《くまがいなおざね》も泣《な》いてるし、かつては男泣《おとこな》きという言葉《ことば》もあった。」

翼《たすく》は歴史《れきし》のエキスパートなんだ。

「男《おとこ》の涙《なみだ》が非難《ひなん》されるようになったのは、ごく最近《さいきん》、欧米的価値観《おうべいてきかちかん》が社会《しゃかい》に広《ひろ》まってからだ。」

そうだったんだ。

「男《おとこ》のくせに泣《な》くなというヤツは、ヨーロッパやアメリカの考《かんが》え方《かた》に汚染《おせん》されてるんだ。」

若武《わかたけ》は、うんざりしたというように頭《あたま》を抱《かか》え込《こ》む。

「アーヤ、そいつのそばから離《はな》れてさっさと座《すわ》れ。でないと会議《かいぎ》が始《はじ》まらん。」

それもそうだ。

私《わたし》は、空《あ》いていた椅子《いす》を見《み》つけて腰《こし》を落《お》ち着《つ》け、持《も》っていた事件《じけん》ノートを開《ひら》いて記録《きろく》を取《と》る準《じゅん》備《び》をした。

「いいか、始《はじ》めるぞ。今日《きょう》の会議《かいぎ》は、七鬼《ななき》から情報《じょうほう》を聞《き》くためだが、その前《まえ》に美門《みかど》から昨日《きのう》の報《ほう》告《こく》を聞《き》こう。」

若武《わかたけ》に言《い》われ、まだ話《はな》し足《た》りなそうだった翼《たすく》も、ケガをした方《ほう》の腕《うで》をテーブルに載《の》せて渋々口《しぶしぶくち》を開《ひら》いた。

「俺《おれ》が無人販売所《じんはんばいじょ》を見張《みは》ってたら、佐藤健一《さとうけんいち》が入《はい》っていった。目出《めだ》し帽《ぼう》をかぶっていたけど、匂《にお》いでわかった。」

若武《わかたけ》がちょっと息《いき》をついた。

「うちのガッコじゃ全員《ぜんいん》に目出《めだ》し帽《ぼう》を配《くば》ってるからな。前《まえ》に俺《おれ》のをかぶって防犯《ぼうはん》カメラから顔《かお》を隠《かく》す事《こと》に成功《せいこう》したから、学習《がくしゅう》したんだろ。」

きっとそうだよ。

「で、冷蔵庫《れいぞうこ》に近《ちか》づき、餃子《ぎょうざ》5パックを持《も》ち出《だ》した。そのまま外《そと》に出《で》たんで、追《お》いかけて声《こえ》をかけたんだ。それ、金払《かねはら》ってないよねって。そしたらいきなり逃《に》げようとしたんで、飛《と》びかかってさ、モミ合《あ》ってるうちに腕《うで》折《お》った。」

あーあ。

「バキッて音《おと》がして、俺《おれ》がうめき声《ごえ》上《あ》げたら、佐藤《さとう》のヤツ、ビビってさ、まるで自分《じぶん》の腕《うで》が折《お》れたみたいな悲鳴《ひめい》上《あ》げて、逃《に》げてったんだ。」

もしかして気《き》が小《ちい》さくて臆病《おくびょう》なのかも。

そんな性格《せいかく》で窃盗《せっとう》って・・・なんか不釣《ふつ》り合《あ》いな気《き》がするけれど。

私《わたし》は、佐藤健一《さとうけんいち》の顔《かお》を思《おも》い浮《う》かべた。

よく言《い》えば、のんびり、おっとり、悪《わる》く言《い》えば、ボンヤリしていそうだった。

誰《だれ》かに強《つよ》く言《い》われると逆《さか》らえなさそうな感《かん》じ。

ひょっとして4人《にん》から命令《めいれい》されて断《ことわ》れなかったとか？

「2人《ふたり》で見張《みは》ってたんじゃないの？　もう1人《ひとり》は？」

小塚君《こづかくん》に聞《き》かれて、翼《たすく》は若武《わかたけ》をにらんだ。

「こいつ。肝心《かんじん》な時《とき》にトイレタイムだったんだよ。役《やく》に立《た》ちゃしない。」

私《わたし》たちはいっせいに若武《わかたけ》に白《しろ》い目《め》を向《む》けた。

若武《わかたけ》はポリポリと頬《ほお》を掻《か》く。

「生理現象《せいりげんしょう》だぜ、しょーがねーだろ。出物《でもの》腫《は》れ物所嫌《ものところきら》わず、って言《い》うじゃないか。」

えっと、出物《でもの》というのはオナラ、腫《は》れ物《もの》というのはオデキの事《こと》。

それらは時《とき》と所《ところ》を選《えら》ばない、どこに出《で》るかわからないからしかたがないって意味《いみ》だよ。

都合《つごう》のいい逃《に》げ口上《こうじょう》だけどね。

「では七鬼《ななき》、報告《ほうこく》を。」

忍《しのぶ》が立《た》ち上《あ》がり、手《て》にしていたスマートフォンをテーブルに置《お》く。

「あいつらの全貌《ぜんぼう》は、ほぼつかんだ。」

そう言《い》いながら自信《じしん》に満《み》ちた笑《え》みを浮《う》かべた。

「まず4人《にん》の名前《なまえ》は、松木《まつき》、花井《はない》、滝山《たきやま》、上地《うえち》。全員《ぜんいん》、専門学校《せんもんがっこう》の生徒《せいと》だ。」

おお、盗聴器《とうちょうき》の威力《いりょく》、すごい！

これで謎《なぞ》6は、解《と》けたぞ。

「GPS《ジーピーエス》から車《くるま》を駐《と》めてある場所《ばしょ》もわかった。マンションの駐車場《ちゅうしゃじょう》だ。4人《にん》の内《うち》の2人《ふたり》はそこに住《す》んでて隣同士《となりどうし》。残《のこ》りの2人《ふたり》は近所《きんじょ》の戸建《こだ》て住宅《じゅうたく》で、4人《にん》は幼馴染《おさななじ》み。中学時代《ちゅうがくじだい》は、そろってヤンキーだったらしい。」

私《わたし》はメモを取《と》りながら、4人《にん》の今《いま》の窃盗《せっとう》は中学時代《ちゅうがくじだい》にヤンキーをしていた事《こと》に端《たん》を発《はっ》しているのかも知《し》れないと思《おも》った。

スズメ百《ひゃく》まで踊《おど》り忘《わす》れず、って言葉《ことば》があって、幼《おさな》い頃《ころ》や青年期《せいねんき》の習性《しゅうせい》は年齢《ねんれい》を重《かさ》ねても直《なお》らないって意味《いみ》なんだけど、それに近《ちか》いのかもなぁ。

「それから黒木《くろき》の情報通《じょうほうどお》り、あの連中《れんちゅう》の2台《だい》の車《くるま》は始終《しじゅう》、事故《じこ》ってる。電柱《でんちゅう》にぶつけたり、ガードレールに突《つ》っ込《こ》んだり、2台同士《だいどうし》で事故《じこ》を起《お》こしたり。」

2台同士《だいどうし》？

「片方《かたほう》が、もう片方《かたほう》にぶつかるんだ。」

あの人《ひと》たちって、よっぽど運転《うんてん》ヘタなんだね。

「そっか。」

そう言《い》ったのは翼《たすく》だった。

「それでうまくやろうって言《い》ったり、交通事故《こうつうじこ》の注意喚起《ちゅういかんき》でウケたりしてたんだ。」

はぁ・・・。

意味《いみ》がわからず、私《わたし》はポカン。

でも皆《みな》は、すっかり納得《なっとく》した様子《ようす》だった。

「そうだったのか。」

「じゃ餃子《ぎょうざ》は、やっぱゲン担《かつ》ぎだな。」

「昨日《きのう》は、翼《たすく》に阻《はば》まれて餃子窃盗《ぎょうざせっとう》に失敗《しっぱい》したから、出動《しゅつどう》しなかったみたいだぜ。GPS《ジーピーエス》の動《うご》き、なかったもん。」

え、え、え・・・話《はなし》が見《み》えない、訳《わけ》が全《まった》くわからないっ！

私《わたし》が、ジタバタしたい気持《きも》ちでいると、上杉君《うえすぎくん》が刺《さ》すような鋭《するど》い目《め》をこちらに向《む》けた。

「詐欺《さぎ》だ。」

は？

「わざと事故《じこ》を起《お》こして、加害者《かがいしゃ》と被害者《ひがいしゃ》を装《よそお》い、自動車保険《じどうしゃほけん》の会社《かいしゃ》から保険金《ほけんきん》をだまし取《と》ってるんだ。」

え・・・あるんだ、そんな詐欺《さぎ》。

「でもそれって、かなり危《あぶ》ないんじゃないの？」

小塚君《こづかくん》が聞《き》くと、黒木君《くろきくん》は、そのあでやかな瞳《ひとみ》に笑《え》みを含《ふく》んだ。

「危《あぶ》ないよ、色《いろ》んな意味《いみ》でね。故意《こい》にやってる事《こと》が警察《けいさつ》や保険会社《ほけんがいしゃ》にバレる可能性《かのうせい》もあるし、うまくぶつけないとひどいケガをする事《こと》もある。死《し》ぬ事《こと》だってあるしさ。」

うわぁ、危険《きけん》すぎる。

「だからゲンを担《かつ》ぐんでしょ。」

翼《たすく》は、バカバカしいと言《い》わんばかりだった。

「たまたま餃子《ぎょうざ》5パックを盗《ぬす》んで、5人《にん》で食《く》ってから詐欺《さぎ》しに出《で》かけて、ほぼほぼうまくいったんだ。で、その後《ご》も、同《おな》じ事《こと》をするようになった。」

小塚君《こづかくん》が頷《うなず》く。

「盗《ぬす》んだ餃子《ぎょうざ》の名前《なまえ》は、『必勝餃子《ひっしょうぎょうざ》』だよ。いかにもゲン担《かつ》ぎっぽいよね。」

私《わたし》は、セッセセッセと記録《きろく》を取《と》った。

これで謎《なぞ》4、いつも決《き》まって餃子《ぎょうざ》5パックを窃盗《せっとう》するのはなぜか、それに謎《なぞ》8、餃子窃盗犯《ぎょうざせっとうはん》はなぜ頻繁《ひんぱん》にケガをするのかが解決《かいけつ》したのだった。

次々《つぎつぎ》と明《あき》らかになっていく事実《じじつ》をきちんと書《か》き留《と》めていくのは、とても気持《きも》ちのいい事《こと》だった。

広《ひろ》がっている青空《あおぞら》を見上《みあ》げたり、はるかに続《つづ》いている海原《うなばら》を見渡《みわた》している時《とき》みたいに、胸《むね》がスッキリする。

「アーヤ、これまでに判明《はんめい》した部分《ぶぶん》から事件《じけん》を組《く》み立《た》てて発表《はっぴょう》してくれ。」

うわっ、それは難易度高《なんいどたか》いっ！

あせりながらも私《わたし》は、なんとか対応《たいおう》しようと懸命《けんめい》にノートを引《ひ》っくり返《かえ》し、あちらこちらに目《め》を配《くば》った。

頭《あたま》の中《なか》で大筋《おおすじ》をまとめながら立《た》ち上《あ》がる。

「『餃子《ぎょうざ》5パック盗難事件《とうなんじけん》』の全貌《ぜんぼう》を整理《せいり》します。専門学校生《せんもんがっこうせい》の松木《まつき》、花井《はない》、滝山《たきやま》、上地《うえち》の4人《にん》に、中学生佐藤健一《ちゅうがくせいさとうけんいち》を加《くわ》えたグループは、自動車事故《じどうしゃじこ》を装《よそお》って保険金《ほけんきん》を詐取《さしゅ》する事《こと》を思《おも》いつき、それを実行《じっこう》。その際《さい》は成功《せいこう》を願《ねが》って、佐藤健一《さとうけんいち》が無人販売所《むじんはんばいじょ》から必勝餃子《ひっしょうぎょうざ》5パックを盗《ぬす》み、それを食《た》べて出《で》かけていました。5人《にん》は佐藤健一《さとうけんいち》の親《おや》が所有《しょゆう》している空《あ》き家《や》に集《あつ》まっています。たまたま無人販売所《むじんはんばいじょ》を訪《おとず》れたKZ《カッズ》リーダー若武《わかたけ》は、石《いし》で殴《なぐ》られて気絶《きぜつ》、記憶《きおく》を失《うしな》っており、無人販売《むじんはんばい》所《じょ》の経営者《けいえいしゃ》に続《つづ》き、この事件《じけん》の2人目《ふたりめ》の被害者《ひがいしゃ》です。」

若武《わかたけ》が自分《じぶん》の頭《あたま》をなでながら頷《うなず》く。

「また犯行《はんこう》グループは当初《とうしょ》、5人《にん》と思《おも》われていましたが、調査《ちょうさ》が進《すす》む内《うち》に6人目《にんめ》が存在《そんざい》している事《こと》が明《あき》らかになってきました。この人物《じんぶつ》の氏名《しめい》は現在《げんざい》のところわかっておらず、謎《なぞ》7となっています。また謎《なぞ》5、空《あ》き家《や》のうめき声《ごえ》と灰色《はいいろ》のコートを着《き》た人物《じんぶつ》の正体《しょうたい》、がいまだ解明《かいめい》に至《いた》っていません。空《あ》き家《や》に漂《ただよ》っていた匂《にお》いが第《だい》6の人物《じんぶつ》のものだとか、うめき声《ごえ》や灰色《はいいろ》のコートの人物《じんぶつ》がそうなのではないかという予想《よそう》も立《た》っていますが、今《いま》のところ確定《かくてい》に至《いた》るだけの証拠《しょうこ》がそろっていない状態《じょうたい》です。」

上杉君《うえすぎくん》が組《く》んだ腕《うで》の片方《かたほう》を立《た》て、曲《ま》げた人指《ひとさ》し指《ゆび》と親指《おやゆび》で自分《じぶん》の顎《あご》をつまんだ。

「謎《なぞ》、もう1つあるぜ。」

え?

「専門学校生《せんもんがっこうせい》4人《にん》と佐藤健一《さとうけんいち》の接点《せってん》が見《み》えてない。一体《いったい》どこで知《し》り合《あ》ったのか。」

そう言《い》いながら吊《つ》り上《あ》がった2つの目《め》に、透明《とうめい》な光《ひかり》をきらめかせた。

うっ、きれい!

「それをつないだのが6人目《にんめ》の人物《じんぶつ》って可能性《かのうせい》、あるだろ。」

見惚《みほ》れていた私《わたし》は、ハッと上杉君《うえすぎくん》の発言《はつげん》の重要性《じゅうようせい》に気《き》づき、あわててノートに視線《しせん》を戻《もど》した。

「では謎《なぞ》9として、4人《にん》と佐藤《さとう》の接点《せってん》、彼《かれ》らはどこで知《し》り合《あ》ったのか、を追加《ついか》します。以上《いじょう》。」

発表《はっぴょう》を終《お》えた私《わたし》が座《すわ》ると、若武《わかたけ》がテキパキと言《い》った。

「未解決《みかいけつ》の3つの謎《なぞ》の調査《ちょうさ》に着手《ちゃくしゅ》する。と言《い》っても謎《なぞ》7、6人目《にんめ》の人物《じんぶつ》については、手《て》がかりゼロで調査《ちょうさ》しようがないから保留《ほりゅう》だ。残《のこ》りの2つの分担《ぶんたん》を決《き》める。謎《なぞ》5の空《あ》き家《や》のうめき声《ごえ》と灰色《はいいろ》のコートを着《き》た人物《じんぶつ》の正体《しょうたい》、について解明《かいめい》するには、あの家《いえ》の2階《かい》に忍《しの》び込《こ》むヤツと、家自体《いえじたい》を見張《みは》るヤツが必要《ひつよう》だ。1人《ひとり》で行動《こうどう》してると、窮地《きゅうち》に陥《おちい》った時《とき》に動《うご》きようがないから、2人《ふたり》ずつの組《くみ》にする。」

翼《たすく》が、目《め》の端《はし》で若武《わかたけ》をにらんだ。

「2人《ふたり》で組《く》んでても、役《やく》に立《た》たないヤツもいるけど。」

若武《わかたけ》は咳払《せきばら》いをしてその皮肉《ひにく》をスルー、何事《なにごと》もなかったかのように話《はなし》を続《つづ》けた。

「つまり謎《なぞ》5の調査《ちょうさ》には、4人《にん》が必要《ひつよう》なんだ。七鬼《ななき》、美門《みかど》、小塚《こづか》と俺《おれ》で当《あ》たる。」

翼《たすく》がつぶやく。

「それ、3人《にん》だぜ。その内《うち》の1人《ひとり》はトイレに行《い》っちまうから、いないも同然《どうぜん》だもん。」

相当《そうとう》、恨《うら》みに思《おも》っているらしかった、クスクス。

「佐藤《さとう》たちが来《き》ていない時《とき》をねらって入《はい》り込《こ》むんだ。」

若武《わかたけ》はまたも翼《たすく》を無視《むし》、相手《あいて》にされなかった翼《たすく》はブスッとふくれ、ケガをしていない方《ほう》の手《て》で頬杖《ほおづえ》をついて横《よこ》を向《む》いた。

「残《のこ》りのメンバーは、謎《なぞ》9、4人《にん》と佐藤《さとう》はどこで知《し》り合《あ》ったのか、を追《お》う。黒木《くろき》と上杉《うえすぎ》、アーヤだ。」

よし、頑張《がんば》るぞ！

「9つあった謎《なぞ》も、今《いま》や3つだ。事件《じけん》は煮詰《につ》まってきている。真相解明《しんそうかいめい》まで、あと一歩《いっぽ》だ。各自《かくじ》、気《き》を引《ひ》き締《し》めて邁進《まいしん》してくれ。次《つぎ》の会議《かいぎ》は来週《らいしゅう》の今日《きょう》だ。それまでに結果《けっか》を出《だ》しておけ。では解散《かいさん》っ！」

20 おまえが調《しら》べろ

若武《わかたけ》の解散宣言《かいさんせんげん》を受《う》け、黒木君《くろきくん》が立《た》ち上《あ》がった。

「俺《おれ》は、1人《ひとり》で動《うご》く。」

え・・・。

「この謎《なぞ》9に関《かん》して、当《あ》たってみたい所《ところ》があるんだ。何《なに》かわかったらすぐ連絡《れんらく》入《い》れて合流《ごうりゅう》するよ。じゃね。」

片手《かたて》を上《あ》げ、長身《ちょうしん》をひるがえして出入《でい》り口《ぐち》に向《む》かっていく。

それを見送《みおく》って、上杉君《うえすぎくん》が私《わたし》を振《ふ》り返《かえ》った。

「4人《にん》と佐藤健一《さとうけんいち》が知《し》りあった事情《じじょう》を特定《とくてい》するには、行動《こうどう》を調《しら》べる必要《ひつよう》があるよな。」

そだね。

「4人《にん》の専門学校生《せんもんがっこうせい》より佐藤《さとう》の方《ほう》が身近《みぢか》だから、佐藤《さとう》を追《お》うって事《こと》でどう？」

ん、賛成《さんせい》。

「黒木《くろき》に、佐藤健一《さとうけんいち》の実家《じっか》の住所《じゅうしょ》を調《しら》べてくれるように頼《たの》んどこう。」

そう言《い》って上杉君《うえすぎくん》はメールを打《う》ち始《はじ》めた。

「住所《じゅうしょ》がわかったら、俺《おれ》がその家《いえ》を張《は》り込《こ》んで行動《こうどう》パターンをつかむ。」

え・・・引《ひ》きこもっていて、一日中《いちにちじゅう》、家《いえ》の中《なか》にいるか、空《あ》き家《や》に通《かよ》うだけだと思《おも》うよ。

時々《ときどき》スケッチに行《い》くみたいだけど、それって不定期《ふていき》でパターン化《か》してないだろうし。

「なんだ、その顔《かお》。」

手《て》を止《と》めた上杉君《うえすぎくん》に聞《き》かれて、私《わたし》は、新海君《しんかいくん》が話《はな》してくれた佐藤健一《さとうけんいち》のエピソードと、自分《じぶん》が出会《であ》った時《とき》に本人《ほんにん》から聞《き》いた事《こと》をまとめて伝《つた》えた。

市立総合病院《しりつそうごうびょういん》の精神科《せいしんか》に通《かよ》っている事《こと》、引《ひ》きこもっているけれどスケッチする時《とき》だけ外《そと》に出《で》る事《こと》、父親《ちちおや》からあの空《あ》き家《や》をもらって使《つか》っている事《こと》などを。

上杉君《うえすぎくん》は黙《だま》って耳《みみ》を傾《かたむ》けていたけれど、やがてスマートフォンを下《お》ろし、顔《かお》を上《あ》げた。

「黒木《くろき》、忙《いそが》しいかもな。頼《たの》んだら悪《わる》いかも。」

ん、当《あ》たってみたいとこがあるって言《い》ってたしね。

「情報《じょうほう》だけ流《なが》しとくことにして、俺《おれ》たちでなんとかしよう。立花《たちばな》！」

いきなり名前《なまえ》を呼《よ》ばれて、私《わたし》は思《おも》わず直立不動《ちょくりつふどう》っ！

「はいっ⁉」

何《なに》を言《い》われるのかと身構《みがま》えていると、上杉君《うえすぎくん》の口《くち》から出《で》た言葉《ことば》は、

「おまえが調《しら》べるんだ。」

へっ⁉

「佐藤健一《さとうけんいち》と面識《めんしき》があるんだろ。」

あると言《い》えば、あるけれど・・・。

「見《み》ず知《し》らずの俺《おれ》がいきなり接近《せっきん》したら警戒《けいかい》される。おまえの方《ほう》がいい。佐藤《さとう》に接触《せっしょく》して、できる限《かぎ》りの情報《じょうほう》を引《ひ》き出《だ》すんだ。」

できるかなぁ、不安《ふあん》。

「なんだ、不満《ふまん》でもあるのか。」

冷《ひ》ややかな目《め》を向《む》けられて、私《わたし》は、自信《じしん》がないとは言《い》えなかった。

そんな事《こと》を言《い》ったら、バカにされそうな気《き》がしたんだ。

それでもKZ《カッズ》のメンバーなのかと問《と》われたら、返《かえ》す言葉《ことば》がない。

それで精一杯《せいいっぱい》、元気《げんき》を出《だ》して答《こた》えた。

「いえ不満《ふまん》なんかありません。きちんとやります。」

上杉君《うえすぎくん》は、片目《かため》を細《ほそ》める。

「どうやるんだ？」

あ、疑《うたが》われてる・・・。

「具体的《ぐたいてき》に言《い》ってみろよ。」

私《わたし》はあせりながら必死《ひっし》で考《かんが》え、自分《じぶん》が佐藤健一《さとうけんいち》に近寄《ちかよ》れそうな場所《ばしょ》を探《さが》した。

あの空《あ》き家《や》には、若武《わかたけ》たちが張《は》り込《こ》む事《こと》になっている。

そこで鉢合《はちあ》わせたら、調査《ちょうさ》の邪魔《じゃま》になるだろう。

となると、私《わたし》が行《い》けそうな所《ところ》は、ただ1か所《しょ》しかなかった。

「総合病院《そうごうびょういん》で待《ま》ち構《かま》えていて、偶然《ぐうぜん》に出会《であ》ったような顔《かお》で話《はな》しかけます。」

上杉君《うえすぎくん》は納得《なっとく》したらしく、しっかりと頷《うなず》いた。

「成功《せいこう》を祈《いの》る。」

そう言《い》ってから、わずかに微笑《ほほえ》んだ。

「おまえの力《ちから》を信《しん》じてるからな。」

私《わたし》は、自分《じぶん》の耳《みみ》を疑《うたが》ってしまった。

だって私《わたし》の力《ちから》を信《しん》じるなんて・・・一体《いったい》いつの間《ま》に、上杉君《うえすぎくん》はそんな気《き》になったんだろう。

私《わたし》なんて始終《しじゅう》ドジったり、知識《ちしき》が足《た》りなかったりして白《しろ》い目《め》で見《み》られる事《こと》が多《おお》いのに。

「あの・・それ、根拠《こんきょ》がないんじゃない？」

恐《おそ》る恐《おそ》るそう言《い》うと、上杉君《うえすぎくん》は大《おお》きな息《いき》をついた。

「人間《にんげん》なんて、どこにあるのかわからないものを、さもあるかのように話《はな》したり、信《しん》じたりしてるものだろ。」

は？

「命《いのち》とか、魂《たましい》とか。」

はぁ・・。

「人間《にんげん》の中《なか》にあるのは心臓《しんぞう》や脳《のう》、肺《はい》なんかの臓器《ぞうき》だけで、命《いのち》とか魂《たましい》とかいうものは体内《たいない》のどこにもない。」

そう言《い》われてみれば、そうだね。

「だけど皆《みな》、自分《じぶん》の中《なか》にそれがあると信《しん》じてるんだ。つまり根拠《こんきょ》がなくても、信《しん》じられるって事《こと》さ。おまえが成功《せいこう》するって、俺《おれ》は信《しん》じてるよ。」

なんか、バカにされてるような気《き》もしないじゃないけれど、ここで深《ふか》く考《かんが》えるのはやめよう。

とにかく励《はげ》ましてくれてるんだと思《おも》っていればいいんだ。

「わかった、全力《ぜんりょく》を尽《つ》くすよ！」

＊

翌日《よくじつ》から、私《わたし》は病院通《びょういんがよ》い。

ちょっとのすき間時間《まじかん》も無駄《むだ》にする事《こと》なく、総合病院《そうごうびょういん》の待合室《まちあいしつ》に通《かよ》い詰《つ》めた。

自分《じぶん》がソファに座《すわ》っていると、本当《ほんとう》に病気《びょうき》の人《ひと》が座《すわ》れないかも知《し》れないので、壁《かべ》を背《せ》にして立《た》って様子《ようす》を見《み》ていたんだ。

看護師《かんごし》さんに色々《いろいろ》と聞《き》かれても困《こま》るから、できるだけ目《め》につかない所《ところ》を選《えら》び、行《い》くたびに場所《ばしょ》を変《か》えるようにした。

でも、なかなか佐藤健一《さとうけんいち》とは出会《であ》えなかったんだ。

若武《わかたけ》から結果《けっか》を出《だ》すように言《い》われていた1週間後《しゅうかんご》が迫《せま》るにつれて、あせる気持《きも》ちが大《おお》きくなったけれど、それに耐《た》え、上杉君《うえすぎくん》から成功《せいこう》を信《しん》じているって言《い》われた事《こと》を繰《く》り返《かえ》し思《おも》い出《だ》しては通《かよ》い続《つづ》けた。

その間《あいだ》に、佐藤健一《さとうけんいち》から情報《じょうほう》を聞《き》き出《だ》すためにはどういう質問《しつもん》をすればいいのかを考《かんが》えたんだ。

「あれ、」

ようやく佐藤健一《さとうけんいち》に出会《であ》えたのは、明日《あした》が期限《きげん》の土曜日《どようび》というギリギリの金曜日《きんようび》の事《こと》っ！

「前《まえ》に会《あ》ったよね。」

その日《ひ》は秀明《しゅうめい》の授業《じゅぎょう》が休講《きゅうこう》で、私《わたし》は学校《がっこう》が終《お》わるなり病院《びょういん》に駆《か》けつけていた。

今日《きょう》が最後《さいご》のチャンスだと思《おも》って、祈《いの》るような気持《きも》ちで。

「わぁ偶然《ぐうぜん》だね。」

そう言《い》いながら、声《こえ》が震《ふる》えてしまった、うれしくて。

「俺《おれ》、これから診察《しんさつ》なんだ。」

私《わたし》は用意《ようい》した質問《しつもん》を自分《じぶん》の頭《あたま》の中《なか》で再現《さいげん》してみてから、さりげなく切《き》り出《だ》した。

「何《なん》の病気《びょうき》か、聞《き》いてもいい？」

佐藤健一《さとうけんいち》は嫌《いや》がる様子《ようす》も、躊躇《ためら》う気配《けはい》もなく、スラッと答《こた》える。

「統合失調症《とうごうしっちょうしょう》だよ。」

少《すこ》しもこだわっていないかに見《み》えた。

「考《かんが》えがまとまらなくってボンヤリしちゃうんだ。俺《おれ》の場合《ばあい》、すぐ疲《つか》れて考《かんが》える事自体《ことじたい》が面倒《めんどう》になって投《な》げ出《だ》したりする。色《いろ》んな事《こと》を忘《わす》れちゃうけど、病院《びょういん》の先生《せんせい》が驚《おどろ》くほど覚《おぼ》えている事《こと》もあって、色々《いろいろ》なんだ。安定《あんてい》しないって言《い》われてる。この病気《びょうき》の事《こと》、知《し》ってる?」

私《わたし》は、それほどよく知《し》っている訳《わけ》ではなかったけれど、まぁ少《すこ》しはわかっていた。

「大変《たいへん》だね。早《はや》く治《なお》るといいけど。」

佐藤健一《さとうけんいち》は軽《かる》く頷《うなず》いた。

「一番大変《いちばんたいへん》なのは、皆《みな》からバカにされる事《こと》だよ。悲《かな》しくなる。それで引《ひ》きこもっちゃったんだ。」

そうだったのか。

「でも新海君《しんかいくん》は、優《やさ》しくしてくれたよ。」

ああ誰《だれ》にでも優《やさ》しいんだよね。

そう思《おも》いながら私《わたし》は、あの眼差《まなざし》を思《おも》い出《だ》した。

どう考《かんが》えても本人《ほんにん》のものとは思《おも》えないほど、冷《つめ》たい目《め》だった。

「それに友《とも》だちも紹介《しょうかい》してくれた。皆《みな》、いい人《ひと》でさ、すごく気《き》が合《あ》うんだよ。俺《おれ》、スケッチをしてる時《とき》が一番幸《いちばんしあわ》せだったんだけど、今《いま》は、皆《みな》で餃子《ぎょうざ》を食《た》べる時《とき》が一番《いちばん》かな。」

私《わたし》は、ギョッとしてしまった。

それまで考《かんが》えていた質問《しつもん》が全部《ぜんぶ》、吹《ふ》き飛《と》ぶくらいの衝撃《しょうげき》だった。

だって一緒《いっしょ》に餃子食《ぎょうざた》べるって、その友《とも》だちって、もしや・・・。

必死《ひっし》に自分《じぶん》を落《お》ち着《つ》かせながら、心《こころ》に浮《う》かんだ疑《うたが》いを解決《かいけつ》しようとして踏《ふ》み込《こ》んでみる。

「餃子《ぎょうざ》を一緒《いっしょ》に食《た》べる友《とも》だちって、何人《なんにん》いるの？」

佐藤健一《さとうけんいち》は、指《ゆび》を４本立《ほんた》てた。

「４人《にん》だ。」

心臓《しんぞう》の音《おと》が大《おお》きくなっていく。

「その４人《にん》って、市立中《いちりつちゅう》の子《こ》？」

佐藤健一《さとうけんいち》は、首《くび》を軽《かる》く振《ふ》った。

「ううん、専門学校《せんもんがっこう》に行《い》ってるんだ。」

体中《からだじゅう》が一気《いっき》に冷《つめ》たくなるような気分《きぶん》だった。

謎《なぞ》９、４人《にん》と佐藤《さとう》はどこで知《し》り合《あ》ったのか。

まさか新海君《しんかいくん》が紹介《しょうかい》していたなんて、思《おも》ってもみなかった。

じゃ新海君《しんかいくん》は、その４人《にん》とどこで出会《であ》ったの？

それは事件《じけん》につながる重大《じゅうだい》な謎《なぞ》だった。

でも私《わたし》は、新海君《しんかいくん》が関《かか》わっている事自体《ことじたい》を信《しん》じたくなかったんだ。

これは何《なに》かの間違《まちが》いなんじゃないかと思《おも》いながら聞《き》いた。

「その餃子《ぎょうざ》、誰《だれ》が買《か》ってくるの？」

佐藤健一《さとうけんいち》はちょっと顔《かお》を曇《くも》らせる。

「内緒《ないしょ》にしてくれるか？」

この返事《へんじ》はオーケイしかない、オーケイするしかないっ！

私《わたし》は夢中《むちゅう》で首《くび》を縦《たて》に振《ふ》った。

「実《じつ》は、パチれって言《い》われて、俺《おれ》が盗《ぬす》んできてるんだ。友《とも》だちから言《い》われる事《こと》だから、聞《き》かなくっちゃいけないと思《おも》ってる。」

そんなっ！

「だって言《い》う事《こと》を聞《き》かないと、俺《おれ》と遊《あそ》んでくれなくなりそうだもの。恐《こわ》いんだ。」

哀《かな》しそうに目《め》を伏《ふ》せる。

「せっかくできた友《とも》だちなのに、失《な》くしたくない・・・」

盗《ぬす》みを命令《めいれい》するヤツなんて、友《とも》だちなんかじゃないっ！

そう言《い》いたかったけれど、うつむいた佐藤健一《さとうけんいち》は、そのまま固《かた》まったかのような無表情《むひょうじょう》になり、動《うご》かなくなってしまって、どんな言葉《ことば》も拒否《きょひ》しているかに見《み》えた。

今言《いまい》っても、心《こころ》に届《とど》かないかも知《し》れない。

そう考《かんが》えながら私《わたし》は、黒木君《くろきくん》の言葉《ことば》を思《おも》い出《だ》した。

確《たし》か、相手《あいて》の言葉《ことば》をその通《とお》りに繰《く》り返《かえ》せば、受《う》け止《と》めてもらえたと感《かん》じるって言《い》っていたはず。

「そう、せっかくできた友《とも》だちを失《な》くしたくないんだね。」

佐藤健一《さとうけんいち》は、ふっとこちらを見《み》た。

「ん、そうなんだよ。」

うれしそうにニッコリする。

「皆《みな》、わざわざ俺《おれ》んちまで来《き》てくれるんだ。餃子《ぎょうざ》を食《た》べた後《あと》は、ドライブに出《で》かけるんだよ。頼《たの》んで連《つ》れてってもらった事《こと》もある。」

私《わたし》は恐《おそ》る恐《おそ》る尋《たず》ねた。

「事故《じこ》を起《お》こしたりしないの？」

佐藤健一《さとうけんいち》は、なんでもなさそうに答《こた》える。

「たいてい起《お》こすよ。」

やっぱり！

「でも、それはゲームなんだって上地《うえち》さんが言《い》ってる。」

出《で》たっ、専門学校生《せんもんがっこうせい》4人《にん》の中《なか》の1人《ひとり》の名前《なまえ》っ！

もう間違《まちが》いない!!

佐藤健一《さとうけんいち》が素直《すなお》で言《い》うなりになるものだから、4人《にん》で利用《りよう》してるんだ。

「ドライブテクニックを上《あ》げるためなんだって。そういう時《とき》は、俺《おれ》、必死《ひっし》で自分《じぶん》の身《み》を守《まも》るんだ。家《いえ》から座布団《ざぶとん》持《も》ってく事《こと》もあるし。慣《な》れてくると結構面白《けっこうおもしろ》いよ。」

これだけ聞《き》ければ、4人《にん》についてはもう充分《じゅうぶん》、あとは2階《かい》の声《こえ》について聞《き》いておかなくちゃ。

「前《まえ》に、2階《かい》に誰《だれ》かいるって言《い》ってたでしょ。あの人《ひと》、まだいるの。一体《いったい》、誰《だれ》？」

佐藤健一《さとうけんいち》は首《くび》を傾《かし》げる。

「さぁ誰《だれ》だろ。あの家《いえ》は伯父《おじ》さんのものだったから、伯父《おじ》さんの知《し》り合《あ》いかも知《し》んないけど、俺《おれ》のお父《とう》さんは、伯父《おじ》さんと付《つ》き合《あ》ってなかったから詳《くわ》しくはわかんない。」

私《わたし》は素早《すばや》く突《つ》っこんだ。

「なんで付《つ》き合《あ》ってなかったの？　お父《とう》さんにとっては、実《じつ》の兄《あに》でしょう？」

佐藤健一《さとうけんいち》は考《かんが》えるような様子《ようす》を見《み》せた。

見《み》えないものを手《て》さぐりするかのようにゆっくりと口《くち》を開《ひら》く。

「お父《とう》さんと伯父《おじ》さんは、よくケンカしてたんだ。お父《とう》さんには、伯父《おじ》さんが許《ゆる》せなかったみたい。伯父《おじ》さんはエリートって言《い》われてたらしいんだけど、お父《とう》さんに言《い》わせると、それは社会《しゃかい》を欺《あざむ》く表《おもて》の顔《かお》で、本当《ほんとう》は学生運動《がくせいうんどう》の支援者《しえんしゃ》なんだって。」

え・・・学生運動《がくせいうんどう》ってなんだろう。

「あの家《いえ》で活動家《かつどうか》たちを養《やしな》ったり、出張《しゅっちょう》に出《で》かけた時《とき》には、警察《けいさつ》に指名手配《しめいてはい》されて海外《かいがい》に逃《に》げている活動家《かつどうか》と接触《せっしょく》して、生活費《せいかつひ》を渡《わた》してるって。」

なんか、話《はなし》が不穏《ふおん》になってきてる・・・。

「支援活動《しえんかつどう》に打《う》ち込《こ》むあまり結婚《けっこん》もできなかったたし、そのせいでうちに警察《けいさつ》が来《き》た事《こと》もあったんだ。お父《とう》さんは伯父《おじ》さんに、そんなくだらん事《こと》はやめろってよく言《い》ってたけど、いくら言《い》ってもきかないからって、ついに兄弟《きょうだい》の縁《えん》を切《き》っちゃったんだ。」

そうだったのかぁ。

「あの・・・」

私《わたし》は、オズオズと聞《き》いてみた。

「学生運動《がくせいうんどう》って、何《なに》？」

佐藤健一《さとうけんいち》は、あっけらかんと笑《わら》った。

「さぁ何《なに》かな。俺《おれ》にもわかんない。あ、今《いま》、俺《おれ》の番号《ばんごう》、呼《よ》ばれた。そんじゃ。」

立《た》ち上《あ》がり、診察室《しんさつしつ》のある廊下《ろうか》の方《ほう》に歩《ある》いていく。

私《わたし》は即《そく》、バッグの中《なか》から事件《じけん》ノートを出《だ》し、聞《き》いた事《こと》を書《か》きつけた。

記憶《きおく》って結構《けっこう》あいまいなものだから、あまり頼《たよ》ってると危険《きけん》なんだ。

正確《せいかく》に覚《おぼ》えてるつもりでも、いつの間《ま》にかバイアスがかかったり、無意識《むいしき》の内《うち》にオブラートに包《つつ》まれたりしてしまうんだもの。

「あいつ、なんて言《い》ってた？」

不意《ふい》に声《こえ》が聞《き》こえ、顔《かお》を上《あ》げると、すぐそばに上杉君《うえすぎくん》が立《た》っていた。

びっくり！

「なんで、私《わたし》がこの時間《じかん》にここにいるってわかったの？」

そう聞《き》くと、上杉君《うえすぎくん》は両手《りょうて》をズボンの後《うし》ろポケットに突《つ》っ込《こ》みながら天井《てんじょう》を仰《あお》いだ。

「毎日《まいにち》、おまえの様子《ようす》見《み》てたから。」

知《し》らなかった！

「佐藤健一《さとうけんいち》は犯罪者《はんざいしゃ》の1人《ひとり》だ。接触《せっしょく》して、もしヤバい事《こと》になったら助《たす》けが必要《ひつよう》だろ。」

私《わたし》に調《しら》べろって言《い》って、そのまま放置《ほうち》してた訳《わけ》じゃなかったんだ。

こっそりフォローしてくれてたんだね。

「ありがと。」

そう言《い》うと上杉君《うえすぎくん》は、ふいっと横《よこ》を向《む》いた。

「別《べつ》に。」

頬《ほお》がほんのり桜色《さくらいろ》だった。

21 自殺《じさつ》の謎《なぞ》

「あの・・・学生運動《がくせいうんどう》って何《なに》?」

佐藤健一《さとうけんいち》から手《て》に入《い》れた情報《じょうほう》を話《はな》す前《まえ》に、聞《き》いておきたかった。

「警察《けいさつ》に指名手配《しめいてはい》されて逃亡中《とうぼうちゅう》の活動家《かつどうか》とか言《い》ってたけど。」

上杉君《うえすぎくん》は、説明《せつめい》の仕方《しかた》を考《かんが》えていたらしく、ちょっと黙《だま》っていて、やがて一気《いっき》に答《こた》えた。

「学生運動《がくせいうんどう》というのは、学生《がくせい》が主体《しゅたい》で組織的《そしきてき》に行《おこな》う政治的《せいじてき》な社会運動《しゃかいうんどう》の事《こと》。日本《にほん》では1960年《ねん》の安保《あんぽ》、日米安全保障条約《にちべいあんぜんほしょうじょうやく》の改定《かいてい》に反対《はんたい》したり、その8年後《ねんご》の大学紛争《だいがくふんそう》なんかで盛《も》り上《あ》がったんだ。」

へえ。

「主《おも》に武装闘争《ぶそうとうそう》で、暴力《ぼうりょく》による革命《かくめい》を主張《しゅちょう》していた学生団体《がくせいだんたい》も多《おお》い。実際《じっさい》に企業《きぎょう》を襲《おそ》ったり、乱《らん》射事件《しゃじけん》を起《お》こしたり、内《うち》ゲバと言《い》われる仲間同士《なかまどうし》のつぶし合《あ》いで死傷者《ししょうしゃ》を出《だ》したり、警察《けいさつ》に指名《しめい》手配《てはい》されてる活動家《かつどうか》もいる。今《いま》はほとんどが70代《だい》になってるはずだけど、いまだに捕《つか》まってないヤツもいるんだ。」

それを聞《き》いてようやく佐藤健一《さとうけんいち》の話《はなし》の内容《ないよう》が理解《りかい》できた。結婚《けっこん》もせずに活動家《かつどうか》への支援《しえん》を続《つづ》けていたなんて、佐藤健一《さとうけんいち》の伯父《おじ》さんは、ある意味《いみ》、相当《そうとう》な信念《しんねん》を持《も》った人《ひと》だったんだね。

そう考《かんが》えたとたんに、疑問《ぎもん》が生《う》まれた。

強《つよ》い信念《しんねん》を持《も》った人《ひと》が自殺《じさつ》なんて、する？

「佐藤《さとう》は、なんて言《い》ってたんだ？」

上杉君《うえすぎくん》に催促《さいそく》されて、私《わたし》はあわててノートの記録《きろく》を読《よ》み上《あ》げた。

佐藤健一《さとうけんいち》の病名《びょうめい》から始《はじ》まり、父親《ちちおや》と伯父《おじ》さんのケンカまですべての顚末《てんまつ》を話《はな》したんだ。

聞《き》き終《お》わると、上杉君《うえすぎくん》は即《そく》、スマートフォンを出《だ》した。

「黒木《くろき》に、その情報《じょうほう》入《い》れとく。」

手早《てばや》くメールを打《う》ち、スマートフォンをポケットに押《お》し込《こ》んでから、腕《うで》を組《く》んでマジマジと私《わたし》を見《み》る。

「おまえ、今《いま》の情報収集《じょうほうしゅうしゅう》、ヌケてるぞ。」

驚《おどろ》きのあまり、言葉《ことば》が出《で》てこなかった。

自分《じぶん》では、ヌケてるどころか素晴《すば》らしくよくできたと自画自賛《じがじさん》していたんだもの。

「どこが？」

いささかムッとしながら聞《き》くと、上杉君《うえすぎくん》は、なんでわからないんだと言《い》いたげな表情《ひょうじょう》になった。

「新海君《しんかいくん》は優《やさ》しくしてくれた、それに友《とも》だちも紹介《しょうかい》してくれた、この2つの情報《じょうほう》の後《あと》、皆《みな》いい人《ひと》で、餃子《ぎょうざ》食《た》べる時《とき》が幸《しあわ》せ、って流《なが》れになってくだろ。」

そうだよ、実際《じっさい》そう言《い》ってたんだもの。

「新海《しんかい》は優《やさ》しい、友《とも》だちも紹介《しょうかい》してくれた、ここまでは新海《しんかい》が関係《かんけい》している。けど次《つぎ》の話《はなし》からはもう出《で》てこない。おまえはここで確認《かくにん》すべきだったんだ、新海《しんかい》が紹介《しょうかい》した4人《にん》と佐藤健一《さとうけんいち》が餃子《ぎょうざ》を食《た》べるその場《ば》に、新海本人《しんかいほんにん》がいたのかどうかを。」

あっ！

「新海《しんかい》は、リトルリーグでピッチャーやってて注目《ちゅうもく》されてたヤツだ。中学入《ちゅうがくはい》って、急《きゅう》に名前《なまえ》を聞《き》かなくなったけど。」

上杉君《うえすぎくん》の目《め》の光《ひかり》が鋭《するど》くなっていく。

「なんで佐藤健一《さとうけんいち》と親《した》しいんだ？」

私《わたし》は、自分《じぶん》が問《と》い詰《つ》められているような気分《きぶん》になった。

「この病院《びょういん》に通《かよ》ってて、よく顔《かお》を合《あ》わせるみたい。」

上杉君《うえすぎくん》は、ふぅんという顔付《かおつ》きになる。

「新海《しんかい》って、何《なん》の病気《びょうき》なの？」

私《わたし》は病名《びょうめい》を言《い》おうとして、ハッとした。

言《い》わないって約束《やくそく》してたんだっけ！

「えっと、詳《くわ》しく知《し》らない。」

そう言《い》うしかなかった。

「ま、いいけど。」

上杉君《うえすぎくん》の目《め》の光《ひかり》は、切《き》れそうなほど研《と》ぎ澄《す》まされていく。

うっ、突《つ》き刺《さ》さりそう。

「俺《おれ》が今《いま》、何考《なにかんが》えてるか、わかるか？」

私《わたし》は、ブンブン首《くび》を横《よこ》にふった。

上杉君《うえすぎくん》の薄《うす》い唇《くちびる》が、かすかな笑《え》みを含《ふく》む。

「佐藤《さとう》は自分《じぶん》の家《いえ》が溜《た》まり場《ば》に利用《りよう》されてる事《こと》に気《き》づいてないし、自分《じぶん》が窃盗《せっとう》をさせられてる事《こと》にも大《たい》して注意《ちゅうい》を払《はら》ってない。だが新海《しんかい》には、その重大《じゅうだい》さがわかっていたはずだ。元《もと》ヤンの4人《にん》を佐藤《さとう》に接近《せっきん》させれば、当然《とうぜん》4人《にん》は佐藤《さとう》を食《く》い物《もの》にする。それを知《し》っていながら、やったんだ。」

そんなひどい事《こと》、新海君《しんかいくん》がするなんて・・・信《しん》じられない。

「新海《しんかい》の意図《いと》は、今《いま》のところはわからん。だが俺《おれ》は確信《かくしん》してる。若武《わかたけ》を石《いし》で殴《なぐ》った第《だい》6の人物《じんぶつ》、それは新海《しんかい》だ、間違《まちが》いない。」

私《わたし》は息《いき》が詰《つ》まるような気《き》がした。

新海君《しんかいくん》は優《やさ》しくて、皆《みな》に気《き》を遣《つか》う人《ひと》なんだ！

マリンのために本《ほん》を選《えら》んでくれたし、私《わたし》にも頼《たよ》っていいって言《い》ってくれた。

それがそんな事《こと》、するはずがない!!

そう言《い》おうとして言《い》えなかった。

孤独《こどく》で怒《いか》りに満《み》ちていた新海君《しんかいくん》のあの眼差《まなざし》を思《おも》い出《だ》したから。

「わからないのは、新海《しんかい》がどこで4人《にん》とつながりを持《も》ったのかって事《こと》だな。」

私《わたし》は頷《うなず》いた。

「それは私《わたし》も、謎《なぞ》に設定《せってい》しようと思《おも》ってた。もう1つ謎《なぞ》があるんだ。佐藤健一《さとうけんいち》の伯父《おじ》さんは自殺《じさつ》と言《い》われているけれど、本当《ほんとう》にそうなのかって事《こと》。だって自分《じぶん》の人生《じんせい》を捧《ささ》げるほど強《つよ》い信念《しんねん》を持《も》っていたのに、そんな人《ひと》が自殺《じさつ》するなんて思《おも》えないもの。」

上杉君《うえすぎくん》は、さっきポケットに突《つ》っ込《こ》んだスマートフォンをつかみ出《だ》す。

「じゃその2つは、謎《なぞ》10と11だ。」

私《わたし》は急《いそ》いでノートにそれを書《か》き留《と》めた。

「美門《みかど》は、あの家《いえ》に漂《ただよ》っていた匂《にお》いを記憶《きおく》してる。あいつを呼《よ》んで、新海《しんかい》の匂《にお》いをかがせよう。一発《いっぱつ》ではっきりする。」

その瞬間《しゅんかん》、私《わたし》はハッと思《おも》い出《だ》した、翼《たすく》の言葉《ことば》を。

最初《さいしょ》は私《わたし》に、シャンプーを変《か》えたのかって聞《き》いた、前《まえ》と違《ちが》う匂《にお》いがするって。

次《つぎ》には、その匂《にお》いが、あの家《いえ》の中《なか》にも漂《ただよ》ってるって言《い》い出《だ》して、じゃこの家《いえ》に出入《でい》りした人間《にんげん》とどっかで接触《せっしょく》したんじゃないかって事《こと》になっていた。

でも、そうじゃない！

あの時《とき》、私《わたし》、新海君《しんかいくん》のコインパースを持《も》っていたんだ。

それを手《て》でつかんで、バッグの中《なか》に入《い》れていた。

翼《たすく》は、それを嗅《か》ぎ取《と》ったんだ。

グラッと目《め》が回《まわ》るような気《き》がした。

新海君《しんかいくん》は、間違《まちが》いなくあの家《いえ》に出入《でい》りしている。

「どうかした？」

第《だい》6の人物《じんぶつ》は、本当《ほんとう》に新海君《しんかいくん》なのかも知《し》れない。

若武《わかたけ》を石《いし》で殴《なぐ》ったり、佐藤健一《さとうけんいち》に餃子《ぎょうざ》を盗《ぬす》ませたり、詐欺《さぎ》の仲間《なかま》に入《はい》ったりしてるなんて・・・そんな事《こと》、信《しん》じたくない！

「おい大丈夫《だいじょうぶ》か⁉」

上杉君《うえすぎくん》に肩《かた》をつかまれて、私《わたし》はあわてて答《こた》えた。

「大丈夫《だいじょうぶ》、気《き》にしないで。」

自分《じぶん》の体《からだ》が震《ふる》えているのがわかったけれど、止《と》めようがなかった。

「気分悪《きぶんわる》いんだったら、そこ座《すわ》ってろ。医師《いし》に診《み》てもらうか？」

私《わたし》は、上杉君《うえすぎくん》の視線《しせん》を避《さ》けるようにソファに腰《こし》を下《お》ろした。

「翼《たすく》を呼《よ》ぶんでしょ？」

話《はなし》をそらせたくてそう言《い》うと、上杉君《うえすぎくん》は自分《じぶん》がやりかけていた事《こと》を思《おも》い出《だ》したらしく、手《て》にしていたスマートフォンを持《も》ち上《あ》げた。

「1人《ひとり》くらい抜《ぬ》けても影響《えいきょう》ないだろう。」

メールを打《う》ち始《はじ》めようとしたその時《とき》、着信音《ちゃくしんおん》が鳴《な》り出《だ》す。

画面《がめん》を見《み》て、上杉君《うえすぎくん》は意外《いがい》そうな顔《かお》をした。

「片山《かたやま》だ。」

え・・・悠飛《ゆうひ》が上杉君《うえすぎくん》に接触《せっしょく》してくるなんて、珍《めずら》しいな。

「なんだろ。」

上杉君《うえすぎくん》はスマートフォンを耳《みみ》に当《あ》てる。

「俺《おれ》だけど、」

直後《ちょくご》、半音高《はんおんたか》い声《こえ》を上《あ》げた。

「殴《なぐ》られたぁ？」

あ、きっと新海君《しんかいくん》との事《こと》だ。

私《わたし》はダンボさんのように耳《みみ》を広《ひろ》げ、その内容《ないよう》を聞《き》き取《と》ろうとした。

「ん、ん、さぁ、どうかな。わかった、調《しら》べとく。あ、新海《しんかい》の指紋《しもん》の付《つ》いた物《もの》をゲットして、小《こ》塚《づか》に届《とど》けとけよ。」

会話《かいわ》は、それで終《お》わり。

私《わたし》には、悠飛《ゆうひ》が上杉君《うえすぎくん》に何《なに》かの調査《ちょうさ》を頼《たの》み、上杉君《うえすぎくん》の方《ほう》は指紋《しもん》を確《たし》かめようとしているという事《こと》しかわからなかった。

悠飛《ゆうひ》は一体《いったい》、何《なに》を頼《たの》んだんだろ。殴《なぐ》られたってとこから始《はじ》まってるから、やっぱり新海君《しんかいくん》がらみで何《なに》かを調《しら》べようとしてるんだとは思《おも》うけど、なんだろう。

あれこれと考《かんが》えている私《わたし》の前《まえ》で、上杉君《うえすぎくん》は電話《でんわ》を切《き》り、メールを打《う》ちにかかった。

「大学図書館《だいがくとしょかん》のアーカイブを閲覧《えつらん》できりゃ話《はなし》が早《はや》いが、いけるかな。」

ところがその最中《さいちゅう》に、スマートフォンがものすごく大《おお》きな音《おと》を立《た》ててうなり始《はじ》めたんだ。

まるでサイレンみたいに、あたりに響《ひび》き渡《わた》る。

え、何《なに》、何《なに》っ!?

「緊急《きんきゅう》アラートだっ！」

もしかして地震《じしん》？

「発信元《はっしんもと》どこだよ。」

上杉君《うえすぎくん》はスマートフォンを操作《そうさ》、やがて目《め》を見開《みひら》いた。

「小塚《こづか》からメーデーだっ！」

私《わたし》は全身《ぜんしん》、真《ま》っ青《さお》にっ！

メーデーは、『シンデレラ特急《とっきゅう》は知《し》っている』の中《なか》で初《はじ》めて出《で》てきた言葉《ことば》で、助《たす》けを求《もと》める救《きゅう》難信号《なんしんごう》なんだ。

危機《きき》が迫《せま》っていたり、一刻《いっこく》を争《あらそ》う事態《じたい》が起《お》こった時《とき》には、それを3回《かい》くり返《かえ》す事《こと》になっている。

「空《あ》き家《や》で、何《なに》か起《お》こったんだ。俺《おれ》、行《い》ってみる。」

上杉君《うえすぎくん》が身《み》をひるがえす。

「私《わたし》も行《い》く。」

そう言《い》うと、驚《おどろ》いたようにこちらを見《み》た。

「気分悪《きぶんわる》いんだろ。」

私《わたし》は、首《くび》を横《よこ》に振《ふ》る。

「今《いま》、治《なお》った。」

さっきは、新海君《しんかいくん》が第《だい》6の人物《じんぶつ》かも知《し》れないと感《かん》じてすごくショックだった。

けど今《いま》、それより切実《せつじつ》なのは、空《あ》き家《や》にいるKZ《カッズ》メンバー4人《にん》の運命《うんめい》っ！

どうして駆《か》け付《つ》けずにいられるだろう、いられるもんかっ!!

22　謎《なぞ》の火災《かさい》

私《わたし》は、上杉君《うえすぎくん》と一緒《いっしょ》に空《あ》き家《や》に向《む》かった。

とても緊張《きんちょう》した気分《きぶん》だったので、お互《たが》いにひと言《こと》も口《くち》をきかなかった。

一体《いったい》、何《なに》が起《お》こったんだろう。

心配《しんぱい》と不安《ふあん》で胸《むね》をいっぱいにしながらバスを降《お》りる。

とたん、一瞬《いっしゅん》ですべてがわかった。

あたりには人《ひと》がいっぱいいて、その向《む》こうにある空《あ》き家《や》が、真《ま》っ赤《か》な炎《ほのお》に包《つつ》まれていたんだ。

うわぁ燃《も》えてる・・・。

まだ消防車《しょうぼうしゃ》も警察車両《けいさつしゃりょう》も来《き》ておらず、炎《ほのお》の近《ちか》くまで寄《よ》っていくと、そこに佐藤健一《さとうけんいち》がしゃがみ込《こ》んでいた。

「俺《おれ》んちが、俺《おれ》んちが燃《も》えちゃう。」

頭《あたま》を抱《かか》え込《こ》んでいる様子《ようす》は、すっごくかわいそうだった。

「あっ、上杉《うえすぎ》！」

人込《ひとご》みをかき分《わ》けて小塚君《こづかくん》が姿《すがた》を見《み》せる。

「アーヤも、来《き》てくれたんだね。」

ホッとしたように言《い》いながら、燃《も》え盛《さか》る空《あ》き家《や》を振《ふ》り返《かえ》った。

「僕《ぼく》たちが来《き》た時《とき》には、もう炎《ほのお》が上《あ》がってたんだ。」

上杉君《うえすぎくん》は眉根《まゆね》を寄《よ》せる。

「出火《しゅっか》の原因《げんいん》は、4人組《にんぐみ》のタバコとか、か。」

小塚君《こづかくん》は首《くび》を横《よこ》に振《ふ》った。

「いや、連中《れんちゅう》は今日《きょう》、来《き》てないみたいだ。」

じゃなんで火《ひ》が出《で》たんだろう。

「それより若武《わかたけ》と美門《みかど》、七鬼《ななき》が、あの中《なか》にいるんだ。」

ええっ⁉

「2階《かい》に誰《だれ》かいるって話《はなし》だっただろ。助《たす》けなきゃって若武《わかたけ》が言《い》い出《だ》して、美門《みかど》が放《ほ》っとけよって言《い》ったんだけど、」

言《い》いそう・・・きっとブラック翼《たすく》だったんだ。

「それを無視《むし》してまず七鬼《ななき》が飛《と》び込《こ》んでいって、若武《わかたけ》も、メンバーが行《い》ったのにリーダーが動《うご》かなかったらメンツにかかわるって言《い》って後《あと》を追《お》い、それを見《み》た美門《みかど》が、若武《わかたけ》から臆病者扱《おくびょうものあつか》いされるのは嫌《いや》だって言《い》ってしかたなさそうについてってたんだ。」

ああ男《おとこ》のメンツつながりね。

「それっきり出《で》てこない。」

上杉君《うえすぎくん》がギリッと歯《は》ぎしりする。

「どのくらい前《まえ》だ？」

小塚君《こづかくん》は腕時計《うでどけい》に目《め》をやった。

「20〜30分《ぷん》くらいかな。」

上杉君《うえすぎくん》は舌打《したう》ちし、腕時計《うでどけい》を外《はず》してスマートフォンと一緒《いっしょ》に小塚君《こづかくん》に渡《わた》した。

「持《も》ってて。」

あちらこちらを見回《みまわ》し、庭《にわ》にあった池《いけ》を見《み》つけて走《はし》り寄《よ》ると、一気《いっき》に飛《と》び込《こ》む。

わっ！

直後《ちょくご》にザバッと上《あ》がってきて、顔《かお》からしたたる水《みず》を拭《ぬぐ》いながら燃《も》えている家《いえ》の方《ほう》に歩《ある》き出《だ》した。

「3人《にん》を捜《さが》してくる。」

危《あぶ》ないよ、やめてっ！

「早《はや》くしないと、手遅《ておく》れになるからな。」

止《と》める私《わたし》と小塚君《こづかくん》の手《て》を振《ふ》り切《き》り、炎《ほのお》の中《なか》に踏《ふ》み込《こ》んでいく。

「ああ行《い》っちゃった・・・」

私《わたし》は気持《きも》ちが乱《みだ》れ、なんといっていいのかわからなかった。

諺《ことわざ》に、ミイラ取《と》りがミイラになるって文言《もんごん》がある。

ミイラを取《と》りに行《い》った人自身《ひとじしん》がミイラになってしまうって事《こと》で、人《ひと》を連《つ》れ戻《もど》しに行《い》ったのに逆《ぎゃく》に戻《もど》ってこられなくなるという意味《いみ》なんだ。

大丈夫《だいじょうぶ》だろうか、上杉君《うえすぎくん》。

忍《しのぶ》は修行《しゅぎょう》積《つ》んでるから、きっと何《なん》とかなると思《おも》うけど、若武《わかたけ》も翼《たすく》も危《あぶ》ない気《き》がする。

ハラハラしていると、サイレンを鳴《な》らしながらようやく消防車《しょうぼうしゃ》と救急車《きゅうきゅうしゃ》が到着《とうちゃく》した。

「皆《みな》さん、下《さ》がってください。」

銀色《ぎんいろ》の消防服《しょうぼうふく》を着《き》た人《ひと》たちが降《お》りてくる。

「はい、そこ、退《ど》いてね。」

えーいっ、遅《おそ》い！

「放水《ほうすい》します。退《ど》いてくださ〜い。」

もっと早《はや》く来《き》てよ、上杉君《うえすぎくん》が中《なか》に入《はい》っちゃったじゃないのっ!!

「アーヤ、危《あぶ》ない。下《さ》がろうよ。」

小塚君《こづかくん》が私《わたし》の腕《うで》をつかみ、後《うし》ろに下《さ》がらせながら、キョロキョロとあたりを見回《みまわ》した。

「黒木《くろき》にも、メーデー信号入《しんごうい》れといたんだけど、来《き》てないね。」

そこにようやくパトカーが3台《だい》やってきたんだ。

次々《つぎつぎ》と停《と》まり、中《なか》から制服《せいふく》や私服《しふく》の警官《けいかん》が降《お》りてくる。

「あっ！」

私《わたし》が思《おも》わず叫《さけ》んだのは、その中《なか》に灰色《はいいろ》のコートを着《き》た人物《じんぶつ》が交《ま》じっていたからだった。

あの人《ひと》、警察《けいさつ》につかまったんだ。

「小塚君《こづかくん》、」

私《わたし》は小塚君《こづかくん》の袖《そで》を引《ひ》き、灰色《はいいろ》のコートの人物《じんぶつ》をこっそり指差《ゆびさ》した。

「あれ、謎《なぞ》5の灰色《はいいろ》のコートの人物《じんぶつ》だよ。」

小塚君《こづかくん》は頬《ほお》を強張《こわば》らせつつ、戸惑《とまど》ったようにつぶやく。

「でも灰色《はいいろ》のコートって、いろんな人《ひと》が持《も》ってるだろ。」

半信半疑《はんしんはんぎ》のようだったので、私《わたし》はキッパリと答《こた》えた。

「それはそうだけど、この空《あ》き家《や》に接近《せっきん》する灰色《はいいろ》のコートって言《い》ったら、そんなに多《おお》くはないと思《おも》う。きっと私《わたし》が見《み》かけたのと同一人物《どういつじんぶつ》だよ。」

小塚君《こづかくん》は納得《なっとく》したらしく、恐《おそ》る恐《おそ》るその灰色《はいいろ》のコートに目《め》をやった。

「じゃ警察《けいさつ》に連《つ》れてこられたんだ。現場検証《げんばけんしょう》をするのかも知《し》れないね。」

私《わたし》は頷《うなず》きながら、その人物《じんぶつ》の動《うご》きを目《め》で追《お》った。

ところが・・・見《み》ているうちに、どうも変《へん》だと思《おも》い始《はじ》めたんだ。

だって私服警官《しふくけいかん》と普通《ふつう》に話《はな》しているし、時々《ときどき》は寛《くつろ》いだ顔《かお》も見《み》せている。

しかもっ、制服警官《せいふくけいかん》の肩《かた》をポンポンと叩《たた》いてるっ！

「なんか・・・雰囲気《ふんいき》、違《ちが》わない？」

小塚君《こづかくん》に言《い》われ、私《わたし》は考《かんが》え込《こ》んでしまった。

確《たし》かに・・・逮捕《たいほ》された人間《にんげん》にしては態度《たいど》が大《おお》きすぎる。

「遅《おそ》くなってごめん。」

スッと近寄《ちかよ》ってきた影《かげ》を見上《みあ》げれば、黒木君《くろきくん》だった。

「若武《わかたけ》たちは？」

小塚君《こづかくん》は、燃《も》え盛《さか》る空《あ》き家《や》に目《め》を向《む》ける。

「あの中《なか》なんだ・・・」

家《いえ》の周《まわ》りにはホースが配置《はいち》され、放水《ほうすい》が始《はじ》まっていた。

「そっか。けど、この状態《じょうたい》じゃ、俺《おれ》たちにできる事《こと》はないね。消防《しょうぼう》に任《まか》せるしかない。」

黒木君《くろきくん》は無念《むねん》そうな溜《た》め息《いき》をつく。

「なんで火《ひ》が出《で》た訳《わけ》？」

あでやかな感《かん》じのするその目《め》に、疑《うたが》いの光《ひかり》を瞬《また》かせながら小塚君《こづかくん》を見《み》た。

「おまえら、なんかやったの？」

小塚君《こづかくん》は、必死《ひっし》で全面否定《ぜんめんひてい》。

「僕《ぼく》たちが来《き》た時《とき》には、もう燃《も》えてたんだよ。」

黒木君《くろきくん》はしかたなさそうに口角《こうかく》を下《さ》げた。

「謎《なぞ》に追加《ついか》だな。なぜここから火《ひ》が出《で》たのか。」

私《わたし》はハッと自分《じぶん》の使命《しめい》を思《おも》い出《だ》し、あわててノートを出《だ》してそれを書《か》き留《と》めた。

どこでも、どんな時《とき》でも、私《わたし》は記録係《きろくがかり》。

自分《じぶん》の役目《やくめ》を全《まっと》うする責任《せきにん》があるっ！

「なぜ空《あ》き家《や》から火《ひ》が出《で》たのか、これを謎《なぞ》12に設定《せってい》しました。」

そう言《い》ってから、上杉君《うえすぎくん》との間《あいだ》で決《き》めた謎《なぞ》10、11について話《はな》し、顔《かお》を上《あ》げると、灰色《はいいろ》のコートの人物《じんぶつ》が腕《うで》を組《く》み、私服警官《しふくけいかん》となにやら話《はな》し込《こ》んでいるのが見《み》えた。

「黒木君《くろきくん》、あれ、謎《なぞ》5の人物《じんぶつ》だと思《おも》うんだけど。」

私《わたし》が指差《ゆびさ》した方向《ほうこう》を見《み》て、黒木君《くろきくん》はちょっと笑《わら》う。

「ああ、やっぱりね。」

は？

「さっき上杉《うえすぎ》からメールもらって、そうじゃないかと思《おも》ってたんだ。」

ううっ、話《はなし》が読《よ》めない・・・。

「あれは、公安《こうあん》の捜査員《そうさいん》だよ。」

公安《こうあん》って、「地獄《じごく》の金星《きんせい》ボスママは知《し》っている」に出《で》てきた公安警察《こうあんけいさつ》の事《こと》だよね。

確《たし》か、工作活動《こうさくかつどう》やスパイの監視《かんし》をしてるって聞《き》いた気《き》がするけど・・・。

「この家《いえ》の持《も》ち主《ぬし》で自殺《じさつ》した佐藤晃《さとうあきら》は、指名手配《しめいてはい》されて逃亡中《とうぼうちゅう》の活動家《かつどうか》を支援《しえん》していたんだろ。そういう人間《にんげん》を監視《かんし》するのも公安《こうあん》の仕事《しごと》なんだ。」

そうだったのか。

「佐藤《さとう》が死《し》んだ後《あと》も、出入《でい》りする人間《にんげん》がいる可能性《かのうせい》があるから見張《みは》ってたんだと思《おも》うよ。佐藤《さとう》の自殺自体《じさつじたい》に疑問《ぎもん》を持《も》っていたのかも知《し》れないし。」

自殺《じさつ》に疑問《ぎもん》？

「監視《かんし》されている活動家《かつどうか》や支援者《しえんしゃ》の中《なか》には、自分《じぶん》の死《し》を偽装《ぎそう》して逃《のが》れようとするヤツもいるからさ。」

確《たし》かに、私《わたし》も自殺《じさつ》には疑問《ぎもん》を持《も》っていた。

それで謎《なぞ》11にしたんだもの。

私《わたし》はノートを開《ひら》き、謎《なぞ》5、空《あ》き家《や》のうめき声《ごえ》と灰色《はいいろ》のコートを着《き》た人物《じんぶつ》の正体《しょうたい》、の欄《らん》の後半部《こうはんぶ》分《ぶん》に、公安警察《こうあんけいさつ》の捜査員《そうさいん》と書《か》き入《い》れた。

よし、これで謎《なぞ》5の後半《こうはん》は解決《かいけつ》だぞ。

「あ、誰《だれ》か、出《で》てきた。」

私《わたし》の後《うし》ろで声《こえ》が上《あ》がり、消防士《しょうぼうし》が片手《かたて》を上《あ》げた。

「放水《ほうすい》、止《や》めっ！」

火《ひ》の中《なか》から黒《くろ》い塊《かたまり》が現《あらわ》れ、こちらに近《ちか》づいてくる。

近《ちか》くなるにつれてそれは2つに分《わ》かれ、やがてはっきりと顔《かお》が見《み》えた。

1人《ひとり》は忍《しのぶ》で、若武《わかたけ》を片方《かたほう》の肩《かた》に担《かつ》ぎ、もう一方《いっぽう》の腕《うで》で翼《たすく》を抱《かか》え込《こ》んでいる。

もう1人《ひとり》は上杉君《うえすぎくん》で、なにやら大《おお》きなものを背負《せお》っていた。

「救急車《きゅうきゅうしゃ》、3人《にん》乗《の》せられますか？　無理《むり》なようならもう1台《だい》、出動要請願《しゅつどうようせいねが》います。」

インカムで連絡《れんらく》を取《と》っている救急隊員《きゅうきゅうたいいん》の横《よこ》をすり抜《ぬ》けて、私《わたし》たちは忍《しのぶ》に駆《か》け寄《よ》った。

「大丈夫《だいじょうぶ》？」

こっちを見《み》た忍《しのぶ》の頬《ほお》は煤《すす》で汚《よご》れ、火傷《やけど》のような傷《きず》もあった。

「俺《おれ》は大《たい》した事《こと》ねーよ。」

小《ちい》さく笑《わら》いながら忍《しのぶ》は、肩《かた》から下《お》ろした若武《わかたけ》と、腕《うで》に抱《かか》えていた翼《たすく》を救急隊員《きゅうきゅうたいいん》に引《ひ》き渡《わた》す。

「この2人《ふたり》はヤバいかも。」

若武《わかたけ》も翼《たすく》もグッタリとしていて、意識《いしき》がなかった。

「俺《おれ》が2階《かい》に上《あ》がってったら、部屋《へや》の畳《たたみ》の上《うえ》に男《おとこ》が転《ころ》がってたんだ。で、助《たす》け起《お》こそうとしたら、突然《とつぜん》、天井《てんじょう》が崩《くず》れてきてさ、後《あと》からやってきた若武《わかたけ》と美門《みかど》も巻《ま》き込《こ》まれたんだ。俺《おれ》、3人全部《にんぜんぶ》は、かばい切《き》れなくてさ。」

若武《わかたけ》は体《からだ》が小《ちい》さいし、翼《たすく》は華奢《きゃしゃ》だし、2人《ふたり》とも全身煤《ぜんしんすす》にまみれ、火傷《やけど》だらけで痛々《いたいた》しい。

私《わたし》は泣《な》き出《だ》しそうになってしまった。

やだよ、しっかりしてっ！

「若武《わかたけ》、起《お》きてっ！　KZ《カッズ》にはリーダーのあなたが必要《ひつよう》なんだからっ！」

私《わたし》が叫《さけ》んだ瞬間《しゅんかん》、若武《わかたけ》はパッと目《め》を開《あ》けた。

何《なに》やら言《い》いかけ、すぐにふうっと気《き》を失《うしな》ってしまったけれど、どこかがひどくやられているというよりは、ただ疲《つか》れているだけのようにも見《み》えた。

翼《たすく》の方《ほう》はきつく眉根《まゆね》を寄《よ》せ、片手《かたて》で鼻《はな》をおおっている。

「きっと煙《けむり》にやられたんだ、嗅覚《きゅうかく》ハンパないからな。」

救急隊員《きゅうきゅうたいいん》が酸素《さんそ》マスクを当《あ》てると、ゆっくりと表情《ひょうじょう》が和《やわ》らいでいった。

「今日《きょう》の当番病院《とうばんびょういん》は？」

「市立総合病院《しりつそうごうびょういん》です。今《いま》、連絡《れんらく》が取《と》れ、受《う》け入《い》れ可能《かのう》を確認《かくにん》しました。」

隊員《たいいん》たちの話《はなし》を聞《き》きながら忍《しのぶ》が上杉君《うえすぎくん》を振《ふ》り返《かえ》る。

「そっちは？」

後《うし》ろにいた上杉君《うえすぎくん》は、わずかに身《み》じろぎした。

「わかんね。息《いき》は、してるみたいだけど。」

よく見《み》れば、背負《せお》っていたのはぐったりとした人間《にんげん》だった。

救急隊員《きゅうきゅうたいいん》が腕《うで》を伸《の》ばし、その人《ひと》を引《ひ》き取《と》る。

ストレッチャーに横《よこ》たえ、指先《ゆびさき》で頬《ほお》をトントンと叩《たた》きながら呼《よ》びかけた。

「これ、わかりますか？」

それは年配《ねんぱい》の男性《だんせい》だった。

白髪《しらが》で、ヒゲだらけの青白《あおじろ》い顔《かお》、やせ細《ほそ》った体《からだ》、汚《よご》れた服《ふく》を着《き》ていた。

ピクリともしない。

「これが謎《なぞ》5、うめき声《ごえ》の正体《しょうたい》だ。」

この人《ひと》だったのかっ！

23 いきなりの連行《れんこう》

ようやく明《あき》らかになった謎《なぞ》5の前半部分《ぜんはんぶぶん》に、私《わたし》は達成感《たっせいかん》を噛《か》みしめながらメモを取《と》った。

これで謎《なぞ》5の2つの疑問《ぎもん》、空《あ》き家《や》のうめき声《ごえ》と灰色《はいいろ》のコートの男《おとこ》の正体《しょうたい》、については見事《みごと》に解《かい》決《けつ》したのだった。

「こいつ、衰弱《すいじゃく》してて、」

上杉君《うえすぎくん》が、ストレッチャーに乗《の》せられた男性《だんせい》を見下《みお》ろす。

「煙《けむり》に包《つつ》まれても動《うご》けなかったみたいだぜ。」

気《き》の毒《どく》に思《おも》っていると、灰色《はいいろ》のコートを着《き》た捜査員《そうさいん》が歩《あゆ》み寄《よ》ってきて、大《おお》きな声《こえ》をかけた。

「飯島勝守《いいじまかつもり》か？」

男性《だんせい》はパッと目《め》を見開《みひら》く。

ゆっくりとあたりに視線《しせん》を彷徨《さまよ》わせていたけれど、やがてかすかに頷《うなず》いた。

「東南《とうなん》アジア武装戦線《ぶそうせんせん》のメンバーで、連続企業爆破事件《れんぞくきぎょうばくはじけん》に関与《かんよ》した容疑《ようぎ》で指名手配《しめいてはい》を受《う》けている飯島《いいじま》に間違《まちが》いないな？」

男性《だんせい》は、かすかに笑《わら》ったように見《み》えた。

「そうです。」

捜査員《そうさいん》は、ストレッチャーを動《うご》かそうとする救急隊員《きゅうきゅうたいいん》を片手《かたて》で止《と》める。

「爆発物取締罰則違反《ばくはつぶつとりしまりばっそくいはん》と殺人未遂《さつじんみすい》の容疑《ようぎ》で、警察《けいさつ》に任意同行《にんいどうこう》する。」

男性《だんせい》は素直《すなお》に頷《うなず》き、目《め》を閉《と》じながら弱々《よわよわ》しく言《い》った。

「殺人《さつじん》もしました。」

え⁉

「僕《ぼく》をかくまってくれていた佐藤晃《さとうあきら》と革命論《かくめいろん》の解釈《かいしゃく》の違《ちが》いで口論《こうろん》になったんです。バリケードの中《なか》やアジトにいた時《とき》には、あれほど意《い》が通《つう》じていたのに、ここ数年《すうねん》は話《はなし》が合《あ》わなくなってきていた。政治的《せいじてき》には同志《どうし》だが人間的《にんげんてき》には信頼《しんらい》できないと言《い》われて、カッとなって胸元《むなもと》をつかんで夢中《むちゅう》で絞《し》めたんです。気《き》がついたら死《し》んでしまっていて、自殺《じさつ》に見《み》せかけるために庭《にわ》の樹《き》に吊《つ》るしました。」

ああ、やっぱり自殺《じさつ》じゃなかったんだ！

ついに出《で》た謎《なぞ》11の答《こた》えに、私《わたし》は胸《むね》を突《つ》かれ、言葉《ことば》がなかった。

自分《じぶん》がかくまっていた人間《にんげん》に殺《ころ》されてしまうなんて、恐《おそ》ろしいとしか言《い》えない。

「それ以降《いこう》は夜《よる》となく昼《ひる》となくうなされ、熱《ねつ》も出《で》て起《お》き上《あ》がれず、寝《ね》ているだけの毎日《まいにち》でした。たぶん佐藤《さとう》を殺《ころ》したその時《とき》、僕《ぼく》は自分自身《じぶんじしん》も一緒《いっしょ》に殺《ころ》してしまったんです。」

つぶやきながら運《はこ》ばれていく飯島勝守《いいじまかつもり》を見送《みおく》り、忍《しのぶ》が溜《た》め息《いき》をつく。

「考《かんが》え方《かた》が違《ちが》うからってそこまでするか。熱《あつ》いな、活動家《かつどうか》。」

多様性《たようせい》を認《みと》めないんだろうな、きっと。

そう考《かんが》えながら私《わたし》は、マリンを思《おも》い出《だ》した。

もしかしてマリンは、活動家《かつどうか》に向《む》いているのかも知《し》れない。

自分《じぶん》がこうだと思《おも》い込《こ》んだら、すごく熱心《ねっしん》なんだもの。

「ちょっと君《きみ》たち、」

警察官《けいさつかん》が近寄《ちかよ》ってきて、忍《しのぶ》と上杉君《うえすぎくん》の前《まえ》に立《た》ちふさがり、取《と》り囲《かこ》む。

「君《きみ》たち2人《ふたり》は、警察《けいさつ》まで同行《どうこう》してくれ。」

私《わたし》は、目《め》が真《ま》ん丸《まる》っ！

なんでっ⁉

「この空《あ》き家《や》に、少年《しょうねん》たちが出入《でい》りして騒《さわ》いでいるって通報《つうほう》がきているんだ。今《いま》、病院《びょういん》に搬送《はんそう》された2人《ふたり》を含《ふく》めた君《きみ》たち4人《にん》は、火事現場《かじげんば》から出《で》てきた。この火事《かじ》に関係《かんけい》しているんじゃないのか。」

誤解《ごかい》だっ！

「詳《くわ》しい話《はなし》は署《しょ》で聞《き》くから、とにかくパトカーに乗《の》って！　病院《びょういん》に搬送《はんそう》された2人《ふたり》にも、後《あと》で事情《じじょう》を聞《き》く。自宅《じたく》と学校《がっこう》にも連絡《れんらく》しなくちゃならないから、電話番号《でんわばんごう》を教《おし》えてくれ。」

私《わたし》は、全身《ぜんしん》から血《ち》の気《け》が引《ひ》く思《おも》いだった。

だって、これ・・・連行《れんこう》されるって事《こと》じゃない？

まるで容疑者扱《ようぎしゃあつか》いだ。

あの男性《だんせい》を助《たす》け出《だ》したのに、ひどい！

確《たし》かに今《いま》までKZ《カッズ》は、犯罪者《はんざいしゃ》まがいの事《こと》をしてきたけれど、今回《こんかい》は何《なに》もやってないよ、ヌレギヌだぁっ！

「さ、行《い》こう。」

アタフタしている私《わたし》の前《まえ》で、小塚君《こづかくん》が上杉君《うえすぎくん》に歩《あゆ》み寄《よ》り、その胸《むね》ポケットに指《ゆび》を入《い》れた。

「やっぱり！」

そこから取《と》り出《だ》したのは、小《ちい》さな緑色《みどりいろ》のカエルだった。

「ポケットがピクピク動《うご》いてるからおかしいと思《おも》ったんだ。」

ああさっき、池《いけ》に飛《と》び込《こ》んだ時《とき》に入《はい》ったんだね。

「元《もと》の住《す》みかに返《かえ》しとくよ。」

そう言《い》った小塚君《こづかくん》に、上杉君《うえすぎくん》はちょっと笑《わら》い、その肩《かた》を叩《たた》いた。

「よろしく。」

忍《しのぶ》と一緒《いっしょ》に警官《けいかん》に誘導《ゆうどう》され、パトカーに乗《の》せられる。

赤《あか》いランプを回《まわ》して走《はし》り去《さ》るパトカーを見《み》つめて、私《わたし》はボーゼン、心《こころ》の内《うち》では大《だい》パニックっ！

2人《ふたり》は病院《びょういん》、2人《ふたり》は警察《けいさつ》、ああどーしよう、どうすればいいのっ!?

＊

「さてっと、」

黒木君《くろきくん》が組《く》んでいた腕《うで》を解《と》きながら大《おお》きな息《いき》をつく。

「どうするか。」

きれいな唇《くちびる》には笑《え》みが浮《う》かんでいたけれど、私《わたし》にはそんな余裕《よゆう》は全然《ぜんぜん》なかった。

「取《と》りあえず、佐藤健一《さとうけんいち》を何《なん》とかしようか。」

そう言《い》いながらしゃがみ込《こ》んでいる佐藤健一《さとうけんいち》に近寄《ちかよ》っていく。

「ねぇアーヤ。」

小塚君《こづかくん》が、こそっと言《い》った。

「今思《いまおも》いついたんだけど、第《だい》6の人物《じんぶつ》って、佐藤健一《さとうけんいち》に聞《き》けばわかるんじゃない？」

あっ、そうだよ！

上杉君《うえすぎくん》からも言《い》われてたんだ。

「言《い》うかどうかは、わからないけどね。ダメ元《もと》で聞《き》いてみようか？」

私《わたし》は頷《うなず》き、小塚君《こづかくん》と一緒《いっしょ》に黒木君《くろきくん》の後《あと》を追《お》った。

「おい佐藤《さとう》、しっかりしろよ。大丈夫《だいじょうぶ》か？」

黒木君《くろきくん》が声《こえ》をかけると、佐藤健一《さとうけんいち》はブルブルと首《くび》を横《よこ》に振《ふ》った。

「ダメだ。俺《おれ》、もうほとんど死《し》んでる。だって俺《おれ》の家《いえ》が燃《も》えちゃったんだ。」

火《ひ》は、あらかた鎮火《ちんか》していた。

焼《や》けてない部分《ぶぶん》もあったけれど、壁《かべ》が焼《や》け落《お》ちた所《ところ》は黒《くろ》こげの柱《はしら》がむき出《だ》しで、天井《てんじょう》も残《のこ》っていない。

あたりには白《しろ》い煙《けむり》と、こげた臭《にお》いが漂《ただよ》い、その中《なか》を数人《すうにん》の警察官《けいさつかん》と消防隊員《しょうぼうたいいん》が歩《ある》き回《まわ》っていた。

「もうダメだ。なんでこんな事《こと》になっちゃったんだろう。」

佐藤健一《さとうけんいち》は頭《あたま》を抱《かか》えていたけれど、やがてくいっと視線《しせん》を上《あ》げた。

「ああ、そうだ。罰《ばち》が当《あ》たったんだ。」

私《わたし》たちは顔《かお》を見合《みあ》わせる。

「俺《おれ》が餃子《ぎょうざ》を盗《ぬす》んでたから、神様《かみさま》が怒《おこ》ったんだ。」

そう言《い》いながらスックと立《た》ち上《あ》がった。

「俺《おれ》、お巡《まわ》りさんに白状《はくじょう》する。そうしないときっと神様《かみさま》が許《ゆる》してくれない。またひどい事《こと》が起《お》こるよ。何《なに》もかもぶちまけて、神様《かみさま》に謝《あやま》るんだ。」

警官《けいかん》たちの方《ほう》に歩《ある》いていく。

その背中《せなか》を見《み》ながら小塚君《こづかくん》が溜《た》め息《いき》をついた。

「僕《ぼく》たちの質問《しつもん》に答《こた》えられる状態《じょうたい》じゃないみたいだね。」

ん、無理《むり》かも。

「今日《きょう》はあきらめて、日《ひ》を改《あらた》めて聞《き》くって事《こと》で、どう？」

しかたない、そうしよう。

「これで事件《じけん》は完全《かんぜん》に、警察《けいさつ》の手《て》に移《うつ》るね。」

黒木君《くろきくん》は、ヤレヤレと言《い》いたげだった。

「佐藤健一《さとうけんいち》が一部始終《いちぶしじゅう》を話《はな》せば、専門学校生《せんもんがっこうせい》4人《にん》も引《ひ》っ張《ぱ》られるだろう。聞《き》き取《と》り捜査《そうさ》をしていくうちに、交通事故詐欺《こうつうじこさぎ》も必《かなら》ず明《あき》らかになるよ。捜査《そうさ》の手《て》は、それに関係《かんけい》してた連中《れんちゅう》にも及《およ》ぶ。全員《ぜんいん》、逮捕《たいほ》だね。」

小塚君《こづかくん》が同情《どうじょう》するようにつぶやいた。

「若武《わかたけ》、くやしがるだろうなぁ。」

それを聞《き》いて私《わたし》は、ハッと現実《げんじつ》に立《た》ち返《かえ》った。

そうだ、今《いま》、私《わたし》たちがしなくちゃいけない事《こと》があるっ！

「若武《わかたけ》はそれどころじゃないよ。ケガしてるし、この火事《かじ》の容疑者扱《ようぎしゃあつか》いされてるんだもの。それより私《わたし》たちは、なんとかして4人《にん》の無実《むじつ》を証明《しょうめい》してやらないと。」

小塚君《こづかくん》が、青《あお》ざめて見《み》えるほど真剣《しんけん》な顔《かお》で言《い》った。

「僕《ぼく》、今日《きょう》はここに泊《と》まる。」

え？

「4人《にん》が火事《かじ》に関係《かんけい》してないって事《こと》を明《あき》らかにするんだ。」

どうやるの？

「警察官《けいさつかん》が立《た》ち去《さ》るまで待《ま》って、家《いえ》の中《なか》を調《しら》べる。僕《ぼく》たちがここに来《き》た時《とき》はもう燃《も》えてたんだし、専門学校生《せんもんがっこうせい》4人《にん》も今日《きょう》は来《き》てない。となったら犯人《はんにん》は他《ほか》にいるんだ。その証拠《しょうこ》を見《み》つけ出《だ》す。」

黒木君《くろきくん》が、軽《かる》く頷《うなず》いた。

「どうもそれしかなさそうだね。付《つ》き合《あ》うよ。」

私《わたし》も、と言《い》おうとすると、黒木君《くろきくん》が私《わたし》の口《くち》の前《まえ》に片手《かたて》を上《あ》げた。

「アーヤは家《いえ》に帰《かえ》るんだ。女《おんな》の子《こ》なんだからひと晩帰《ばんかえ》らなかったら、家族《かぞく》が心配《しんぱい》するだろ。」

確《たし》かにそうだけれど・・・。

女子《じょし》ってくやしいな、いくらやる気《き》になってても、それに任《まか》せて突《つ》っ走《ぱし》れないんだもの。

「もう帰《かえ》っていいからね。」

そう言《い》ってから黒木君《くろきくん》は、思《おも》い出《だ》したように付《つ》け加《くわ》えた。

「あ、俺《おれ》たちのチームに割《わ》り振《ふ》られてた謎《なぞ》9は、解《と》けたよ。そこから発展《はってん》した謎《なぞ》10、新海《しんかい》はその4人《にん》とどこでつながりを持《も》ったのか、もね。」

黒木君《くろきくん》は、単独行動《たんどくこうどう》をしていた。

きっと何《なに》か見《み》つけたんだ。

「4人《にん》は、交通事故《こうつうじこ》を装《よそお》って保険金《ほけんきん》の詐欺《さぎ》をしていた。保険金《ほけんきん》を請求《せいきゅう》するには整備工場《せいびこうじょう》やディーラーなんかに車《くるま》を持《も》ち込《こ》んで、見積書《みつもりしょ》を取《と》って保険代理店《ほけんだいりてん》に持《も》っていかなくちゃならないんだ。」

そうなんだ。

「けど頻繁《ひんぱん》に車《くるま》を修理《しゅうり》に出《だ》してたら奇妙《きみょう》に思《おも》われるし、疑《うたが》われて保険代理店《ほけんだいりてん》のチェックにも引《ひ》っかかるはずだ。そうでなかったとすると、おそらく整備工場《せいびこうじょう》や保険代理店《ほけんだいりてん》の担当者《たんとうしゃ》もグルなんだ。」

うむ、規模《きぼ》が大《おお》きくなってきたな。

「それで4人《にん》がどこで車《くるま》の修理《しゅうり》をしていたかを調《しら》べてみた。」

私《わたし》は小塚君《こづかくん》と目《め》を合《あ》わせる。

「きっとコネを駆使《くし》したんだよね。」

「美門《みかど》が聞《き》いたら、整備工場《せいびこうじょう》に彼女《かのじょ》が勤《つと》めてんだろって言《い》ったよね。」

からかう私《わたし》たちには目《め》もくれず、黒木君《くろきくん》はさっさと話《はなし》を進《すす》めた。

「調《しら》べる内《うち》に、これだっていう販売店《はんばいてん》を見《み》つけた。ディーラーだった。」

ディーラーって、えっと、なんだっけ。

私《わたし》が思《おも》い出《だ》そうとしていると、小塚君《こづかくん》が教《おし》えてくれた。

「ディーラーっていうのは、車《くるま》の販売業者《はんばいぎょうしゃ》とかメーカー特約店舗《とくやくてんぽ》の事《こと》だよ。」

あ、そうなのか。

「車《くるま》を売《う》ったり、点検整備《てんけんせいび》をしたりする所《ところ》で、正規《せいき》のディーラーなんかだと技術《ぎじゅつ》のレベルがすごく高《たか》いんだ。独自《どくじ》の技術検定試験《ぎじゅつけんていしけん》をしてて、それに受《う》かった整備士《せいびし》でないと採用《さいよう》しないとこもあるくらい。」

そう言《い》いながら小塚君《こづかくん》は、黒木君《くろきくん》の方《ほう》を向《む》いた。

「なんで4人《にん》が、そのディーラーに車《くるま》を持《も》ち込《こ》んでるってわかったの？」

黒木君《くろきくん》は、待《ま》ってましたと言《い》わんばかりの表情《ひょうじょう》になった。

「そのディーラーの名前《なまえ》が、新海《しんかい》プレミアモータースだったからだ。」

うっ！

「新海《しんかい》の父親《ちちおや》の経営《けいえい》する会社《かいしゃ》だ。そこに出入《でい》りしていて、4人《にん》は新海《しんかい》と知《し》り合《あ》ったんだろう。」

それで新海君《しんかいくん》が、4人《にん》に佐藤健一《さとうけんいち》を紹介《しょうかい》したんだ。

ああ、これで謎《なぞ》10が解《と》けたっ！

「小塚《こづか》、電話《でんわ》来《き》てるぞ。」

黒木君《くろきくん》に言《い》われて、小塚君《こづかくん》はあわててポケットからスマートフォンを出《だ》す。

その画面《がめん》を見《み》て、ポツッとつぶやいた。

「片山《かたやま》だ。」

え・・・。

「もしもし小塚《こづか》です。」

スマートフォンから、悠飛《ゆうひ》の怒鳴《どな》り声《ごえ》が聞《き》こえた。

「おまえ、どこにいんだよ。さっきから捜《さが》してたんだぞ。上杉《うえすぎ》から、新海《しんかい》の指紋《しもん》のついたブツをおまえに渡《わた》してくれって頼《たの》まれたんだけど、おまえはいねーし、上杉《うえすぎ》もスマホに出《で》ねーし、困《こま》ってたんだよ。」

私《わたし》は、コクンと息《いき》を呑《の》んだ。

若武《わかたけ》を殴《なぐ》った石《いし》には、第《だい》6の人物《じんぶつ》の指紋《しもん》がついている。

上杉君《うえすぎくん》は、それと新海君《しんかいくん》の指紋《しもん》を照合《しょうごう》するつもりなんだ。

もし一致《いっち》すれば、第《だい》6の人物《じんぶつ》が新海君《しんかいくん》だっていう証拠《しょうこ》になる。

「文芸部《ぶんげいぶ》から、新海《しんかい》が見《み》てた本《ほん》を借《か》り出《だ》してきてるから届《とど》けるよ。どこにいんの？」

小塚君《こづかくん》は自分《じぶん》のいる場所《ばしょ》を教《おし》え、電話《でんわ》を切《き》ろうとした。

私《わたし》は、あわててそのスマートフォンに飛《と》び付《つ》く。

「立花《たちばな》です。」

悠飛《ゆうひ》が上杉君《うえすぎくん》に頼《たの》んだ調査《ちょうさ》は、新海君《しんかいくん》に関《かん》する事《こと》に違《ちが》いない。

一体《いったい》、何《なに》を知《し》りたかったんだろう。

「上杉君《うえすぎくん》に何《なに》を頼《たの》んだの？」

電話《でんわ》の向《む》こうで、悠飛《ゆうひ》はちょっと笑《わら》った。

「悪《わる》いが、俺《おれ》の口《くち》からは言《い》えねーよ。上杉《うえすぎ》に直接《ちょくせつ》聞《き》くんだな。あいつがしゃべるかどうかはわかんないけど。じゃな。」

プツッと切《き》れたスマートフォンを、私《わたし》は握《にぎ》りしめた。

くやしかったけれど、ちょっとだけカッコよかった。

24　初《はじ》めての寝顔《ねがお》

1人《ひとり》でバスに乗《の》って帰《かえ》りながら、私《わたし》は事件《じけん》ノートに目《め》を通《とお》した。

設定《せってい》した謎《なぞ》は、2つを除《のぞ》いて、すべて解《と》けている。

残《のこ》っているのは、謎《なぞ》7、6人目《にんめ》の人物《じんぶつ》は果《は》たして誰《だれ》なのか、謎《なぞ》12、なぜ空《あ》き家《や》から火《ひ》が出《で》たのか、の2つだけ。

それを解明《かいめい》するために、今《いま》、小塚君《こづかくん》と黒木君《くろきくん》が現場《げんば》に張《は》り付《つ》いていた。

私《わたし》は女子《じょし》だから、夜中《よなか》の参加《さんか》はできなかったけれど、でも私《わたし》にしかやれない調査《ちょうさ》もあるはず。

例《たと》えば・・・新海君《しんかいくん》に接近《せっきん》し、その真意《しんい》を確《たし》かめる事《こと》。

これは、浜田《はまだ》の文芸部《ぶんげいぶ》に所属《しょぞく》している私《わたし》だけにできる調査《ちょうさ》だった。

私《わたし》の守備範囲《しゅびはんい》というか、テリトリー、もしくは独壇場《どくだんじょう》。

やるぞ、明日《あした》になったら聞《き》き出《だ》してやる、たっぷりと。

でもその前《まえ》に、夜通《よどお》し調査《ちょうさ》をしている小塚君《こづかくん》と黒木君《くろきくん》の様子《ようす》を見《み》て、次《つぎ》には病院《びょういん》に運《はこ》ばれた若《わか》武《たけ》と翼《たすく》のお見舞《みま》いをし、さらに警察《けいさつ》に連《つ》れていかれた上杉君《うえすぎくん》と忍《しのぶ》がどうなったのかも調《しら》べなくっちゃ。

そう決心《けっしん》して、その夜《よる》は眠《ねむ》り、翌朝《よくあさ》とても早《はや》く起《お》きた。

「調《しら》べなくちゃならない事《こと》があるんだ。」

ママにそう言《い》って家《いえ》を出《で》て、まず昨日《きのう》の現場《げんば》まで行《い》ってみた。

できる事《こと》があれば、協力《きょうりょく》したかったんだ。

空《あ》き家《や》の近《ちか》くまで行《い》くと、まだコゲ臭《くさ》い臭《にお》いが漂《ただよ》っていて、人《ひと》の姿《すがた》はなかった。

もう2人《ふたり》とも調査《ちょうさ》を終《お》えて帰《かえ》ったのかも知《し》れない。

そう思《おも》いながら歩《ある》き回《まわ》っていて、やがて見《み》つけた、腕《うで》を組《く》んで庭《にわ》の樹《き》に寄《よ》りかかっている黒木《くろき》君《くん》を。

ただ立《た》っているだけかと初《はじ》めは思《おも》った。

でもよく見《み》たら、眠《ねむ》っていたんだ。

声《こえ》をかけていいものかどうか迷《まよ》いながら、私《わたし》は、枝葉《えだは》の間《あいだ》からこぼれ落《お》ちてくる朝陽《あさひ》がその整《ととの》った顔《かお》を照《て》らしているのを見《み》ていた。

黒木君《くろきくん》の寝顔《ねがお》を見《み》るのは初《はじ》めてで、意外《いがい》にもかわいらしかった。

いつもは大人《おとな》っぽいんだけれど、なんか・・・不思議《ふしぎ》。

そう思《おも》いながら見《み》ていると、グラッと体《からだ》が傾《かたむ》く。

重心《じゅうしん》が幹《みき》からはずれ、うわっ倒《たお》れる、と思《おも》った瞬間《しゅんかん》、黒木君《くろきくん》はパッと目《め》を開《あ》け、体勢《たいせい》を立《た》て直《なお》した。

私《わたし》は、あわてて知《し》らん振《ぷ》りっ！

何気《なにげ》なくあたりを見回《みまわ》し、初《はじ》めて黒木君《くろきくん》の存在《そんざい》に気《き》づいたかのように片手《かたて》を上《あ》げた。

「あ、お早《はよ》う。」

黒木君《くろきくん》は幹《みき》から体《からだ》を起《お》こす。

「やっぱり来《き》たね。」

え？

「昨日《きのう》の様子《ようす》から、朝《あさ》になったらやってくるんじゃないかと思《おも》ってたんだ。」

私《わたし》の気持《きも》ちはお見通《みとお》し、と言《い》わんばかりの笑《え》みだった。

「せっかく来《き》てくれるってのに、誰《だれ》もいないんじゃ気《き》の毒《どく》だからね、残《のこ》って待《ま》ってたんだ。」

という事《こと》は・・・小塚君《こづかくん》は帰《かえ》ったんだよね。

「調査《ちょうさ》はうまくいった？」

私《わたし》が聞《き》くと、黒木君《くろきくん》は腕組《うでぐ》みを解《と》き、両手《りょうて》で髪《かみ》を掻《か》き上《あ》げた。

「小塚《こづか》が証拠物件《しょうこぶっけん》を持《も》って家《いえ》に帰《かえ》った。分析《ぶんせき》するって。」

証拠《しょうこ》、見《み》つけたんだ、すごいっ!!

「どんな証拠《しょうこ》?」

私《わたし》が聞《き》くと、黒木君《くろきくん》は首《くび》を傾《かし》げた。

「焼《や》けこげた色々《いろいろ》なもの。天井板《てんじょういた》とか、正体不明《しょうたいふめい》の塊《かたまり》とか。あいつの考《かんが》えてる事《こと》って、謎《なぞ》だね。」

私《わたし》はクスクス笑《わら》った。

「警察《けいさつ》は、それ、持《も》っていかなかったんだね。つまり警察《けいさつ》の残《のこ》り物《もの》?」

黒木君《くろきくん》も笑《わら》う。

「持《も》ち去《さ》りに問題《もんだい》がない訳《わけ》じゃないけど、もう規制線《きせいせん》も撤去《てっきょ》されているから出入《でい》りは自由《じゆう》だし、きっと小塚《こづか》はこう言《い》うよ。これは持《も》ち去《さ》りじゃない、借《か》りるだけだ、後《あと》で返《かえ》すから。」

うん、絶対《ぜったい》言《い》うよね!

私《わたし》たちは、顔《かお》を見合《みあ》わせて笑《わら》った。

「あいつが、若武《わかたけ》と美門《みかど》の無実《むじつ》を証明《しょうめい》してくれるといいけど。」

きっと証明《しょうめい》してくれるはず!

今《いま》までKZ《カッズ》として一緒《いっしょ》に活動《かつどう》してきて、小塚君《こづかくん》が期待《きたい》に応《こた》えなかった事《こと》は、一度《いちど》もない。私《わたし》、小塚君《こづかくん》を信頼《しんらい》しているし、その力《ちから》を信《しん》じてるよ。

「途中《とちゅう》で片山《かたやま》が来《き》てくれたから、手伝《てつだ》ってもらったんだ。で、小塚《こづか》は、片山《かたやま》が持《も》ってきた本《ほん》も持《も》ち帰《かえ》った。」

それを聞《き》いて、私《わたし》は顔《かお》が強《こわ》ばってしまった。

ついに調査《ちょうさ》が、新海君《しんかいくん》の身辺《しんぺん》に迫《せま》っていくんだと思《おも》って。

謎《なぞ》7、6人目《にんめ》の人物《じんぶつ》は果《は》たして誰《だれ》なのか。

それが新海君《しんかいくん》でない事《こと》を、私《わたし》は祈《いの》っていた。

「どうかした？」

聞《き》かれて首《くび》を横《よこ》に振《ふ》る。

「なんでもない。黒木君《くろきくん》は、これから学校《がっこう》？」

黒木君《くろきくん》は腕《うで》を上《あ》げ、スマートウォッチに目《め》をやった。

「まだ時間《じかん》あるから秀明《しゅうめい》のクラブハウス行《い》って、シャワー浴《あ》びる。昨日《きのう》、風呂《ふろ》入《はい》ってないからさ。」

家《いえ》には帰《かえ》らないんだ・・・。

ほんと、謎《なぞ》の人《ひと》だよね、黒木君《くろきくん》って。

こんな時《とき》でもないと聞《き》けないので、私《わたし》は突《つ》っ込《こ》んでみた。

「昨日《きのう》は、私《わたし》が家《いえ》を空《あ》ける事《こと》を心配《しんぱい》してくれたけど、黒木君《くろきくん》のご両親《りょうしん》は、帰《かえ》らなくても何《なに》も言《い》わないの？」

黒木君《くろきくん》はうっすらと笑《わら》った。

「まぁね。」

そう言《い》いながら昇《のぼ》ってくる太陽《たいよう》を見上《みあ》げ、まぶしそうに目《め》を細《ほそ》める。

「わりと自由《じゆう》だ。けど・・・自由《じゆう》すぎて胸《むね》が痛《いた》いって思《おも》う時《とき》もある、かな。」

朝日《あさひ》の陰《かげ》になった横顔《よこがお》には、深《ふか》い影《かげ》ができていた。

＊

黒木君《くろきくん》にまつわる謎《なぞ》は、今《いま》までＫＺ《カッズ》が解《と》いてきたどんな謎《なぞ》よりも大《おお》きいのかも知《し》れない。

そう思《おも》いながら私《わたし》は、若武《わかたけ》と翼《たすく》が運《はこ》ばれた市立総合病院《しりつそうごうびょういん》に向《む》かった。

面会受付《めんかいうけつけ》と書《か》かれた窓口《まどぐち》があり、そこのタブレットに面会《めんかい》の方法《ほうほう》が表示《ひょうじ》されていた。

24時間《じかん》いつでも入院患者《にゅういんかんじゃ》に会《あ》う事《こと》ができ、面会票《めんかいひょう》を書《か》いて受付《うけつけ》の箱《はこ》に入《い》れるだけで、あとは勝《かっ》手《て》に病室《びょうしつ》まで行《い》っても構《かま》わないらしい。

私《わたし》は、ドアに表示《ひょうじ》されている病人《びょうにん》の名前《なまえ》に目《め》を通《とお》しながら、若武《わかたけ》と翼《たすく》を捜《さが》して2階《かい》、3階《がい》と上《のぼ》った。

5階《かい》まで行《い》って、ようやく2人《ふたり》の苗字《みょうじ》を書《か》いたプレートが差《さ》し込《こ》まれているドアを見《み》つける。

2人《ふたり》で同《おな》じ部屋《へや》に入《はい》っているみたいだった。

はぁ、見《み》つかってよかった。

それにしても入院《にゅういん》している人《ひと》の多《おお》い事《こと》!

誰《だれ》もが、色《いろ》んな事《こと》を制限《せいげん》されてるんだろうから、気《き》の毒《どく》だなぁ。

健康《けんこう》な今《いま》の自分《じぶん》をありがたく思《おも》わなくっちゃ。

「お早《はよ》うございます、入《はい》ります。」

そう言《い》いながら重《おも》いドアを引《ひ》っぱって開《あ》けると、白《しろ》い部屋《へや》のベッドの上《うえ》から若武《わかたけ》と翼《たすく》がこちらを見《み》た。

「お、アーヤ、俺《おれ》の事《こと》が心配《しんぱい》だったのか。」

これは若武《わかたけ》のセリフ。

「違《ちが》うっ！　俺《おれ》の見舞《みま》いだよね、アーヤ。」

これは翼《たすく》のセリフ。

私《わたし》は・・・答《こた》えるのも忘《わす》れ、並《なら》んでいる2つのベッドの間《あいだ》を見《み》ていた。

だってそこに小塚君《こづかくん》がしゃがみこんでいて、床《ゆか》に敷《し》いたビニールシートの上《うえ》に、何《なに》やら真《ま》っ黒《くろ》なものを広《ひろ》げていたんだもの。

「何《なに》？」

目《め》を丸《まる》くして聞《き》くと、小塚君《こづかくん》は、よいしょと言《い》いながら立《た》ち上《あ》がった。

「火事場《かじば》から集《あつ》めてきた証拠品《しょうこひん》だよ。家《いえ》で分析《ぶんせき》し終《お》わったから、説明《せつめい》するためにここに持《も》ってきたんだ。」

私《わたし》は、小塚君《こづかくん》の分析《ぶんせき》がうまくいった事《こと》を祈《いの》りながら口《くち》を開《ひら》く。

「若武《わかたけ》と翼《たすく》が火事《かじ》に無関係《むかんけい》だって事《こと》、証明《しょうめい》できそう？」

小塚君《こづかくん》はニッコリした。

「もちろんだよ。あの家《いえ》に火《ひ》をつけた犯人《はんにん》がハッキリした。」

すごいっ！

私《わたし》は意気込《いきご》み、小塚君《こづかくん》を見《み》つめた。

「火《ひ》をつけたのは、誰《だれ》なのっ⁉」

小塚君《こづかくん》はクックッと笑《わら》う。

「犯人《はんにん》はね、」

そう言《い》いながらビニールシートの上《うえ》から黒焦《くろこ》げになった細長《ほそなが》い物《もの》を持《も》ち上《あ》げた。

長《なが》さが10センチくらいで、円筒形《えんとうけい》。

「これだ。」

はっ⁉

「焼《や》け切《き》れてるから全部《ぜんぶ》じゃないけど。残《のこ》りは現場《げんば》にはなかったから、たぶん警察《けいさつ》が押収《おうしゅう》していったんだと思《おも》う。」

私《わたし》は何《なに》がなんだかさっぱりわからず、息《いき》を呑《の》んで聞《き》いた。

「それ、何《なん》なの？」

ベッドの上《うえ》で若武《わかたけ》が、得意《とくい》げに答《こた》える。

「ハクビシンの尻尾《しっぽ》だ。」

私《わたし》は、思《おも》わずオウム返《がえ》しっ！

「ハクビシンの尻尾《しっぽ》っ⁉」

小塚君《こづかくん》は、今度《こんど》は焼《や》けこげた丸《まる》い塊《かたまり》を持《も》ち上《あ》げた。

「これが現場《げんば》に落《お》ちていた。なんだと思《おも》う?」

えっと、まるでわからない。

「ハクビシンの巣《す》だ。」

はぁ・・・。

「僕《ぼく》は初《はじ》め、ハクビシンは餃子《ぎょうざ》の匂《にお》いを嗅《か》ぎつけて台所《だいどころ》に入《はい》り込《こ》んだものとばかり思《おも》ってた。」

ん、私《わたし》もだよ。

「でも、そうじゃなかったんだ。ハクビシンは、あの家《いえ》の天井裏《てんじょううら》に巣《す》を作《つく》ってたんだよ。」

そうだったのか。

「その巣《す》の中《なか》で溜《た》まったフンが発酵《はっこう》し、発熱《はつねつ》して出火《しゅっか》したんだ。」

え、そんな事《こと》あるの?

「早《はや》い時点《じてん》で消《け》し止《と》めれば大事《だいじ》に至《いた》らなかったはずだけど、あの家《いえ》にいた飯島《いいじま》は病人《びょうにん》だった。気《き》付《づ》かずにいるうちに火《ひ》が天井板《てんじょういた》に燃《も》え移《うつ》って、家中《いえじゅう》に広《ひろ》がっていったんだ。」

なるほど。

「動物性《どうぶつせい》タンパク質《しつ》や脂肪《しぼう》を含《ふく》んだものは、酸化《さんか》や発酵《はっこう》で発熱《はつねつ》する。その熱《ねつ》の逃《に》げる場《ば》がないと、温度《おんど》は上《あ》がる一方《いっぽう》で、ついには発火《はっか》するんだ。」

そうだったのかぁ。

ああ、これで謎《なぞ》12が解決《かいけつ》だ。

残《のこ》る謎《なぞ》は、もうただ1つのみっ！

謎《なぞ》7、6人目《にんめ》の人物《じんぶつ》は果《は》たして誰《だれ》なのか、これだけだっ!!

「警察《けいさつ》の鑑識《かんしき》も、現場《げんば》から押収《おうしゅう》していったものを調《しら》べてるだろうから、きっと同《おな》じ結論《けつろん》に達《たっ》すると思《おも》うよ。」

じゃ上杉君《うえすぎくん》と忍《しのぶ》の無実《むじつ》も証明《しょうめい》されるよね。

「一番《いちばん》ひどく焼《や》けていたのは巣《す》のあった天井《てんじょう》で、そこが最初《さいしょ》に崩《くず》れ落《お》ちたんだ。」

翼《たすく》が、白《しろ》い包帯《ほうたい》を巻《ま》いた頭《あたま》に手《て》をやる。

「俺《おれ》の上《うえ》に落《お》ちてきて、直撃《ちょくげき》食《く》らった。」

そう言《い》いながら訴《うった》えるような目付《めつ》きで私《わたし》を見《み》た。

「ここに当《あ》たったんだ、ここ。すごく痛《いた》かった。」

おお、よしよし。

「俺《おれ》、かわいそう？」

ん、すごくかわいそうだよ！

「頭《あたま》、なでて。」

こちらに頭《あたま》を傾《かたむ》ける翼《たすく》を、私《わたし》がなでてやろうとしていると、隣《となり》のベッドから若武《わかたけ》が、ずり落《お》ちんばかりに体《からだ》を伸《の》ばし、その一番痛《いちばんいた》そうな所《ところ》をペシッ！

「アーヤ、甘《あま》やかすんじゃない。俺《おれ》だって、そーとー痛《いた》かったんだぞ。」

翼《たすく》は目《め》に涙《なみだ》を溜《た》めながら若武《わかたけ》をにらんだ。

「だったら、おまえもなでてもらえばいいだろ。」

その言葉《ことば》に若武《わかたけ》は一瞬《いっしゅん》、心《こころ》が動《うご》いたらしく、探《さぐ》るような目《め》で私《わたし》の様子《ようす》をうかがった。

口《くち》には出《だ》さなかったけれど、きれいなその目《め》には、「やってくれるかオーラ」が浮《う》かんでいた。

なでるくらい簡単《かんたん》だったし、してやってもよかったんだけれど、これに応《おう》じたら、翼《たすく》もさらにエスカレートするに決《き》まっている。

キリがないもん、やめとこっと。

私《わたし》は2人《ふたり》に背中《せなか》を向《む》け、小塚君《こづかくん》に微笑《ほほえ》みかけた。

「小塚君《こづかくん》、素晴《すば》らしい成果《せいか》だね。」

小塚君《こづかくん》は、恥《は》ずかしそうに身《み》をすくめる。

「そんなでもないよ。」

ああ謙虚《けんきょ》な事《こと》、この上《うえ》ない。

若武《わかたけ》や翼《たすく》に見習《みなら》わせたいなぁ。

「飯島《いいじま》が、熱《ねつ》が出《で》て寝《ね》たきりだったって言《い》ってたろ。」

ん、そう聞《き》いたけど。

「彼《かれ》は、それを自分《じぶん》の犯《おか》した罪《つみ》と関連付《かんれんづ》けてたけど、僕《ぼく》はハクビシンのせいじゃないかと思《おも》ってるんだ。」

え・・・なんで？

「ハクビシンは、いろんなウィルスや菌《きん》を持《も》ってる。E型肝炎《イーがたかんえん》とか、レプトスピラとか。SARS《サーズ》、重症急性呼吸器症候群《じゅうしょうきゅうせいこきゅうきしょうこうぐん》を媒介《ばいかい》する中間宿主《ちゅうかんしゅくしゅ》だとも言《い》われてるしね。」

もしかして飯島《いいじま》は、天井《てんじょう》に作《つく》られた巣《す》から落《お》ちてくる菌《きん》やウィルスを、ずっと吸《す》い続《つづ》けていたのかも知《し》れないね。

「でもハクビシンは、鳥獣保護法《ちょうじゅうほごほう》で保護《ほご》されてるから許可《きょか》なく捕獲《ほかく》できないんだ。」

え・・・じゃ、どうするの。

「構《かま》うもんか。」

若武《わかたけ》が、コゲた尻尾《しっぽ》を持《も》ち上《あ》げる。

「もう完璧《かんぺき》、終《お》わってるぜ。こんなになってるもん。」

小塚君《こづかくん》は苦笑《くしょう》した。

「その個体《こたい》は焼死《しょうし》してるけど、逃《に》げた家族《かぞく》がいるかも知《し》れないだろ。」

大変《たいへん》だ、ウィルスがばらまかれるよ。

「でも病院《びょういん》に収容《しゅうよう》された飯島《いいじま》が検査《けんさ》を受《う》けてるだろうから、すぐ原因《げんいん》がわかって、対策《たいさく》が取《と》られるから大丈夫《だいじょうぶ》だと思《おも》う。」

ほっ！

「ああ、もう学校《がっこう》に行《い》かないと。」

そう言《い》いながら小塚君《こづかくん》は証拠《しょうこ》を片付《かたづ》け始《はじ》め、ふっと手《て》を止《と》めた。

「片山《かたやま》の持《も》ってきた本《ほん》から検出《けんしゅつ》した指紋《しもん》だけどね、」

ドキッ！

「若武《わかたけ》を殴《なぐ》った石《いし》についてた指紋《しもん》と、同一《どういつ》だった。」

ううっ！

「第《だい》6の人物《じんぶつ》は、新海光牙《しんかいこうが》で間違《まちが》いないよ。」

ああ・・・。

25 第《だい》6の人物《じんぶつ》

「よし、最後《さいご》の謎《なぞ》が解《と》けたな。」

若武《わかたけ》が勢《いきお》いよく拳《こぶし》を握《にぎ》りしめる。

「これで『餃子《ぎょうざ》5パック盗難事件《とうなんじけん》』は終結《しゅうけつ》だ。俺《おれ》たちKZ《カッズ》は、またも事件《じけん》を解決《かいけつ》したんだ。もうテレビに出《で》るっきゃないだろ。」

残念《ざんねん》だけど、それは無理《むり》。

事件《じけん》は、もう警察《けいさつ》の手《て》に渡《わた》ってるから。

「若武《わかたけ》がここに運《はこ》ばれた後《あと》、佐藤健一《さとうけんいち》が自首《じしゅ》したんだ。」

小塚君《こづかくん》が気《き》の毒《どく》そうに言《い》った。

「警察《けいさつ》はきっと保険金詐欺《ほけんきんさぎ》についても捜査《そうさ》の手《て》を伸《の》ばすだろうって、黒木《くろき》が言《い》ってたよ。」

若武《わかたけ》は、しぼんだ風船《ふうせん》みたいにヘチャッと枕《まくら》の上《うえ》に顔《かお》を伏《ふ》せた。

「またかよぉぉぉ・・・」

ふむ、かわいそう、ではある。

同情《どうじょう》しながら見《み》ていると、小塚君《こづかくん》が再《ふたた》び片付《かたづ》けを始《はじ》めながら言《い》った。

「あきらめるんだね。」

意外《いがい》と冷静《れいせい》だった。

「事件《じけん》が解決《かいけつ》して、もう被害《ひがい》が出《で》ない事《こと》を喜《よろこ》ぼうよ。」

あっ、正論《せいろん》！

「社会貢献《しゃかいこうけん》できたんだからね。」

そうだ、そうだ。

「それに事件《じけん》なら、また必《かなら》ず起《お》こるよ。それを追《お》えばいい。」

若武《わかたけ》はピコンと体《からだ》を起《お》こし、枕《まくら》を抱《だ》きしめた。

「よし次《つぎ》こそやるぞ。絶対《ぜったい》テレビ出演《しゅつえん》を果《は》たすんだ。」

あーあ、社会貢献《しゃかいこうけん》は、どこへ。

「じゃアーヤ、行《い》こ。学校《がっこう》に遅《おく》れるよ。」

そうだね。

片付《かたづ》けを終《お》えた小塚君《こづかくん》と、私《わたし》が一緒《いっしょ》に病室《びょうしつ》を出《で》ようとしていると、翼《たすく》が言《い》った。

「お見舞《みま》い、メッシィボクゥ。」

その発音《はつおん》の、素晴《すば》らしかった事《こと》っ！

フランス語《ご》の〈ありがとう〉を、日本人《にほんじん》は、〈メルシー〉って言《い》うけれど、ネイティブ発音《はつおん》だと、メッシィなんだよね。

切《き》れがあってカッコよかったし、〈ボクゥ〉の痺《しび》れるような響《ひび》きも、これまたステキだった。

私《わたし》は思《おも》わず、この間《あいだ》の翼《たすく》みたいに、もう一度《いちど》言《い》って、って催促《さいそく》しそうになってしまった。

「ま、」

若武《わかたけ》がベッドの上《うえ》で胡坐《あぐら》をかき、両手《りょうて》でパンパンと両脚《りょうあし》を叩《たた》く。

「俺《おれ》たちもそう長《なが》くはここにいない予定《よてい》だ。退院《たいいん》したらすぐKZ《カッズ》会議《かいぎ》を開《ひら》くから、アーヤ、事件《じけん》をまとめとけよ。」

合点《がってん》だっ！

＊

病院《びょういん》を出《で》て、駅《えき》で小塚君《こづかくん》と別《わか》れ、私《わたし》は学校《がっこう》に急《いそ》いだ。

本当《ほんとう》は、すぐさま新海君《しんかいくん》の所《ところ》に駆《か》け付《つ》けて、問《と》い質《ただ》したい気分《きぶん》だった。

他人《たにん》を石《いし》で殴《なぐ》るなんて、許《ゆる》せない。

餃子《ぎょうざ》の窃盗《せっとう》や自動車事故詐欺《じどうしゃじこさぎ》に関係《かんけい》していた事《こと》も見過《みす》ごしにはできなかったし。

どうしてそれらに手《て》を出《だ》したのか、理由《りゆう》を本人《ほんにん》の口《くち》から聞《き》きたかった。

とても優《やさ》しい人《ひと》だと思《おも》っていたのに裏切《うらぎ》られたような気《き》がして、腹《はら》が立《た》ったし、悲《かな》しくてつらかったんだ。

でも学校《がっこう》に着《つ》くのが始業《しぎょう》ギリギリになってしまって、昼休《ひるやす》みが来《く》るまで待《ま》つしかなかった。

私《わたし》はイライラしながら授業《じゅぎょう》を受《う》け、お昼時間《ひるじかん》が来《く》ると、お弁当《べんとう》を持《も》って文芸部室《ぶんげいぶしつ》に飛《と》んでいった。

そこで食《た》べながら新海君《しんかいくん》を待《ま》ったんだ。

でも昼休《ひるやす》みが終《お》わる頃《ころ》になっても、新海君《しんかいくん》は姿《すがた》を見《み》せなかった。

それで今度《こんど》は放課後《ほうかご》、部室《ぶしつ》で待《ま》ち構《かま》える事《こと》にした。

私《わたし》が待《ま》っていると、部長《ぶちょう》や副部長《ふくぶちょう》、他《ほか》の部員《ぶいん》もやって来《き》たから、この中《なか》で話《はなし》をする訳《わけ》にはいかないと思《おも》い、いったん外《そと》に出《で》て、部室前《ぶしつまえ》で待《ま》ち伏《ぶ》せっ！

「あれ、こんなとこで何《なに》やってんの？」

新海君《しんかいくん》が来《き》たのは、20〜30分《ぷん》してからだった。

「中《なか》、入《はい》んないのか？」

私《わたし》は新海君《しんかいくん》を見上《みあ》げ、逸《はや》る自分《じぶん》の気持《きも》ちを懸命《けんめい》に落《お》ち着《つ》かせた。

「2人《ふたり》きりで話《はな》したいの。ついて来《き》て。」

騒《さわ》がしい場所《ばしょ》だと、新海君《しんかいくん》には聞《き》き取《と》れない。

話《はなし》が人《ひと》の耳《みみ》に触《ふ》れないためにも、誰《だれ》も来《こ》ない所《ところ》の方《ほう》が好《この》ましかったから、校舎《こうしゃ》の北側《きたがわ》にあるゴミ焼却炉《しょうきゃくろ》のそばまで連《つ》れていった。

そこは図書室《としょしつ》の裏手《うらて》に当《あ》たり、文芸部室《ぶんげいぶしつ》からも近《ちか》い場所《ばしょ》だった。

「なんの話《はなし》？」

そう言《い》いながら付《つ》いてきた新海君《しんかいくん》を、私《わたし》は足《あし》を止《と》めてから振《ふ》り返《かえ》った。

「佐藤健一君《さとうけんいちくん》から聞《き》いたんだけど、餃子《ぎょうざ》を窃盗《せっとう》してたんだって？」

新海君《しんかいくん》は、すうっと無表情《むひょうじょう》になった。

そのまま黙《だま》り込《こ》んでいて、否定《ひてい》も肯定《こうてい》もしない。

そこから話《はなし》に入《はい》ろうと思《おも》っていた私《わたし》は、答《こた》えが返《かえ》ってこない事《こと》に困《こま》り、しかたなく方向《ほうこう》を変《か》えた。

新海君本人《しんかいくんほんにん》に直接《ちょくせつ》、切《き》り込《こ》むしかないと思《おも》ったんだ。

「新海君《しんかいくん》は、その窃盗《せっとう》に関《かか》わってるよね。」

黙《だま》っていた新海君《しんかいくん》は、驚《おどろ》いたように目《め》を見開《みひら》く。

「え・・・俺《おれ》、関《かか》わってないけど。」

その言葉《ことば》を信《しん》じられたら、どんなにいいだろう。

「餃子《ぎょうざ》を盗《ぬす》もうとした時《とき》に邪魔《じゃま》になった市立中《いちりつちゅう》の1年生《ねんせい》を石《いし》で殴《なぐ》ったでしょう?」

新海君《しんかいくん》は、ますます訳《わけ》がわからないというような表情《ひょうじょう》になる。

「なんかの間違《まちが》いじゃね? 俺《おれ》、全然知《ぜんぜんし》らねーよ。」

その言葉《ことば》、ああ信《しん》じたいっ!

「交通事故《こうつうじこ》を装《よそお》って保険金詐欺《ほけんきんさぎ》をしてる専門学校生《せんもんがっこうせい》とも、親《した》しくしてるよね。その専門学校生《せんもんがっこうせい》は、事故《じこ》を起《お》こした車《くるま》を新海君《しんかいくん》のお父《とう》さんの会社《かいしゃ》に持《も》ち込《こ》んで、詐欺《さぎ》をしてるんでしょう?」

新海君《しんかいくん》は笑《わら》い出《だ》した。

「何言《なにい》ってんのか、てんでわからないな。冗談《じょうだん》にしては面白《おもしろ》くなさすぎるし。」

そう言《い》いながらクルッと身《み》をひるがえす。

「付《つ》き合《あ》ってられない。」

歩《ある》き出《だ》すその体《からだ》の前《まえ》に、私《わたし》は立《た》ちふさがった。

「本当《ほんとう》の事《こと》を話《はな》してくれない？」

新海君《しんかいくん》は困《こま》った様子《ようす》だった。

「そう言《い》われても、ほんとになんの事《こと》かわからないんだ。」

その表情《ひょうじょう》は真剣《しんけん》で、ウソをついているとは思《おも》えなかった。

「誰《だれ》が、そんな事言《ことい》ったの？」

私《わたし》は、ふっと、KZ《カッズ》の調査《ちょうさ》はどこかで間違《まちが》ったのかも知《し》れない、という気《き》になった。

新海君《しんかいくん》が悪《わる》い事《こと》なんてするはずがない、以前《いぜん》から心《こころ》にあったその気持《きも》ちがよみがえってきたんだ。

「ほんとに知《し》らないの？」

念《ねん》を押《お》すと、新海君《しんかいくん》は、はっきりと頷《うなず》いた。

「誓《ちか》ってもいい。」

どことなく哀《かな》しげなその眼差《まなざし》に瞬《またた》く強《つよ》い光《ひかり》は、真実《しんじつ》を語《かた》っているとしか思《おも》えなかった。

KZ《カッズ》がどこで調査《ちょうさ》を間違《まちが》えたのかわからないけれど、今《いま》はこれを信《しん》じずにいられない！

私《わたし》はそう思《おも》った。

「わかった。ごめんね、こんなとこに呼《よ》び出《だ》して。」

そう言《い》った瞬間《しゅんかん》だった。

新海君《しんかいくん》がひどくつらそうに顔《かお》をゆがめた。

「ダメだ。」

え？

「出《で》てくるな。」

驚《おどろ》く私《わたし》の前《まえ》で、きつく眉根《まゆね》を寄《よ》せ、あえぐようにつぶやく。

「許《ゆる》さない、出《で》るんじゃないっ！」

片手《かたて》で自分《じぶん》の制服《せいふく》の襟元《えりもと》をつかみ、うつむいて体《からだ》を振《ふ》りしぼった。

「大人《おとな》しくしてろ！」

そのまま動《うご》かなくなってしまい、私《わたし》は呆気《あっけ》に取《と》られるばかり。

何《なに》、どうしたの、何《なに》が起《お》こったの!?

アゼンとしていると、やがて新海君《しんかいくん》はゆっくりと顔《かお》を上《あ》げた。

その顔《かお》が・・・なんだか今《いま》までと違《ちが》って見《み》えた。

こちらに向《む》けられた2つの目《め》に、凍《こお》りついた星《ほし》みたいに冷《つめ》たい光《ひかり》がある。

新海君《しんかいくん》がいきなり悠飛《ゆうひ》を殴《なぐ》った時《とき》の目《め》だった。

「おまえ、」

じっと見《み》すえられて私《わたし》は恐《こわ》くなり、思《おも》わず後退《あとずさ》りした。

そのとたん、素早《すばや》く伸《の》びた新海君《しんかいくん》の腕《うで》が、私《わたし》の二《に》ノ腕《うで》をつかみ上《あ》げたんだ。

「新海《しんかい》に、自分《じぶん》の力《ちから》を信《しん》じろとか、チョロイ事言《ことい》ってたよな。」

え・・・まるで他人事《ひとごと》みたいなこの言《い》い方《かた》って、何《なに》？

「おまけにアレコレ嗅《か》ぎ回《まわ》りやがって。」

恐《おそ》ろしく強《つよ》い力《ちから》で、強引《ごういん》に引《ひ》きずり寄《よ》せられる。

息《いき》がかかるほど近《ちか》くからにらまれて、私《わたし》は震《ふる》え上《あ》がり、声《こえ》も出《だ》せなかった。

「俺《おれ》を消《け》そうとしてんのか。」

片手《かたて》が私《わたし》の首《くび》をつかみ、指先《ゆびさき》が喰《く》い込《こ》んでくる。

私《わたし》は目《め》を見開《みひら》いたままだった。

これは何《なに》、一体何《いったいなに》が起《お》こっているの!?

「その前《まえ》に、おまえを消《け》してやるよ。ぶっ潰《つぶ》してやる。」

指《ゆび》に力《ちから》が入《はい》り、私《わたし》は息《いき》が苦《くる》しくなって、あたりが暗《くら》く見《み》え始《はじ》めた。

視界《しかい》も次第《しだい》に閉《と》ざされ、狭《せま》くなっていく。

どこか深《ふか》い穴《あな》の中《なか》にでも落《お》ちていくような気分《きぶん》だった。

ああ、もう元《もと》に戻《もど》れない気《き》がする・・・。

そう思《おも》ったその時《とき》っ！

「新海《しんかい》、何《なに》やってんだっ！」

大声《おおごえ》が響《ひび》き、駆《か》け寄《よ》ってくる靴音《くつおと》がした。

「きっさま！」

鈍《にぶ》い音《おと》と共《とも》に新海君《しんかいくん》がのけぞり、後《うし》ろに倒《たお》れる。

急《きゅう》に手《て》を離《はな》された私《わたし》は自分《じぶん》の体《からだ》を支《ささ》えられず、その場《ば》にヘタヘタと座《すわ》り込《こ》んだ。

「大丈夫《だいじょうぶ》か？」

そばまでやってきて私《わたし》をのぞき込《こ》んだのは、悠飛《ゆうひ》だった。

「どっか痛《いた》い？」

私《わたし》は大《おお》きな息《いき》をつきながら自分《じぶん》の首《くび》をなでた。

「ううん、平気《へいき》。ありがと。」

まだ何《なに》が起《お》こったのかよくわからなくて、ぼんやりしながら少《すこ》し離《はな》れた所《ところ》に横倒《よこだお》しになっている新海君《しんかいくん》を見《み》た。

「力《ちから》が入《はい》りすぎたかも。ついカッとしてさ。」

悠飛《ゆうひ》に吹《ふ》っ飛《と》ばされたらしい。

「上杉《うえすぎ》から電話《でんわ》があったんだ。頼《たの》んどいた調《しら》べ物《もの》の返事《へんじ》でさ、それ聞《き》いてすぐ新海《しんかい》を捜《さが》したら、おまえと一緒《いっしょ》に歩《ある》いてるのを見《み》たってヤツがいて、こりゃヤベぇと思《おも》って、もう必死《ひっし》だったよ。間《ま》にあってよかった。」

大《おお》きな息《いき》をつきながら新海君《しんかいくん》のそばに歩《あゆ》み寄《よ》り、黙《だま》って手《て》を差《さ》し出《だ》す。

新海君《しんかいくん》は素直《すなお》にその手《て》を取《と》り、立《た》ち上《あ》がった。

「片山《かたやま》、いつ来《き》たの？」

その表情《ひょうじょう》は、いつも通《どお》りの哀《かな》しげな感《かん》じで、目《め》にも透明感《とうめいかん》が戻《もど》ってきていた。

わっ・・・普通《ふつう》だ。

じゃあれは、いったい何《なん》だったの。

何《なに》かの憑依《ひょうい》？

「おまえの病気《びょうき》って、耳《みみ》だけじゃないよな。」

悠飛《ゆうひ》は、片目《かため》を細《ほそ》めて新海君《しんかいくん》を見《み》つめる。

「LiD《エルアイディー》の他《ほか》にもあるだろ。」

新海君《しんかいくん》は、ふっと真顔《まがお》になった。

「バレてる？」

悠飛《ゆうひ》はしかたなさそうな笑《え》みを浮《う》かべる。

「とんでもなく凶暴《きょうぼう》なヤツが出《で》てきてるぜ。おまえ自身《じしん》は意識《いしき》してんの？」

新海君《しんかいくん》はサラッと髪《かみ》を乱《みだ》して首《くび》を横《よこ》に振《ふ》った。

「出《で》てくる時《とき》はわかるよ。脳《のう》の底《そこ》から何《なに》かが湧《わ》き上《あ》がってくる感《かん》じなんだ。淀《よど》んだ、不透明《ふとうめい》なものがグウッとまとまったかと思《おも》うと、一気《いっき》に意識《いしき》が飛《と》ぶ。自分《じぶん》を乗《の》っ取《と》られる感覚《かんかく》だ。気《き》が付《つ》くと、」

そう言《い》いながらあたりを見回《みまわ》した。

「状況《じょうきょう》が変《か》わってるんだ。見覚《みおぼ》えのない場所《ばしょ》にいたり、見《み》た事《こと》のない物《もの》を持《も》ってたり。」

悠飛《ゆうひ》は新海君《しんかいくん》の肩《かた》を叩《たた》き、腕《うで》を回《まわ》してその背中《せなか》を抱《だ》いた。

「このまま放置《ほうち》しとくと、そいつ、きっとのさばるぜ。出《で》てくる回数《かいすう》が多《おお》くなったり時間《じかん》が長《なが》くなったりして、おまえに取《と》って代《か》わるかも知《し》れない。俺《おれ》を殴《なぐ》ったのは、おまえが野球《やきゅう》に戻《もど》って自《じ》由《ゆう》にプレーするようになれば、自分《じぶん》が消《け》されるからだし、立花《たちばな》を襲《おそ》ったのも、おまえを励《はげ》ましたり色々《いろいろ》探《さぐ》ったりしたから邪魔《じゃま》だったんだ。このままじゃまずい。取《と》りあえず医者《いしゃ》に相談《そうだん》しよう。

ついてってやるからさ。」

新海君《しんかいくん》が頷《うなず》くのを確認《かくにん》し、悠飛《ゆうひ》は私《わたし》を振《ふ》り返《かえ》った。

「俺《おれ》、部活《ぶかつ》フケて医者《いしゃ》に付《つ》き添《そ》う。場合《ばあい》によっちゃ警察《けいさつ》に行《い》かないと。おまえ、1人《ひとり》で保健室行《ほけんしつい》けるか。行《い》けなかったら、誰《だれ》か呼《よ》ぶけど。」

私《わたし》はあわてて答《こた》えた。

「保健室《ほけんしつ》なんて、行《い》かなくても大丈夫《だいじょうぶ》。」

悠飛《ゆうひ》は、それはマズいというような顔《かお》をする。

「いや行《い》け。頸椎《けいつい》を見《み》てもらうんだ。理由《りゆう》は、適当《てきとう》に付《つ》けとけ。」

私《わたし》が頷《うなず》くと、悠飛《ゆうひ》は新海君《しんかいくん》をうながして歩《ある》き出《だ》した。

「必《かなら》ず行《い》けよ。あ、上杉《うえすぎ》に、ありがとって伝《つた》えといて。」

26　サヨナラは言《い》わない

凶暴《きょうぼう》なヤツが出《で》てきてるって悠飛《ゆうひ》は言《い》っていた。

それってなんなの。

まるで他人事《ひとごと》みたいに奇妙《きみょう》な新海君《しんかいくん》の言《い》い方《かた》は、何《なに》？

霊《れい》の憑依《ひょうい》とかじゃないよね。

霊《れい》がうろついてるんなら、調査《ちょうさ》の時《とき》に、忍《しのぶ》が感知《かんち》してるはずだもの。

上杉君《うえすぎくん》が調《しら》べたんだから、医学系《いがくけい》か心理学系《しんりがくけい》なんだ。

よし、聞《き》いてみよう！

悠飛《ゆうひ》に電話《でんわ》してきたって言《い》ってたから、もう警察《けいさつ》から帰《かえ》ってきてるんだ。

私《わたし》は校内《こうない》の公衆電話《こうしゅうでんわ》に飛《と》んでいき、上杉君《うえすぎくん》に電話《でんわ》をかけた。

何度《なんど》か呼《よ》び出《だ》し音《おん》が鳴《な》っていて、やがて無愛想《ぶあいそう》な声《こえ》が聞《き》こえてくる。

「公衆電話《こうしゅうでんわ》からの電話《でんわ》は、基本《きほん》、出《で》ない。ただ知《し》り合《あ》いにスマホ持《も》ってないヤツがいるから、やむをえずだ。さっさと名前《なまえ》を言《い》え。」

私《わたし》は身《み》をすくめた。

「あの・・・スマホ持《も》ってないっていうその知《し》り合《あ》いです。」

声《こえ》まですくんでいたらしく、上杉君《うえすぎくん》はクスッと笑《わら》った。

「なんだよ。」

いつもの口調《くちょう》だったので、私《わたし》は胸《むね》をなで下《お》ろした。

「悠飛《ゆうひ》から、ありがとうって伝《つた》えといてって言《い》われたの。それから聞《き》きたい事《こと》もあるんだ。新海《しんかい》君《くん》について、悠飛《ゆうひ》から何《なに》か聞《き》いてる？　調《しら》べてくれって言《い》われてたんでしょう？」

上杉君《うえすぎくん》は、ちょっと息《いき》をついた。

「何《なに》も聞《き》いてない。あいつ、口固《くちかた》いからな。」

それは、そうかも。

「調《しら》べてくれって言《い》われてたのは、解離性同一性障害《かいりせいどういつせいしょうがい》についてだ。」

解離性同一性障害《かいりせいどういつせいしょうがい》？

「昔《むかし》は、多重人格障害《たじゅうじんかくしょうがい》と呼《よ》ばれてた。」

多重人格《たじゅうじんかく》！

「1人《ひとり》の人間《にんげん》の中《なか》に、その人間《にんげん》とは別《べつ》の人格《じんかく》が現《あらわ》れる神経症《しんけいしょう》だ。」

そんな事《こと》、あるんだ。

「現《あらわ》れるのは、1人《ひとり》だけの場合《ばあい》もあるし、十数人《じゅうすうにん》が次々《つぎつぎ》と出《で》てくる事《こと》も珍《めずら》しくない。」

驚《おどろ》きながら私《わたし》は、新海君《しんかいくん》を思《おも》った。

新海君《しんかいくん》・・・そうなんだ。

あの他人事《ひとごと》みたいに妙《みょう》な言葉遣《ことばづか》いや、いつもと違《ちが》う感《かん》じの目付《めつ》きも、そう考《かんが》えれば納得《なっとく》できる。

妙《みょう》に強気《つよき》で暴力的《ぼうりょくてき》だったあの新海君《しんかいくん》は、別人格《べつじんかく》なんだ。

「どんな人間《にんげん》の中《なか》にも、いろんな気持《きも》ちがあるだろ。時《とき》にはマジメだったり、時《とき》には悪《わる》ふざけしたり。それらを自分《じぶん》の心《こころ》の内《うち》にまとめられなくなるのが、この神経症《しんけいしょう》なんだ。原因《げんいん》は様々《さまざま》だけど、過重《かじゅう》なストレスを受《う》けると、自分《じぶん》の経験《けいけん》を統合《とうごう》できなくなるって説《せつ》もある。」

新海君《しんかいくん》はＬｉＤ《エルアイディー》になって、そのせいでイップスを発症《はっしょう》して野球《やきゅう》から離《はな》れなければならなくなった。

それで苦《くる》しんで、自分《じぶん》には価値《かち》がないって思《おも》い込《こ》むほどのストレスを抱《かか》え込《こ》んだんだ。

深海魚《しんかいぎょ》なんて呼《よ》ばれて、孤立《こりつ》もしていたし・・・。

ああ悠飛《ゆうひ》は、それに気《き》づいたんだね。

「1人《ひとり》の人間《にんげん》の中《なか》に現《あらわ》れた別人格《べつじんかく》は、自分《じぶん》の生《い》き残《のこ》りを計《はか》る事《こと》もある。」

え？

「その人間《にんげん》のストレスがなくなったら、別人格《べつじんかく》は消《き》えるしかない。それで自分《じぶん》が消滅《しょうめつ》しないように、ストレス状態《じょうたい》を長引《ながび》かせるんだ。」

それで、俺《おれ》を消《け》そうとしてんのかって、言《い》ってたんだ。

新海君《しんかいくん》が気力《きりょく》を回復《かいふく》し、ストレスを克服《こくふく》したら自分《じぶん》が消《き》えなければならないから。

うわぁ、嫌《いや》なヤツだなぁ。

「別人格《べつじんかく》の中《なか》には研究者《けんきゅうしゃ》のように知性的《ちせいてき》なのがいたり、逆《ぎゃく》に危《あぶ》ないのがいたりする。もっと弱々《よわよわ》しくて、ストレスを引《ひ》き受《う》ける専門《せんもん》の人格《じんかく》が生《う》まれてくる事《こと》もあるよ。」

そうなんだ。

それも全部《ぜんぶ》、心《こころ》の働《はたら》きなんだね。

私《わたし》は人間《にんげん》の精神《せいしん》の複雑《ふくざつ》さを噛《か》みしめた。

新海君《しんかいくん》は、これからどうするんだろう。

「解離性同一性障害《かいりせいどういつせいしょうがい》って、病院《びょういん》に通《かよ》って治療《ちりょう》すれば治《なお》るの？」

上杉君《うえすぎくん》は黙《だま》り込《こ》み、慎重《しんちょう》に手《て》さぐりするような口調《くちょう》になる。

「治療法《ちりょうほう》は確立《かくりつ》してない。けど最近《さいきん》は、無理《むり》に1つの人格《じんかく》に統合《とうごう》しないという方向《ほうこう》が主流《しゅりゅう》みたいだ。つまり治療《ちりょう》っていうより、ケアだな。」

え?

「治療《ちりょう》とケアの違《ちが》いは、患者《かんじゃ》の現状《げんじょう》を肯定《こうてい》するかどうかだ。治療《ちりょう》というのは、患者《かんじゃ》は問題《もんだい》を持《も》っている、それを取《と》りのぞいて治《なお》すっていう考《かんが》え方《かた》。ケアは、患者《かんじゃ》には問題《もんだい》がない、ストレスを減《へ》らしていけば本来《ほんらい》もっていた力《ちから》がよみがえり、それによって治《なお》っていくって考《かんが》え方《かた》。」

へえ。

「1人《ひとり》の人間《にんげん》の中《なか》に別人格《べつじんかく》がいてもいい、そういうふうに周囲《しゅうい》から肯定《こうてい》され、自分《じぶん》が生《い》きていけると思《おも》えるようになると、人格交代《じんかくこうたい》が起《お》こらなくなるっていう説《せつ》もあるし。」

そっか。

「精神医学《せいしんいがく》は、まだまだ研究《けんきゅう》が必要《ひつよう》な分野《ぶんや》だよ。俺《おれ》も結構《けっこう》、興味《きょうみ》ある。」

私《わたし》は、その道《みち》に進《すす》んでいく上杉君《うえすぎくん》の姿《すがた》を想像《そうぞう》した。

白衣《はくい》を着《き》て、机《つくえ》の前《まえ》に座《すわ》り、パソコンのマウスを握《にぎ》りながらじっと画面《がめん》を見《み》つめている。

自分《じぶん》にしか目指《めざ》せないものと向《む》き合《あ》っている冷静《れいせい》なその横顔《よこがお》がステキだった。

「頑張《がんば》ってね。」

私《わたし》がそう言《い》うと、小《ちい》さな笑《わら》い声《ごえ》が返《かえ》ってきた。

「もし立花《たちばな》が病《や》んだら、診《み》てやるよ。」

え、それは・・・うれしいような、うれしくないような・・・気分《きぶん》、複雑《ふくざつ》。

*

「KZ《カッズ》セブン会議《かいぎ》を始《はじ》める。」

若武《わかたけ》がそう言《い》った時《とき》、カフェテリアのテーブルには、全員《ぜんいん》がそろっていた。リーダー若武《わかたけ》を始《はじ》めとし、上杉君《うえすぎくん》、小塚君《こづかくん》、黒木君《くろきくん》、翼《たすく》、忍《しのぶ》、そして私《わたし》で合計《ごうけい》7人《にん》、フルメンバーだよ。

それを見回《みまわ》して、私《わたし》はニッコリした。

皆《みな》がそろっていると、やっぱり気持《きも》ちが落《お》ち着《つ》く。

KZ《カッズ》は、こうでなくっちゃ、ね！

「このところずっと追《お》いかけてきた『餃子《ぎょうざ》5パック盗難事件《とうなんじけん》』にも、ついにケリがついた。キッチリ犯人《はんにん》を挙《あ》げ、今後《こんご》の犯罪《はんざい》を未然《みぜん》に防《ふせ》いで、平和《へいわ》な市民生活《しみんせいかつ》を守《まも》ったんだ。」

若武《わかたけ》は得意《とくい》そうに私《わたし》たちを見回《みまわ》した。

「最初《さいしょ》はチンケな事件《じけん》だとおまえらからバカにされていたが、この俺《おれ》の勘《かん》に狂《くる》いはなかった。これはただの窃盗《せっとう》じゃないとずっと思《おも》っていたんだ。」

上杉君《うえすぎくん》が、ほんとか？　と言《い》わんばかりに眉《まゆ》を上《あ》げる。

それを見《み》て黒木君《くろきくん》がクスッと笑《わら》った。

若武《わかたけ》は、自分《じぶん》の演説《えんぜつ》に酔《よ》っていて、我関《われかん》せず状態《じょうたい》。

「やはり最後《さいご》には素晴《すば》らしい成果《せいか》に結《むす》びついた。指名手配《しめいてはい》を受《う》けながら四半世紀《しはんせいき》の長《なが》きにわたって逃《に》げ回《まわ》っていた政治犯《せいじはん》を引《ひ》きずり出《だ》す事《こと》に成功《せいこう》し、見事《みごと》に警察《けいさつ》の手《て》に引《ひ》き渡《わた》したんだ。」

えっと、その全部《ぜんぶ》が私《わたし》たちの手柄《てがら》、という訳《わけ》じゃないけどね。

ハクビシンのおかげって部分《ぶぶん》もあったし。

「保険金詐欺《ほけんきんさぎ》の常習犯《じょうしゅうはん》と、それに加担《かたん》していた連中《れんちゅう》も、残《のこ》らず引《ひ》っ捕《と》らえる事《こと》ができた。チンピラどもの魔《ま》の手《て》から、佐藤健一《さとうけんいち》という中《ちゅう》3生《せい》を救《すく》い出《だ》し、更生《こうせい》の道《みち》に進《すす》ませる事《こと》もできたんだ。」

小塚君《こづかくん》が、黒木君《くろきくん》を見《み》る。

「佐藤健一《さとうけんいち》は、自首《じしゅ》したんだろ。どうなったの？」

黒木君《くろきくん》は肩《かた》をすくめた。

「厳重注意《げんじゅうちゅうい》。初犯《しょはん》だし罰則《ばっそく》はなしだって。」

よかった！

「あの元学生運動家《もとがくせいうんどうか》は？」

忍《しのぶ》がスマートフォンを出《だ》し、操作《そうさ》していて口《くち》を開《ひら》く。

「病院《びょういん》に収容《しゅうよう》されたんだけど、3日《みっか》ほどして亡《な》くなったって。」

上杉君《うえすぎくん》が、思《おも》い出《だ》したような溜《た》め息《いき》をついた。

「助《たす》け出《だ》した時《とき》、もうかなり衰弱《すいじゃく》してたもんな。」

ん、確《たし》かに。

「新海《しんかい》は？」

忍《しのぶ》がそう言《い》った時《とき》、若武《わかたけ》のスマートフォンが鳴《な》り出《だ》した。

「はい、こちら、KZ《カッズ》リーダー若武《わかたけ》。」

上杉君《うえすぎくん》が、ウエッという顔《かお》で舌《した》を突《つ》き出《だ》し、黒木君《くろきくん》が目《め》を丸《まる》くする。

「いつから、自称《じしょう》にリーダーを付《つ》けるようになったんだ？」

小塚君《こづかくん》が首《くび》を傾《かし》げ、翼《たすく》が鼻《はな》で笑《わら》った。

「これから絶対《ぜったい》、エスカレートしてくぜ。きっとこう言《い》う、こちらKZ《カッズ》偉大《いだい》なリーダー若武《わかたけ》。

で、次《つぎ》は、こちらKZ《カッズ》超偉大《ちょういだい》なリーダー若武《わかたけ》、だ。」

ああ言《い》いそう。

「アーヤっ！」

突然《とつぜん》、名前《なまえ》を呼《よ》ばれ、私《わたし》がびっくりしていると、若武《わかたけ》がスマートフォンをこっちに差《さ》し出《だ》した。

「おまえに代《か》われって。」

え・・・誰《だれ》？

「片山《かたやま》だ。」

あれ、何《なん》の用《よう》だろ。

見当《けんとう》がつかないまま、私《わたし》が電話《でんわ》に出《で》ると、悠飛《ゆうひ》の意気込《いきご》んだ声《こえ》が聞《き》こえてきた。

「新海《しんかい》だけどさ、警察《けいさつ》では指導警告《しどうけいこく》、厳重注意《げんじゅうちゅうい》ですんだよ。」

ほっ！

「それから病院《びょういん》の担当医《たんとうい》が、いい専門医《せんもんい》を見《み》つけたらしい。」

わぁよかったね。

「けど地方《ちほう》なんだ。本人《ほんにん》は、しっかり治《なお》したいから専門医《せんもんい》の近《ちか》くのガッコに転校《てんこう》するって言《い》ってる。で、最後《さいご》におまえと話《はな》しておきたいって。今《いま》、代《か》わるからさ。」

悠飛《ゆうひ》の声《こえ》が途絶《とだ》え、少《すこ》しして新海君《しんかいくん》の遠慮《えんりょ》がちなつぶやきが聞《き》こえた。

「新海《しんかい》です。謝《あやま》りたくって。」

私《わたし》が、どう返事《へんじ》をしたものか考《かんが》えていると、先《さき》に新海君《しんかいくん》が言《い》った。

「ごめんな。」

今回《こんかい》の事件《じけん》は、辛《つら》い思《おも》いを抱《かか》えていた新海君《しんかいくん》が、知《し》らず知《し》らずに追《お》い込《こ》まれていった結果《けっか》、起《お》こったものだった。

病気《びょうき》なんだし、謝《あやま》る必要《ひつよう》なんてないのに、それでも新海君《しんかいくん》は責任《せきにん》を感《かん》じてるんだ。

そういう性格《せいかく》が、ストレスを大《おお》きくしてしまったんだろうな、きっと。

私《わたし》は急《いそ》いで口《くち》を開《ひら》く。

「大丈夫《だいじょうぶ》、気《き》にしてないから。」

できるだけ軽《かる》く、明《あか》るく振《ふ》る舞《ま》った方《ほう》が、新海君《しんかいくん》の気持《きも》ちが楽《らく》になるんじゃないかと思《おも》ったんだ。

「それより転校《てんこう》しちゃうんだって？　国宝級《こくほうきゅう》って言《い》われてる新海君《しんかいくん》を見《み》られなくなったら、女子《じょし》は全員《ぜんいん》、大《だい》ショックを受《う》けると思《おも》うよ。」

新海君《しんかいくん》はちょっと笑《わら》った。

それで気持《きも》ちがほぐれたみたいで、私《わたし》のよく知《し》っているいつもの声《こえ》に戻《もど》った。

「励《はげ》ましてくれてありがとう。うれしかった。」

私《わたし》は照《て》れてしまい、目《め》を伏《ふ》せる。

「新《あたら》しい学校《がっこう》に行《い》っても、本《ほん》をたくさん読《よ》んでね。」

新海君《しんかいくん》も前《まえ》に言《い》っていたけれど、本《ほん》の世界《せかい》は、きっと新海君《しんかいくん》の心《こころ》を癒《い》やしたり、幅《はば》を広《ひろ》げたりしてくれると思《おも》うから。

「もちろん。あ、読《よ》んだ本《ほん》のタイトル、知《し》らせるよ。読後感《どくごかん》の交換《こうかん》しよう。」

いいねっ、しよう！

「サヨナラは言《い》わないよ。代《か》わりに、こう言《い》っておく。じゃまたねって。」

私《わたし》はスマートフォンを耳《みみ》に当《あ》てたまま、何度《なんど》も頷《うなず》いた。

「私《わたし》も、サヨナラは言《い》わない。またね！」

新海君《しんかいくん》の返事《へんじ》を聞《き》いてから電話《でんわ》を切《き》る。

よかった、元気《げんき》になってくれて。

あの感《かん》じならきっと治療《ちりょう》にしろケアにしろ、順調《じゅんちょう》に進《すす》むに違《ちが》いない。

「ずい分《ぶん》、楽《たの》しそうだったな。」

若武《わかたけ》が、ジットリした目《め》でこちらを見《み》た。

「何《なん》の話《はなし》をしてたんだ？」

あなたに関係《かんけい》ないでしょ、と言《い》おうとして気《き》が付《つ》いた。

その場《ば》の全員《ぜんいん》が、恨《うら》みがましい目《め》を私《わたし》に向《む》けている事《こと》に。

「犯人《はんにん》の1人《ひとり》と、いつの間《ま》に親《した》しい関係《かんけい》になったんでしょ。」

「探偵《たんてい》チームの一員《いちいん》として問題《もんだい》がある、と思《おも》うのは俺《おれ》だけか？」

「いや、僕《ぼく》も思《おも》う！」

「はっきりさせるべきかもな。」

「そうだね、新海《しんかい》とどこまでの関係《かんけい》なの？」

わーん、誤解《ごかい》だぁ！


〈完《かん》〉

あとがき

皆様《みなさま》、いつも読《よ》んでくださって、ありがとう！

この事件《じけん》ノートシリーズは、KZ《カッズ》、KZS《カッズエス》、G《ジエニ》、KZD《カッズディー》、KZU《カッズユー》の、5つの物語《ものがたり》に分《わ》かれて、同時《どうじ》に進行《しんこう》しています。

これらの違《ちが》いをひと言《こと》でいうと、彩《あや》を中心《ちゅうしん》にした中1時代《じだい》のサスペンス物語《ものがたり》がKZ《カッズ》、その中《なか》で読《よ》みやすく短《みじか》い話《はなし》ばかりを集《あつ》めたのがKZS《カッズエス》、彩《あや》の妹《いもうと》が主人公《しゅじんこう》になっている天才《てんさい》たちのミステリーがG《ジエニ》、中学高学年《ちゅうがくこうがくねん》になったKZ《カッズ》メンバーの心《こころ》の深層《しんそう》を追求《ついきゅう》しているのがKZD《カッズディー》、高校生《こうこうせい》になったKZ《カッズ》メンバーの恋《こい》や活動《かつどう》、その心理《しんり》と現実《げんじつ》を描写《びょうしゃ》しているのがKZU《カッズユー》です。

本屋《ほんや》さんでは、KZ《カッズ》とKZS《カッズエス》、G《ジエニ》は青《あお》い鳥文庫《とりぶんこ》の棚《たな》にありますが、KZD《カッズディー》とKZU《カッズユー》は、一般文《いっぱんぶん》芸書《げいしょ》の棚《たな》に置《お》かれています。

またこれらに共通《きょうつう》した特徴《とくちょう》は、そのつど新《あたら》しい事件《じけん》を扱《あつか》い、謎《なぞ》を解決《かいけつ》して終《お》わるので、どこからでも読《よ》めることです。

冊数《さっすう》も多《おお》くなってきたので、ここでご紹介《しょうかい》しますね。

《青《あお》い鳥文庫《とりぶんこ》の棚《たな》にある作品《さくひん》》　※タイトルの一部《いちぶ》を省略《しょうりゃく》しています。

KZ《カッズ》

「消《き》えた自転車《じてんしゃ》」 人間《にんげん》とは思《おも》えない怪力《かいりき》で壊《こわ》されたチェーン。若武《わかたけ》の自転車《じてんしゃ》はどこへ!?

「切《き》られたページ」 図書館《としょかん》の、貸《か》し出《だ》されたことのない本《ほん》のページが切《き》り取《と》られた。なぜ!?

「キーホルダー」 謎《なぞ》の少年《しょうねん》が落《お》としたキーホルダーの中《なか》には、とんでもない物《もの》が!

「卵《たまご》ハンバーグ」 あのハンバーグには、何《なに》かある! 大騒《おおさわ》ぎする若武《わかたけ》と初登場《はつとうじょう》の砂原《すなはら》。

「緑《みどり》の桜《さくら》」 1人暮《ひとりぐ》らしの老婦人《ろうふじん》が消《き》えたと言《い》う黒木《くろき》。KZ《カッズ》はその家《いえ》の調査《ちょうさ》を始《はじ》めるが・・・。

「シンデレラ特急《とっきゅう》」 KZ《カッズ》初《はつ》の海外遠征《かいがいえんせい》。フランス人《じん》の少女《しょうじょ》に雇《やと》われて有名《ゆうめい》な芸術家《げいじゅつか》の家《いえ》へ!

「シンデレラの城《しろ》」 謎《なぞ》の事故死《じこし》に遭遇《そうぐう》するKZ《カッズ》。ピンチに次《つ》ぐピンチで、この先《さき》どうなる!?

「クリスマス」 不可解《ふかかい》で恐《おそ》ろしい事件《じけん》に見舞《みま》われる砂原《すなはら》。ピュアな心《こころ》は、ついに折《お》れるのか!?

「裏庭《うらにわ》」 学校《がっこう》の裏庭《うらにわ》で、いったい何《なに》が起《お》こったのか。彩《あや》を励《はげ》ます上杉《うえすぎ》のKZ《カッズ》脱退宣言《だったいせんげん》の意味《いみ》は?

「初恋《はつこい》　若武編《わかたけへん》」 若武《わかたけ》の初恋《はつこい》の相手《あいて》は、彩《あや》のライバル! 純粋《じゅんすい》な恋《こい》が、いつの間《ま》にか大事件《だいじけん》に。

「天使《てんし》が」スイスに渡《わた》った上杉《うえすぎ》。そこで出会《であ》った1人《ひとり》の少女《しょうじょ》は、国際《こくさい》テロの関係者《かんけいしゃ》!?

「バレンタイン」誰《だれ》にチョコを渡《わた》すか悩《なや》む彩《あや》。そんな時《とき》、不良《ふりょう》グループの中《なか》に砂原《すなはら》の姿《すがた》を発見《はっけん》。


「ハート虫《むし》」事件《じけん》がないので探偵《たんてい》チームKZ《カッズ》は方向転換《ほうこうてんかん》。それが怪事件《かいじけん》の発端《ほったん》に。翼《たすく》、登場《とうじょう》!

「お姫《ひめ》さまドレス」密《ひそ》かに進行《しんこう》していく恐怖《きょうふ》の事態《じたい》。それは捨《す》て猫《ねこ》から始《はじ》まった。

「青《あお》いダイヤが」小塚《こづか》に大《おお》きな影響《えいきょう》を与《あた》えた美青年早川《びせいねんはやかわ》。燕《つばめ》とダイヤ盗難《とうなん》に絡《から》む事件《じけん》の行方《ゆくえ》は。

「赤《あか》い仮面《かめん》」翼《たすく》が襲撃《しゅうげき》される。それが砂原《すなはら》につながるKZ最大《カッズさいだい》の事件《じけん》に発展《はってん》するとは!

「黄金《おうごん》の雨《あめ》」彩《あや》が翼《たすく》と急接近《きゅうせっきん》。あせるKZ《カッズ》メンバーが遭遇《そうぐう》したのは、黄金《おうごん》の雨《あめ》?


「七夕姫《たなばたひめ》」妖怪《ようかい》が住《す》むという噂《うわさ》の屋敷《やしき》を調査《ちょうさ》するKZ《カッズ》。そのフンから始《はじ》まる驚《おどろ》きの事件《じけん》とは。

「消《き》えた美少女《びしょうじょ》」KZ名簿《カッズめいぼ》を調《しら》べる謎《なぞ》の少女《しょうじょ》。それを知《し》った上杉《うえすぎ》の動揺《どうよう》。2人《ふたり》の関係《かんけい》は!?

「妖怪《ようかい》パソコン」上杉《うえすぎ》のパソコンにウィルスが侵入《しんにゅう》。KZ《カッズ》は泊《と》まりこみで格闘《かくとう》する。七鬼登場《なきとうじょう》。

「本格《ほんかく》ハロウィン」ハロウィンパーティを企画《きかく》したKZ《カッズ》が出合《であ》った事件《じけん》とは。感涙《かんるい》の1冊《さつ》。

「アイドル王子《おうじ》」KZ《カッズ》がアイドルデビューすることに? 芸能界《げいのうかい》を舞台《ぶたい》に事件《じけん》が発生《はっせい》。

「学校《がっこう》の都市伝説《としでんせつ》」学校《がっこう》に伝《つた》わる都市伝説《としでんせつ》の真相《しんそう》を探《さぐ》るうちに、いつの間《ま》にやら大事件《だいじけん》に！

「危《あぶ》ない誕生日《たんじょうび》ブルー」忍《しのぶ》がサッカーゴールの下敷《したじ》きに。これは事故《じこ》か事件《じけん》か。

「コンビニ仮面《かめん》」いつも同《おな》じ場所《ばしょ》に停《と》まっている車《くるま》。中《なか》には、マニキュアを塗《ぬ》る不審《ふしん》な男《おとこ》が。

「ブラック教室《きょうしつ》」担任《たんにん》の教師《きょうし》が次々倒《つぎつぎたお》れるブラック教室《きょうしつ》。その真相《しんそう》は⁉　謎《なぞ》また謎《なぞ》の1冊《さつ》。

「恋《こい》する図書館《としょかん》」図書館《としょかん》の本《ほん》が大量《たいりょう》に盗《ぬす》まれる。その調査中《ちょうさちゅう》に若武《わかたけ》が倒《たお》れる緊急事態《きんきゅうじたい》に！

「消《き》えた黒猫《くろねこ》」忍《しのぶ》の家《いえ》に伝《つた》わる戦国時代《せんごくじだい》の姫《ひめ》の伝説《でんせつ》と、黒猫《くろねこ》の謎《なぞ》。ＫＺ《カッズ》初《はつ》の合宿《がっしゅく》で事件《じけん》が。

「学校《がっこう》の影《かげ》ボス」いつの間《ま》にか現《あらわ》れた学校《がっこう》の支配者《しはいしゃ》『影《かげ》ボス』。標的《ひょうてき》にされた彩《あや》に、ＫＺ《カッズ》は⁉

「校門《こうもん》の白魔女《しろまじょ》」若武《わかたけ》はフンを踏《ふ》んづけ大激怒《だいげきど》。ペットの飼《か》い主《ぬし》を探《さぐ》るうち子供《こども》が消《き》える事件《じけん》が。

「呪《のろ》われた恋話《こいばな》」恋《こい》が叶《かな》う伝説《でんせつ》の橋《はし》に呼《よ》び出《だ》された七鬼《ななき》。それを見《み》に行《い》った彩《あや》に、突然《とつぜん》・・・。

「ブラック保健室《ほけんしつ》」寝《ね》ると死《し》ぬベッドのある保健室《ほけんしつ》に運《はこ》ばれた若武《わかたけ》。漂《ただよ》う奇妙《きみょう》な香《かお》りの正体《しょうたい》は⁉

「初恋《はつこい》　砂原編《すなはらへん》」正体不明《しょうたいふめい》の人物《じんぶつ》から贈《おく》られた薔薇《ばら》。伝説《でんせつ》の騎士団《きしだん》にまつわる幻《まぼろし》の薔薇《ばら》なのか⁉

「カレンダー吸血鬼《きゅうけつき》」待《ま》ち合《あ》わせ場所《ばしょ》には3枚《まい》の栞《しおり》が落《お》ちていた。やがて火災《かさい》が発生《はっせい》！

「シンデレラ階段《かいだん》」書《か》いた小説《しょうせつ》が選考《せんこう》に落《お》ちた彩《あや》。そこに父親《ちちおや》が謎《なぞ》の自殺《じさつ》をした転校生《てんこうせい》が現《あらわ》れて。

「地獄《じごく》の金星《きんせい》ボスママ」若武《わかたけ》が倒《たお》れ、リーダー不在《ふざい》のＫＺ《カッズ》、警察《けいさつ》に連行《れんこう》された黒木《くろき》はどうなる⁉

「つぶやく死霊《しりょう》」彩《あや》は忍《しのぶ》と恋結《こいむす》び神社《じんじゃ》へ。意外《いがい》にいい雰囲気《ふんいき》になる中《なか》、死者《ししゃ》のメールが届《とど》き出《だ》す。

「君《きみ》にキュンキュン♡《ピンクのハート》」エース悠飛《ゆうひ》から告白《こくはく》された彩《あや》。川《かわ》が真《ま》っ赤《か》に染《そ》まる怪奇事件《かいきじけん》にKZ《カッズ》は。

「モテる男女《だんじょ》ランキング」ゴミ屋敷《やしき》に漂《ただよ》う強烈《きょうれつ》な妖気《ようき》。奇妙《きみょう》な祭壇《さいだん》の意味《いみ》は？　そして突然帰国《とつぜんきこく》した砂原《すなはら》の目的《もくてき》は⁉

「美少年《びしょうねん》カフェ」彩《あや》は美少年《びしょうねん》がキャストを務《つと》めるカフェに誘《さそ》われる。折《おり》も折《おり》、踏切《ふみきり》で大事故《だいじこ》が！

KZS《カッズエス》

「ヤバイ親友《しんゆう》」５分《ふん》で読《よ》める学校《がっこう》の怪談《かいだん》、切《き》られた絵巻物《えまきもの》、願《ねが》いが叶《かな》う腕輪《うでわ》、の３篇《ぺん》を収録《しゅうろく》。

「心霊《しんれい》スポット」マンガ家《か》のアパートは心霊《しんれい》スポット！　幽霊《ゆうれい》の謎《なぞ》を解《と》こうとしたKZ《カッズ》は犠牲《ぎせい》に。

G《ジェニ》

「クリスマスケーキ」彩《あや》の妹《いもうと》で超天然《ちょうてんねん》の奈子《なこ》が、天才《てんさい》たちとケーキを作《つく》りつつ、事件《じけん》を解決《かいけつ》！

「星形《ほしがた》クッキー」送別会《そうべつかい》に使《つか》う星形《ほしがた》クッキーを作《つく》るよう命《めい》じられたその時《とき》、新《あら》たな事件《じけん》が。

「５月《がつ》ドーナツ」今度《こんど》の使命《しめい》はドーナツ作《づく》り。そんな折《おり》、奈子《なこ》はコンビニで謎《なぞ》の少年《しょうねん》と出会《であ》う。

《一般文芸書《いっぱんぶんげいしょ》の棚《たな》にある作品《さくひん》》

KZD《カッズディー》

「青《あお》い真珠《しんじゅ》は知《し》っている」伊勢志摩《いせしま》で起《お》こった怪事件《かいじけん》。消《き》えた真珠《しんじゅ》の謎《なぞ》に挑《いど》む小塚《こづか》とKZ《カッズ》。

「桜坂《さくらざか》は罪《つみ》をかかえる」北海道《ほっかいどう》に姿《すがた》を消《け》した若武《わかたけ》。その行方《ゆくえ》を追《お》う上杉《うえすぎ》たちがたどり着《つ》く真実《しんじつ》。

「いつの日《ひ》か伝説《でんせつ》になる」古都《こと》長岡京《ながおかきょう》に伝《つた》わる呪《のろ》いと犯罪《はんざい》。明《あき》らかになる黒木《くろき》の過去《かこ》とは。

「断層《だんそう》の森《もり》で見《み》る夢《ゆめ》は」数学《すうがく》トップの座《ざ》を失《うしな》った上杉《うえすぎ》が、南《みなみ》アルプス山中《さんちゅう》で発見《はっけん》した白骨《はっこつ》の謎《なぞ》。

KZU《カッズユー》

「失楽園《しつらくえん》のイヴ」失楽園《しつらくえん》というのは、作家《さっか》ミルトンが旧約聖書《きゅうやくせいしょ》「創世記《そうせいき》」から題材《だいざい》をとって書《か》いた詩《し》のタイトルです。そしてイヴというのは、人類最初《じんるいさいしょ》の女性《じょせい》の名前《なまえ》。ある企《たくら》みを持《も》って上杉《うえすぎ》たちの高校《こうこう》にやってきたイヴというニックネームの女性《じょせい》。彼女《かのじょ》にまつわる怪《あや》しい噂《うわさ》と、上杉《うえすぎ》の恋《こい》を描《えが》きました。常《つね》に冷静《れいせい》な上杉《うえすぎ》が、これほど心《こころ》を乱《みだ》されるとは・・・書《か》いている私《わたし》にとっても予定《よてい》外《がい》の展開《てんかい》となっていき、我《われ》ながらビックリでした。

「密室《みっしつ》を開《あ》ける手《て》」人間《にんげん》にとって、過去《かこ》というのは閉《と》ざされた部屋《へや》のようなもの。年《とし》を重《かさ》ねるとともに増《ふ》えていきます。その中《なか》には、恐《おそ》ろしい秘密《ひみつ》が隠《かく》されている事《こと》も。この密室《みっしつ》を開《あ》け、人《ひと》の心《こころ》を癒《い》やすことはできるのでしょうか。《密室《みっしつ》を開《あ》ける手《て》とは、愛《あい》の別名《べつめい》である》というのが、この小説《しょうせつ》のテーマです。長崎《ながさき》を舞台《ぶたい》に、家族《かぞく》の思《おも》いがけない謎《なぞ》を追《お》う上杉《うえすぎ》、その目覚《めざ》めと家族愛《かぞくあい》を書《か》きました。

あ、表紙《ひょうし》の写真《しゃしん》とサインは、私《わたし》の父《ちち》の大学時代《だいがくじだい》のものです。第二次世界大戦中《だいにじせかいたいせんちゅう》、大学生《だいがくせい》も徴兵《ちょうへい》されたのですが、父《ちち》は理系《りけい》だったために対象《たいしょう》にならず、東大《とうだい》の研究所《けんきゅうじょ》にいました。とてもシャイな人《ひと》だったので、もし今《いま》、生《い》きていたら写真《しゃしん》を使《つか》うことなど許《ゆる》してくれなかったと思《おも》いますが・・・父《ちち》の人生《じんせい》を、上杉《うえすぎ》の祖父《そふ》のモデルとして使《つか》ったので、写真《しゃしん》も入《い》れたくて・・・ごめんね、お父様《とうさま》。

「数学者《すうがくしゃ》の夏《なつ》」高《こう》2になった上杉《うえすぎ》が、全力《ぜんりょく》をかけて取《と》り組《く》む数学《すうがく》の難題《なんだい》「リーマン予想《よそう》」。集中《しゅうちゅう》するために1人《ひとり》になれる環境《かんきょう》を求《もと》めた上杉《うえすぎ》は、思《おも》いもかけず彩《あや》と再会《さいかい》することに。紆余曲折《うよきょくせつ》する恋心《こいごころ》をベースに、成長《せいちょう》していく上杉《うえすぎ》をめぐり、現代日本《げんだいにほん》に横《よこ》たわる問題《もんだい》を取《と》り上《あ》げました。

「死《し》にふさわしい罪《つみ》」彩《あや》にフラれた上杉《うえすぎ》は、伯父《おじ》の別荘《べっそう》のある鵯越《ひよどりごえ》へ。そこで待《ま》っていたのは、平家落人伝説《へいけおちゅうどでんせつ》と、足《あし》を踏《ふ》み入《い》れたら二度《にど》と出《で》てこられないという血色《ちいろ》の沼《ぬま》だった。別荘《べっそう》の隣《となり》の洋《よう》館《かん》には、トリカブトを育《そだ》てる少女《しょうじょ》マンガ家《か》と、その姪《めい》の気象予報士《きしょうよほうし》、そして1年前《ねんまえ》に不可解《ふかかい》な失《しっ》踪《そう》をしたという青年《せいねん》が。数学的思考《すうがくてきしこう》で謎《なぞ》を解《と》きつつ、愛《あい》の本質《ほんしつ》に迫《せま》る上杉《うえすぎ》を書《か》きました。翼《たすく》も登《とう》場《じょう》。素晴《すば》らしい知識《ちしき》を披露《ひろう》し、彩《あや》への気持《きも》ちを語《かた》ってくれます。

「君《きみ》が残《のこ》した贈《おく》りもの」数学《すうがく》の未解決問題《みかいけつもんだい》「リーマン予想《よそう》」の証明《しょうめい》に熱《ねつ》を上《あ》げる上杉《うえすぎ》。高《こう》2の冬《ふゆ》を迎《むか》え、まだ進路《しんろ》が決《き》まらない中《なか》で、悠飛《ゆうひ》からボールを渡《わた》される夢《ゆめ》を見《み》る。それをきっかけに、大《おお》きく変化《へんか》していく人生《じんせい》と、彩《あや》への想《おも》い。岐路《きろ》に立《た》つ上杉《うえすぎ》の成長《せいちょう》と、悠飛《ゆうひ》への友情《ゆうじょう》を書《か》きました。

ぜひ全巻読破《ぜんかんどくは》にチャレンジしてみてください。
読《よ》み終《お》えた時《とき》には、きっとKZ《カッズ》のエキスパートです！
ご意見《いけん》ご感想《かんそう》など、たくさんお寄《よ》せくださいませ。
また今後《こんご》、読《よ》みたい話《はなし》なども教《おし》えていただければうれしいです、どうぞよろしく！

＊

藤本《ふじもと》ひとみです。

皆様《みなさま》は、お守《まも》りの言葉《ことば》を持《も》っていますか？

お守《まも》りの言葉《ことば》とは、困《こま》った時《とき》、うまくいかない時《とき》、心細《こころぼそ》い時《とき》などに思《おも》い浮《う》かべたり、つぶやいたりする言葉《ことば》の事《こと》です。

私《わたし》のお守《まも》りの言葉《ことば》は、「大丈夫《だいじょうぶ》、頑張《がんば》れば！」です。

実《じつ》は私《わたし》は、とても不器用《ぶきよう》で、迂闊《うかつ》なんです。

大抵《たいてい》の事《こと》は、まず失敗《しっぱい》します。

それからやり直《なお》して、なんとか皆《みな》に追《お》いつく、という感《かん》じです。

たまにうまくできる事《こと》もあり、後《あと》から考《かんが》えてみると、それはとびきり頑張《がんば》った時《とき》でした。

そこから「大丈夫《だいじょうぶ》、頑張《がんば》れば！」という言葉《ことば》が生《う》まれたのです。

多《おお》い時《とき》には、一日何回《いちにちなんかい》となく口《くち》に出《だ》したり、心《こころ》に思《おも》い浮《う》かべたりして自分《じぶん》を前《まえ》に進《すす》めています。

皆様《みなさま》は、どんな言葉《ことば》を心《こころ》の支《ささ》えにしていますか？

教《おし》えてほしい、とんっ！


追伸《ついしん》・・・ずっと執筆《しっぴつ》していた単行本《たんこうぼん》「真珠王《しんじゅおう》の娘《むすめ》」が、ついに来月《らいげつ》、２０２４年《ねん》10月《がつ》に発売《はつばい》される事《こと》になりました。

ホッとしつつ、もうこれを書《か》けないと考《かんが》えると、寂《さび》しくてたまりません。

書《か》いている間中《あいだじゅう》、楽《たの》しかった！

主人公《しゅじんこう》は、16歳《さい》の女子高生《じょしこうせい》、美冬《みふゆ》。素直《すなお》ですが、いささか思《おも》い込《こ》みの強《つよ》いタイプです。

この美冬《みふゆ》が2人《ふたり》の青年《せいねん》、理性的《りせいてき》な早川《はやかわ》と情熱的《じょうねつてき》な火崎《ひざき》の間《あいだ》で揺《ゆ》れ動《うご》くのですが、これを書《か》くのが楽《たの》しみで、楽《たの》しみでっ！

早川正臣《はやかわまさおみ》と火崎剣介《ひざきけんすけ》、さぁどっちを、どのくらいカッコよく書《か》けるのか⁉

寝《ね》る間《ま》も食《た》べる間《ま》も惜《お》しんで書《か》き続《つづ》けました、トントントントンっ！

終《お》わってしまった今《いま》は、「真珠王《しんじゅおう》の娘《むすめ》」ロス状態《じょうたい》です、とん・・・。

＊

住滝良《すみたきりょう》です。

私《わたし》が子供《こども》の頃《ころ》、

「この子《こ》」

と言《い》えば、子供《こども》を指《さ》す言葉《ことば》だったのですが、最近《さいきん》は、家《いえ》で飼《か》っているペットの犬猫《いぬねこ》なども、

「この子《こ》」

と言《い》うようです。

それだけでなく、先日《せんじつ》、歯医者《はいしゃ》に行《い》ったら、治療《ちりょう》していた先生《せんせい》が、私《わたし》の歯《は》の1本《ぽん》をコンコンと叩《たた》きながら、

「この子《こ》の具合《ぐあい》がね、」

と言《い》いました、びっくり！

その上《うえ》、さらにっ!!

窓《まど》の鍵《かぎ》がスムーズに閉《し》まらなくなり、鍵屋《かぎや》さんを呼《よ》んだのですが、その人《ひと》が作業《さぎょう》をしながら窓《まど》からネジ釘《くぎ》を外《はず》し、

「この子《こ》が、バカになってたんですよ。」

ああ、「この子《こ》」の使《つか》い方《かた》は、一体《いったい》どこまで広《ひろ》がるのだろう・・・。


追伸《ついしん》・・・結婚《けっこん》しました、ふふっ。

「事件《じけん》ノート」シリーズの次作《じさく》は、2025年《ねん》1月《がつ》発売《はつばい》の探偵《たんてい》チームKZ《カッズ》事件《じけん》ノート『かがやきの黒《くろ》アゲハは知《し》っている』です。どうぞお楽《たの》しみに！

＊原作者紹介

藤本《ふじもと》ひとみ

長野県生まれ。西洋史への深い造詣と綿密な取材に基づく歴史小説で脚光をあびる。フランス政府観光局親善大使をつとめ、現在AF（フランス観光開発機構）名誉委員。著作に、『皇妃エリザベート』『シャネル』『アンジェリク　緋色の旗』『ハプスブルクの宝剣』『幕末銃姫伝』など多数。青い鳥文庫の作品では『三銃士』『マリー・アントワネット物語』（上・中・下巻）がある。

＊著者紹介

住滝《すみたき》 良《りょう》

千葉県生まれ。大学では心理学を専攻。ゲームとまんがを愛する東京都在住の小説家。性格はポジティブで楽天的。趣味は、日本中の神社や寺の御朱印集め。

＊画家紹介

駒形《こまがた》

大阪府在住。京都の造形大学を卒業後、フリーのイラストレーターとなる。おもなさし絵の作品に「動物と話せる少女リリアーネ」シリーズ（Gakken）がある。

この物語《ものがたり》はフィクションです。KZ《カッズ》メンバーが、子《こ》どもには好《この》ましくない行動《こうどう》に出《で》ることがありますが、読者《どくしゃ》のみなさんは、けっしてまねしないでくださいね。（編集部《へんしゅうぶ》）

この作品は書き下ろしです。

読者のみなさまからのお便りをお待ちしています。
下のあて先まで送ってくださいね。
いただいたお便りは、編集部から著者へおわたしいたします。
〒112-8001 東京都文京区音羽2-12-21 講談社 青い鳥文庫編集部

講談社 青い鳥文庫

探偵《たんてい》チームＫＺ《カッズ》事件《じけん》ノート
イケメン深海魚《しんかいぎょ》は知《し》っている
藤本《ふじもと》ひとみ 原作
住滝《すみたき》 良《りょう》 文

2024年９月15日　第１刷発行

（定価はカバーに表示してあります。）
発行者　森田浩章
発行所　株式会社講談社
東京都文京区音羽2-12-21　郵便番号112-8001
電話　編集（03）5395-3536
販売（03）5395-3625
業務（03）5395-3615
N.D.C.913　346p　18cm
装　丁　久住和代
印　刷　TOPPANクロレ株式会社
製　本　TOPPANクロレ株式会社
本文データ制作　講談社デジタル製作

KODANSHA

ISBN978-4-06-536706-3

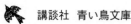

講談社青い鳥文庫
KZ《カッズ》を読《よ》んで、
カッコよく生《い》きよう！
いつも
KZ《カッズ》から
目《め》が離《はな》せない！
探偵チームKZ《カッズ》事件ノート
住滝《すみたき》良《りょう》／文　藤本《ふじもと》ひとみ／原作　駒形《こまがた》／絵
以下続刊《いかぞっかん》！

累計10万部！

単行本《たんこうぼん》で読《よ》む もうひとつのKZ《カッズ》

藤本《ふじもと》ひとみ／著

KZ《カッズ》’ Deep《ディープ》 File《ファイル》

青《あお》い真珠《しんじゅ》は知《し》っている

伊勢志摩《いせしま》、緑《みどり》の海《うみ》で起《お》こった怪事件《かいじけん》。証拠《しょうこ》なし、証人《しょうにん》なし、30年《ねん》の時《とき》に埋《う》もれた謎《なぞ》に挑《いど》むKZ《カッズ》の友情《ゆうじょう》と憧憬《しょうけい》！

KZ《カッズ》’ Deep《ディープ》 File《ファイル》

桜坂《さくらざか》は罪《つみ》をかかえる

北海道函館山《ほっかいどうはこだてやま》に姿《すがた》を消《け》した若武《わかたけ》。美貌《びぼう》の修道女《しゅうどうじょ》の企《たくら》みとは!? 幕末日本《ばくまつにっぽん》の私文書《しぶんしょ》の謎《なぞ》を追《お》い、迷路《めいろ》に踏《ふ》みこむKZ《カッズ》の友情《ゆうじょう》と葛藤《かっとう》!!

KZ《カッズ》’ Deep《ディープ》 File《ファイル》

いつの日《ひ》か伝説《でんせつ》になる

古都《こと》、長岡京《ながおかきょう》で開《ひ》かれる旧財閥《きゅうざいばつ》の懇親会《こんしんかい》に、ナイフを持《も》ち込《こ》む少年《しょうねん》。二つの蜂《はち》の巣《す》、焦《こ》げた陶器《とうき》、誘拐《ゆうかい》された少女《しょうじょ》、次々《つぎつぎ》とからむ因縁《いんねん》の糸《いと》はどこに続《つづ》くのか!?　また黒木《くろき》の過去《かこ》とは!?

KZ《カッズ》’ Deep《ディープ》 File《ファイル》

断層《だんそう》の森《もり》で見《み》る夢《ゆめ》は

南《みなみ》アルプス、美《うつく》しい断層《だんそう》の村《むら》で起《お》こった連続《れんぞく》事件《じけん》！ インターチェンジに消《き》えた数学《すうがく》の天才《てんさい》は何《なに》を見《み》たのか!?　迫《せま》る集中豪雨《しゅうちゅうごうう》の中《なか》、KZ《カッズ》の奔走《ほんそう》が始《はじ》まる！

以下続刊《いかぞっかん》！

※すべて書《か》き下《お》ろし長編《ちょうへん》です。

妖精《ようせい》チームGジェニ事件《じけん》ノート

こんにちは、奈子《なこ》です。姉《あね》の彩《あや》から、超天然《ちょうてんねん》と言《い》われている私《わたし》は、秀明《しゅうめい》の特別《とくべつ》クラス「G《ジェニ》」に通《かよ》っています。

このG《ジェニ》というのは、g é n i e《ジ ェ ニ》の略《りゃく》で、フランス語《ご》で妖精《ようせい》という意味《いみ》。同《おな》じクラスにはカッコいい3人《にん》の男子《だんし》がいて、皆《みんな》で探偵《たんてい》チームを作《つく》っています。

妖精《ようせい》チームG《ジェニ》は、妖精《ようせい》だけに、事件《じけん》を消《け》してしまえる！

これは、過去《かこ》のどんな名探偵《めいたんてい》にもできなかった至難《しなん》の業《わざ》なんだ。

KZ《カッズ》の若武先輩《わかたけせんぱい》、上杉先輩《うえすぎせんぱい》や小塚《こづか》さんも手伝《てつだ》ってくれるしね。

さぁ**妖精《ようせい》チームG《ジェニ》**の世界《せかい》をのぞいてみて！

すっごくワクワク、ドキドキ、最高《さいこう》だよっ!!

妖精《ようせい》チームGジェニ事件《じけん》ノート

わたしたちが
活躍《かつやく》します！

立花《たちばな》 奈子《なこ》
Nako Tachibana

主人公《しゅじんこう》。大学生《だいがくせい》の兄《あに》と高《こう》校生《こうせい》の姉《あね》がいる。小学《しょうがく》5年生《ねんせい》。超《ちょう》・天然系《てんねんけい》。

火影《ひかげ》 樹《たつき》
Tatsuki Hikage

野球部《やきゅうぶ》で4番《ばん》を打《う》ち、リーダーシップと運動《うんどう》神経《しんけい》、頭脳《ずのう》をあわせ持《も》つ小学《しょうがく》6年生《ねんせい》。

若王子《わかおうじ》 凜《りん》
Rin Wakaoji

フランスのエリート大学《だいがく》で学《まな》んでいた小学《しょうがく》5年生《ねんせい》。繊細《せんさい》な美貌《びぼう》の持《も》ち主《ぬし》。

美織《みおり》 鳴《めい》
Mei Miori

音楽大学《おんがくだいがく》付属中学《ふぞくちゅうがく》に通《かよ》う中学《ちゅうがく》1年生《ねんせい》。ヴァイオリンの名手《めいしゅ》だが、元《もと》ヤンキーの噂《うわさ》も。

好評《こうひょう》発売中《はつばいちゅう》！

クリスマスケーキは知《し》っている

塾《じゅく》の特別《とくべつ》クラス「妖精《ようせい》チームG《ジェニ》」に入《はい》った奈子《なこ》に、思《おも》いもかけない事件《じけん》が！

星形《ほしがた》クッキーは知《し》っている

美織《みおり》にとんでもない疑惑《ぎわく》!?　クラブΖ《ゼータ》と全面対決《ぜんめんたいけつ》!?

5月《がつ》ドーナツは知《し》っている

G《ジェイ》チームが、初《はつ》の敗北《はいぼく》!?　一方《いっぽう》、奈子《なこ》は印象的《いんしょうてき》な少年《しょうねん》に出会《であ》って・・・。

「講談社《こうだんしゃ》 青《あお》い鳥文庫《とりぶんこ》」刊行《かんこう》のことば

太陽《たいよう》と水《みず》と土《つち》のめぐみをうけて、葉《は》をしげらせ、花《はな》をさかせ、実《み》をむすんでいる森《もり》。小《こ》鳥《とり》や、けものや、こん虫《ちゅう》たちが、春《はる》・夏《なつ》・秋《あき》・冬《ふゆ》の生活《せいかつ》のリズムに合《あ》わせてくらしている森《もり》。森《もり》には、かぎりない自然《しぜん》の力《ちから》と、いのちのかがやきがあります。

本《ほん》の世界《せかい》も森《もり》と同《おな》じです。そこには、人間《にんげん》の理想《りそう》や知恵《ちえ》、夢《ゆめ》や楽《たの》しさがいっぱいつまっています。

本《ほん》の森《もり》をおとずれると、チルチルとミチルが「青《あお》い鳥《とり》」を追《お》い求《もと》めた旅《たび》で、さまざまな体験《たいけん》を得《え》たように、みなさんも思《おも》いがけないすばらしい世界《せかい》にめぐりあえて、心《こころ》をゆたかにするにちがいありません。

「講談社《こうだんしゃ》 青《あお》い鳥文庫《とりぶんこ》」は、七十年《ねん》の歴史《れきし》を持《も》つ講談社《こうだんしゃ》が、一人《ひとり》でも多《おお》くの人《ひと》のために、すぐれた作品《さくひん》をよりすぐり、安《やす》い定価《ていか》でおおくりする本《ほん》の森《もり》です。その一さつ一さつが、みなさんにとって、青《あお》い鳥《とり》であることをいのって出版《しゅっぱん》していきます。この森《もり》が美《うつく》しいみどりの葉《は》をしげらせ、あざやかな花《はな》を開《ひら》き、明日《あす》をになうみなさんの心《こころ》のふるさととして、大《おお》きく育《そだ》つよう、応援《おうえん》を願《ねが》っています。

昭和《しょうわ》五十五年《ねん》十一月《がつ》

講　談　社